氷上の蠟燭

安達信
ADACHI SHIN

幻冬舎 MC

氷上の蠟燭《ろうそく》

それ、人間《にんげん》の浮生《ふしょう》なる相《そう》をつらつら観《かん》ずるに、おほよそはかなきものはこの世の始中終《しちゅうじゅう》、まぼろしのごとくなる一期《いちご》なり。

蓮如上人　御文章「白骨章」より

目次

プロローグ　富山大空襲を矜哀《こうあい》して

クラスター爆弾が空中で炸裂し、頭上からおびただしい焼夷弾が降り注いできた。

咄嗟《とっさ》に母は裏手の石垣に両手をつき、祖母と二人の幼子を守ろうとした。

その瞬間、母は背に焼夷弾をまともに受け四人とも息絶えた、……らしい。

生まれたばかりの嬰児は、母の乳首を銜《くわ》えたままだった、……と。


立ち昇る火焔、黒煙、白煙を見た越中八尾の人々は、富山大空襲をなぞらえる。

苦悶や怒りに支配された人々の怨恨《えんこん》の煙火《えんか》が、青白い紫陽花《あじさい》のように美しかった、……と。

その日の朝、ヤケに空は青く澄みわたっていた。

南無阿弥陀仏
南無阿弥陀仏
南無阿弥陀仏
南無阿弥陀仏
南無阿弥陀仏
南無阿弥陀仏

神通川の河原には無数の焼死体。
地べたを這うように称《とな》える念仏。
遺体に群がるハエを追い払う叫喚。
間断なき悲咽《ひえつ》と鼻を衝く「すっぱい」生煮えの異臭。
『阿鼻地獄』を彷彿とさせた。

昭和二十年八月二日未明。『富山大空襲』の被災状況（死者二七〇〇人以上、負傷者約七千人、罹災者約十一万人）、破壊面積九九・五％（米軍と富山市の資料を突合すると二八〇％）は、八月六日広島、八月九日長崎の原爆についで、地方大空襲としては最大規模だった。未だに、正確な被災状況は確定されていない。

米軍は、原爆とほぼ同じの形状・重量で通常の爆薬を詰め込んだ『模擬原爆：通称・パンプキン（かぼちゃ）爆弾』を、日本全体で約五十発投下した。そのうち、昭和二十年七月二十日（三発）、七月二十六日（一発）がB29爆撃機六機から富山市街に投下された。その六機の中に「エノラ・ゲイ（広島原爆投下機）」、「ボックスカー（長崎原爆投下機）」が含まれていた。

これらの事実は、あまり知られていない。

第一章　イマジン

早乙女華音《かのん》の祖母・一之瀬文子は、昨晩八十七歳の生涯を閉じた。

文子はつい最近まで『富山大空襲』の悲惨さと平和の尊さを訴えるため、富山県内の小中学校の課外授業や社会人講座に出向き、語り部として奔走していた。

早乙女家は、父・早乙女真一、母・瑠璃、娘・華音、瑠璃の実母・一之瀬文子の四人である。

真一は富山市内にある富山総合大学の経済学部の教授、瑠璃は自身が開いている音楽教室のピアノ講師、華音は東京の音楽大学を二年前に卒業し、今は高岡市内にある共学の高岡北高等学校の音楽教員である。

家は高岡市内の繁華街から少し離れた郊外にあり、緑豊かな閑静な住宅街の一軒家である。

文子は八十七歳の高齢ではあったが、普段から健康に気を遣い、年一回欠かさず近くの病院で人間ドックを受けていた。ところが、今年の人間ドックで膵臓癌の疑いありとの検査結果が送られてきた。

文子は検査結果を見て、

「瑠璃、膵臓癌の疑いありと書いてあるんだけど、疑いは疑いよね」と意味不明な言葉を口にした。

瑠璃は心配そうに、

「お母さん、膵臓癌は怖い病気よ。要再検査と書いてあるでしょう。精密検査しないと後悔すると思うんだけど……」と少しきつめの口調で言った。

「瑠璃がそう言うのなら、そうするわ」

「お母さん、膵臓癌の疑いとなると大きな病院がいいわよね。今晩、真一さんが帰宅したら、相談してみることにします」

「そうね。そのほうが安心ね」

その日の夕方、真一が帰宅し、

「お帰りなさい」と瑠璃は、いつもの調子で玄関に行った。

真一は靴を脱ぎ、

「お義母さん、どうしたの？　どこか悪いの？」と訝しがるように聞いた。

いつも真一が帰宅するとき、決まって文子と瑠璃が一緒に玄関で迎えるのが習慣だったからである。

「あなた、大事な話があるので……」と真一の背中を押しながら二階の寝室まで一緒に行った。

寝室に入った瑠璃は、

「早く着替えて」と真一をせかせた。

「どうしたんだい？　そんなに急がせて」

真一が普段着になったのを見て、瑠璃は口を開いた。

「今日、お母さんの人間ドックの検査報告書が送られてきて、所見に膵臓癌の疑いありと、書かれていたの……」

「膵臓癌！　厄介だな」

「膵臓癌の疑いとなると、大きな病院がいいと思うんだけど。どう?」と瑠璃が心配そうに真一に相談した。

「そうだな。うちの大学の医学部附属病院がいいと思う。明日、医学部の高瀬くんと相談してみることにするよ」と真一は応えた。

真一は一階に下り、リビングのソファーに座った。目の前で文子は本を読んでいた。

文子は老眼鏡を外し、

「ごめんなさいね、真一さん。お迎えしなくて……」とお辞儀した。

「そんなこと、気にしないでください。瑠璃から聞きました。お義母さん、膵臓癌の疑いあり、と人間ドックの検査報告書に書いてあったんですって……」と真一は念を押した。

「そうなのよ。大したことないと、いいんですけど……」と文子は頷いた。

「さっき瑠璃とも相談したんですが、お義母さん、うちの大学の医学部教授に高瀬純一郎という、私と高校の同級生の外科医がいます。彼に相談して、精密検査するのにどこの病院がいいのか聞いてみることにします」

その日の晩ご飯、家族四人でブリしゃぶを味わった。

文子は、六年前亡くなった夫・一之瀬亘との思い出を懐かしがり、

「亘さんと生活をともにしていたころは、ブリを〝しゃぶしゃぶ〟で食べる習慣がなかったわ。そのまま刺身にするか、照り焼きか大根の煮つけにするのが一般的だったの。亘さんは、柚子の香りのきいたブリの昆布締めが大好物で、会社で何かあって機嫌が悪いとき、私が作り置きを冷蔵庫から出し、すぐに切ってあげると、ケロリと気分が良くなり、お酒が進んだもんよ。昆布ごと食べるのが昔風で、今の人は昆布を剥がして中のブリだけ食べる人が多くて、勿体ないわ。そうそう雪がたくさん積もったとき、昆布締めをラップに包んで庭の雪の中に入れ、一晩寝かすと旨みが増して美味しかったもんよ」と滔々《とうとう》と語った。

華音は、昆布締めの思い出を次のように話した。

「おばあちゃん、雪の中に入れるなんてメルヘンチックね。私、昆布締めは、どちらかといえば昔は苦手だったわ。小さいころ、お父さんをまねて、昆布ごと食べようとすると、噛んでも噛んでも噛み応えがあって、昆布を食べているのかお魚を食べているのかわからずじまいで、そのうち顎が疲れてきて、ご飯と一緒に飲み込むようにしていた。今では、噛めば噛むほど、魚と昆布のマッチングというか、言葉では表現できないような味わいの奥深さがあって好きよ。東京にいたとき、昆布締めが無性に食べたくなって、デパートの地下街の総菜売り場を探し回ったけど、見つけるのに苦労した。あるにはあるんだけど、試食用の昆布締めを一口味わってみると、思い描いていた食感というか舌触りといったらいいのかが、微妙に違うの。結局、迷った挙句買わず

じまいで悲しくなり、ホームシックになったの忘れられないわ」

華音の話を聞きながら瑠璃は、

「そうよ、私が小さいころは雪が多かったから、お母さんが雪の中に昆布締めを入れるの。幼心に何をしているんだろうと、面白がって見ていたもんよ。お母さん、ブリだけじゃなくて、イワシやサバもそうしていなかった⁉」と華音にも聞こえるようにしゃべった。

文子はポンと手を叩き、

「真一さん、瑠璃、華音。今度、昆布締め三昧しましょう。そうね、私はイワシにカブを挟んだ昆布締めが大好きなんだけど、サバ、イワシ、タイ、ブリ、キス、サス、ヒラメ、白エビのフルコースということにしません⁉」と饒舌だった。

「お義母さん、昆布締めのオンパレードですね。今から楽しみにしています」と真一は言った。

「もうそろそろ締めにしますよ。よろしいですか」と瑠璃が切りだした。

「おうどん、少しだけいただくわ」と文子が言いながらお腹に手をやった。

「うどんもいいが、僕は雑炊が食べたかったんだけど、次の機会に取っておくか……」とおどけた。

「ブリしゃぶは、うどんで決まり！」と華音ははしゃいだ。

「美味しいわね。うまい、旨い」と各々満面の笑みを浮かべた。

晩ご飯が終わり、ほうじ茶を飲みながら文子は、

「真一さん、瑠璃、頼みたいことがあるの。亘さんの七回忌、お寺さんに頼んでくれない。命日

までまだ二ヶ月あるんだけど、ご住職にお願いできないかしら……」と手を合わせた。

「ハイハイ、わかりました。お義母さん」と真一と瑠璃は優しい眼差しで歩調を合わせるかのように返答した。

「今日は、胸につっかえていたことを吐き出すことができ、安心したわ。お仏壇の前で、亘さんにご報告してきます」と言って文子は仏間に向かった。

文子は阿弥陀如来に向かって、

「私は幸せ者です。こんな歳まで生かされ、皆さんに良くして貰い、これ以上望むべくもありません」と呟き手を合わせた。

後片付けを終えた瑠璃と華音は、ソファーでウイスキーをたしなんでいる真一と向き合って座った。

瑠璃は真一のグラスを見て、

「あら、今日はストレートなの？」と言った。

真一は、いつも水割りで飲んでいた。

「瑠璃、悪いがストレートでもう一杯だけいただくから注いでくれないか」

「お父さん大丈夫なの？　あんまりお酒強くないのに……」と華音は真一を見つめた。

真一は瑠璃と華音に、

「お義母さん、相当気になっているのかなあ？　膵臓癌は、癌の中でもタチが悪い。見つかりにくくて進行が早いから……」と小声で言った。

「そうね。このところのお母さん、元気がなかったから」と瑠璃は心もとない返事をした。

「とにかく、素人の我々があれこれ言い合っても何の解決にもならん。明日大学に行ったら、いの一番に高瀬くんに訳を話すから、それからにしよう。今晩は寝るとするか……」と真一はウイスキーを一気に飲み終え二階の寝室に向かった。

瑠璃と華音は、テーブルの上にあったグラスを片付けながら「おおごとにならないといいんだけど……」と言い合った。


自室に入った華音は、いきなりベッドに飛び込み天井を見た。

おばあちゃんの癌の疑い、疑いですめばいいけど……。もし、本当に膵臓癌だったらどうしよう……、と。

華音には、もう一つ気がかりなことがあった。

華音は、高校の合唱部の顧問を担当していた。

華音はベッドから起き、窓側の椅子に座り、スマートフォンにイヤホンを接続し、来月の合唱コンクールの自由曲に決まった『イマジン』を聴いた。

決まるまで、一悶着あった。

合唱部・キャプテンの桜谷《さくらだに》蓮音《れのん》が、

「俺、最後のコンクールなんで、ジョン・レノンの『イマジン』を歌いたいんだけど、どうだろう」と合唱部員全員を前に提案した。

　蓮音の突飛な提案に部員は呆気にとられ、

「ええぇー。お前の名前と同じだから提案してんじゃない」と男性部員の誰かが皮肉って大声で叫んだ。

　輪をかけるかのように女子部員たちから、

「そうよ、そうよ。勝手に決めないでよ。レ・ノ・ンくん」とニヤニヤしながら隣りの人たちとヒソヒソ話を始め収拾がつかなくなった。

　すると、副キャプテンの立川紗那絵《さなえ》が立ち、

「みんな、静かにして。桜谷くんの言い分も聞こうよ」と唇の真ん中に人差し指をあてた。

　蓮音は厭な顔をして、

「俺は、自分の名前なんかで提案しているんじゃない。二ヶ月ほど前、北国テレビで、富山大空襲の特集番組を見た人はいる？　いたら手をあげて……」と部員たちを見回した。

　部員たちの約半分ぐらい手をあげた。

「語り部の方は、先生のおばあちゃんで間違いありませんよね」と蓮音は華音を見た。

「そうよ。良く知っていたわね。私の母方の祖母で間違っていません」

　蓮音は興奮したのか、部員に向かってまくし立てた。

「あの番組は三十分の特集で、最初に空襲で焼け野原になった富山市内の写真が映し出された。そこには県庁、電気ビルや百貨店の外観だけが残っていた。俺は、こんなにもひどかったのかと初めて知った。県だか市の学芸員が説明していたんだけど、一七〇機以上のＢ29爆撃機が飛んで

きて、クラスター爆弾を投下し、空中で散らばって無数の焼夷弾が家屋やビルを焼き、地面に突き刺さったそうだ。逃げ惑う人たちにも容赦なく焼夷弾が降り注ぎ、中には直撃を受けて即死したり、燃え盛る火の手の中、必死に逃げながら多くの人たちが神通川に向かったらしい。河原や土手に集まった大勢の人たちは、B29爆撃機の一斉射撃の標的にされたようで、無数の死体が転がっていたと証言していた人がいた。そのあと、先生のおばあちゃんが語り部として、自分の母が焼夷弾をまともに受け、そのときの生々しい有様を淡々と語っておられた。時折涙ぐんで無言の時間が経過しているとき、バックで流れた音楽が『イマジン』だったんだ。『イマジン』の歌詞を調べてみると〝人類が平和に暮らすためには、人種、宗教、民族、貧富の差などを理由に殺したり、殺されたりしない世界を築くしかない。だから世界は一つになって差別のない社会をつくりあげよう〟とジョン・レノンとオノ・ヨーコが訴えていた。そのことに感動し、俺の心に響いてきて涙がとまらなかった。高校三年最後の思い出として、この曲を合唱コンクールで歌いたいんだ」

部員たちは、蓮音の真剣な表情に圧倒され、誰も口出しできなかった。

その光景を黙って見ていた華音の目は、潤んでいた。

「桜谷くん、ありがとう。あの番組、祖母が出演するので私も見ました。ただ祖母のお母さんが、ああいうふうに亡くなられたの、私はあの番組で初めて知りました」

華音の発言で音楽室は静まり返った。

「祖母は、多くを語りたくなかったんだと思う。もし、私が祖母の立場だったら、あまりの恐怖感から抜け出せず、家族であってもしゃべれない。身内の私にさえ話したことがないことを、公のそれも誰が見ているのかわからないテレビの前で語る祖母の勇気、私は感動したわ」と華音はしんみりとした口調で部員たちに吐露した。

そんな華音を見つめていたバスの当麻健太《とうまけんた》が、野太い声で言い放った。

「もうぐちゃぐちゃ言うのやめようぜ！　俺は、『イマジン』がいいと思う。あの歌、好きなんだ。他に理由なんてないんだ。だけどあの曲、合唱曲にアレンジされているのかな？　先生」

「確かにそうね。早速調べてみるわ」

当麻はぶっきらぼうに、

「なきゃ、先生がアレンジすればいいんじゃない」と一方的にしゃべった。

華音は部員たちの前に出て、

「合唱曲にアレンジされたのがあるかどうか、調べます。その前に今の提案、部員全体の意思と考えていいのね」と確認した。

「みんないいわよね。賛成の方は挙手……」と立川は意思を確認した。

全員そろって手をあげた。

華音は、早速その場でスマートフォンを使って『イマジン』が合唱曲にアレンジされた楽譜があるかどうか検索した。

「あったわ。混声四部合唱曲にアレンジされたのがあるから、取り寄せてみることにするわ」

「先生、よろしくお願いします」との声が音楽室に響いた。

合唱コンクール出場締め切りに、何とか間に合った。

数日後、頼んだ楽譜が届いた。

楽譜の楽曲構成の旋律を見た華音は、唸った。

テノール、バスの旋律が響かないと、和声として成立しなかったからだ。

合唱部には男性部員がテノール三人、バス二人しかいなかった。

華音は自室の電子ピアノの椅子に座り、それぞれのパートのメロディーを弾き溜息をついた。

既に、県大会合唱コンクールAグループに出場申請してある。規定では三十二人以下となっている。部員二十六名のうち大半が女子生徒であり、男子生徒を六人追加したかったが、なり手を探すのに苦労することは目に見えていた。

華音としては、ソプラノ、アルトと男性の混声三部合唱に編曲を試みた。和声を念頭にメロディーを置き換えてみたが、うまくいかなかった。ここは、コンクールのときだけでも男性部員を補充するしかないと心の中で決め、ベッドにもぐり込んだ。

翌朝、瑠璃と華音は朝ご飯の支度をしていた。

早乙女家の朝ご飯は、以前から洋食であった。

パンの味にこだわりをもっている真一は、大学の帰り道にあるパン屋さんに立ち寄り、天然酵母の食パンとフランスパンを買ってきて、ほどよい厚さにカットし、クリームチーズを少しだけ薄く塗りトースターで軽く焼いて食べるのが習慣だった。真一は、決まってコーヒーは自分で好みの豆を挽いて、ドリップで人数分淹れた。

瑠璃と華音は、野菜サラダを日替わりでレタス、トマト、キャベツ、パセリ、キュウリ、パプリカ、ピーマン、水菜、ほうれん草、大根、人参などの野菜にハム、ベーコン、ツナ、チーズを使い、飽きない工夫を凝らしていた。

真一は大学に行く服装で下りてきた。コーヒー豆を挽き、ドリッパーを整えペーパーフィルターを丁寧に敷いた。フィルターに満遍なくお湯を一度かけ、コーヒーポットの残り湯を捨てた。ドリッパーに人数分の挽いた豆を入れ、少しだけお湯を注ぎ、くゆらせた。すると、豊潤な香りが部屋一杯に漂った。

華音はその香りに誘われ、

「お父さん、今日のコーヒーは何？」と聞いた。

「今日は、グアテマラだよ。マイルドで少し酸味が強いが、苦みが少なくてスッキリした味で好きなんだ」

「それじゃ私がカップを用意するから」と華音は棚から出してきた。

「お母さん、遅いわね」

ほどなくして文子が髪の毛を手櫛で整え洗面所に向かいながら、

「遅くなってごめんなさい。お先に朝ご飯どうぞ」と言って顔を洗いに行った。

「お義母さんが席に座るまで待とう」

「待っててくれていたのね。遅くなって、ごめんなさい」

「いただきます」と一同そろって手を合わせた。

いつもの早乙女家の朝ご飯の風景だった。

朝ご飯が終わりかけたのを見計らって、真一が口を開いた。

「お義母さん、大学に行ったら、昨晩お約束した件、高瀬くんに相談しますが、よろしいですね」

「真一さん、お願いします」

大学に着いた真一は、医学部のある棟に行き、高瀬純一郎教授室に向かった。

真一は教授室の扉をトントンと叩いた。

「どなたですか？　鍵はかかっていませんよ。どうぞ」と聞き慣れた純一郎の声がした。

「おはよう。早乙女だが、ちょっと時間あるかい？」

「誰かと思ったら、早乙女くんか。こんなに早くどうしたんだ？」

純一郎と真一は同じ高校の同級で親友だった。

純一郎は理系、真一は文系を志望した。

「折り入って相談があるんだ。実は俺の義母の一之瀬文子が、人間ドックで膵臓癌の疑いありと書かれた検査報告書が昨日届いたんだよ。それで、精密検査をするための病院を、紹介して貰えないだろうか？」と真一は単刀直入に本題に入った。

「膵臓癌か！　人間ドックどこで受けたの？」

「病院の名前知らないんだが、俺の家の近くなんだ」

純一郎は目を閉じながら、

「膵臓癌の疑いとなると、ちゃんとした病院がいいな。早乙女くん、お義母さんは、おいくつになられた?」と聞いてきた。

「今度の十一月の誕生日で、八十八歳になる」

「君のお父さんの葬儀以来お会いしていないが、早いもんだな。確か五、六年前、大きなお寺の浄成寺に参列したとき、お見かけした記憶がある」

　純一郎は身を乗り出すように、

「言いにくいんだが、人間ドックで膵臓癌の疑いとなると『万が一』のこと考えないといけないな。こりゃ、余計なことしゃべったな。取り消すよ。病院の件だが、俺の弟の高瀬純二郎が高岡セントラル病院の副院長をやっていて、消化器内科部長をしているんだが、そこでどうだろう。それに、学会の消化器内視鏡専門医で指導医でもある。あそこなら、病理診断科もあり病理専門医も常駐していて、細胞組織検査も早く確定診断できる。君の家からそんなに遠くないし、ご家族にとっても安心だと思う。どうだろう」と意向を確かめた。

　真一は即座に、

「高瀬くん、お願いできないだろうか」と頼んだ。

　純一郎は、診察衣のポケットからスマートフォンを取り出し弟に電話した。

　電話はすぐに繋がり、

「あー俺、純二郎か。お前さんに頼みたいことがあるんだけど」と慣れた調子で話しかけた。

　純一郎は真一に目配せして、

「ここに、早乙女くんがいるんだけど知っているよね。このスマホ、スピーカーにするけどいいね」とスマートフォンをタップした。

「兄貴、あの早乙女さんだろう……」と純二郎の声が聞こえた。

真一の父の葬儀のとき、純一郎夫妻を浄成寺まで純二郎が自分の車で送ってきた。その折、純一郎から純二郎を紹介され、真一は名刺を渡したのを記憶していた。

純一郎はボリュームをあげ、スマートフォンをテーブルの上に置いた。

「お前さんに頼みたいんだが、早乙女くんの義理のお母さんに膵臓癌の疑いがあって、検査入院させてほしいんだが空いているかい？」

「ちょっと待って。空いているかどうか調べてみるから」と純二郎はパソコンのキーボードを操作しているようだった。

「兄貴、早乙女さん。明日でも明後日でも大丈夫だから予約入れとくけど何時にしますか？　それから、お義母さんのお名前、住所、生年月日、緊急連絡先教えて貰えますか」と純二郎は矢継ぎ早に質問を投げかけてきた。

真一は少々戸惑ったが、

「明日で予約入れて貰えませんか」と言った。

「わかりました。それではお義母さんのお名前から言っていただければ、私がそのまま打ち込みます」

真一は、義母の名前、住所、生年月日を告げたところで、

「緊急連絡先は、私にして貰えますか。妻だと、実母ゆえ私情が挟むとご面倒をかけるかも知れ

ないので、どうでしょうか？」と質問した。

「そうですね。私の立場から何とも言えませんが、早乙女さんが、そのほうが良いという判断であればご意向に従います」

「緊急連絡先は、私にお願いします」

「それでは、そのようにしておきます。スマートフォンの電話番号、メールアドレスは変わっていませんよね」と純二郎は確認してきた。

真一は念のため、

「変わっていません。確認のため申しあげますので、よろしくお願いします」と言って自分のスマートフォンの電話番号とメールアドレスを告げた。

「兄貴、用件はそれでいいの……」

「純二郎、声がするけど診察中？　忙しいのに申し訳なかった。今度おごるから」と言って純一郎は電話を切った。

真一と純二郎のやり取りを聞いていた純一郎は、

「昔から変わらないね。お義母さんや奥さんにも相談もしないで決めるなんて、君らしい」と呆れた顔をした。

「膵臓癌の疑いとなれば、そりゃ一刻も早いほうがいいと思ってさ……」

「ところで、娘さん元気かい。確か、お父さんの葬儀のときは高校三年で受験を控えていたよね。一周忌のときは、東京の音楽大学に進学していると本人から聞いたんだが、奥さんに似て、さぞかし綺麗になられたんじゃない？」

真一は、他愛もない話題だと思って受け流そうとした。

「オイオイ、冗談だと思っているんだろう。ついでと言ってはなんなんだが、君のところに話しに行こうと思っていたんだ。実はうちの医局に優秀な奴がいて、娘さんとお見合いしてはどうだろうと考えていたんだ。今は医学部附属病院に派遣しているんだが、医者といったって案外出会いが少ないもんなんだ。外来で診察、手術が長引いたり、入院している患者さんの容体に気を遣ったり、当直があったりして、ドラマで描かれているような訳にはいかないのさ。今どき、見合いなんて？と君は思うかも知れないが、俺は結構真剣なんだ」と純一郎は存外真面目な顔だった。

「それとも、娘さんを手放したくないのかな⁉　俺は息子二人で、娘をもったことがないからわかんないけれど……。父親は、娘を〝猫かわいがりする〟って言うじゃない。名前、忘れちゃったんだけど教えてくれないか？」と純一郎は真一の顔を覗き込んだ。

真一は憮然とした表情で、

「娘の名前は、華道の〝華〟、音楽の〝音〟と書いて〝カノン〟と呼ぶ。女房がピアノやっているだろう。俺は音楽のこと、さっぱりわかんないんだけど、音楽用語らしいよ。どうも結婚したときから、女の子を授かったら華音と決めていたらしい。さっきのこと、頭の片隅に入れとくよ」とぶっきらぼうに言い放った。

「片隅じゃ困るんだ。一度、それとなく聞いて貰えんかな」と純一郎はいつになく本気だった。

真一は立ち上がり、

「高瀬くん、今日はありがとう。自分の部屋に戻って女房に連絡するから、これで失礼するよ。何かあったら、すぐに相談するから」と告げた。

「そうそう、俺も午前中の講義があるから、また会おう」と言って二人は別れた。

自分の部屋に戻った真一は瑠璃に電話し、純一郎との話の概略を伝えた。

すると瑠璃は、

「まあ、明日ですか。随分と忙しいこと」と意外な様子だった。

「とにかく、高瀬くんに相談して、弟の純二郎さんが高岡セントラル病院の副院長で消化器内科部長をしているので、家から近いし推薦してくれたんだ。明日、検査入院できることになり予約したので、お義母さんを説得してほしい。膵臓癌は一刻を争うというから早いに越したことはない」と真一は早口でしゃべった。

「あなたの意向、良くわかったわ。お母さんを説得するから」と了解した。

真一は腕時計を見て、

「午前中の講義があるから……」と告げ電話を切った。

瑠璃は早速二階の文子の部屋の扉を叩き、

「お母さん、昨晩の件でお話ししたいことがあるので入っていい？」とドアノブに手をかけた。

「どうぞ、いいわよ」と返事があった。

文子は、文机《ふづくえ》の前に正座し、漢文で書かれた『仏説観無量寿経』を写経していた。

「たった今、真一さんからお母さんの検査入院のことで、明日、高岡セントラル病院を予約できたから、都合を聞いてほしいとの連絡がありました」

文子は筆を文机に置き、

「まあ、手回しの良いこと。真一さん、やることが早いわね。私は何時だって構わないんだから、仰せの通りにしますよ」とあっさり承諾した。

「お母さんが大丈夫なら、そのように真一さんに連絡します。よろしいんですね」

「いいも悪いも、真一さんにお任せしたんだから、私が口を挟むべきことではないと思うの」

「わかりました。お母さんの言う通りです。今から真一さんに報告します」と言って一階に下りて行った。

リビングのソファーに座った瑠璃は、ポケットからスマートフォンを取り出し真一にメールした。

――お母さんと話し合った結果、明日高岡セントラル病院に検査入院すること了解しました。詳細は、帰宅してから聞くことにします――

送信してから約二時間後真一から、

――高瀬くんとのやり取りは帰ってから話すから、それまでお義母さんとは検査入院の件、触れないでほしい――

との返信メールが届いた。

瑠璃は昼ご飯の支度に取りかかった。

迷った挙句、

「お母さんが大好きな、西門素麺にしよう」と呟いた。

西門素麺は、ここら辺では美味しいので有名であった。

ただ、三、四分でゆであげなくてはならず、文子に一階の食卓に下りてきて貰うことにした。

瑠璃は階段下から、

「お母さん、お昼ご飯。西門素麺にしますから下りてきてください」と聞こえるように言った。

「西門素麺なの。すぐに行くから……」

文子は食卓の椅子に座るなり、

「この素麺、昔の女性の丸髷《まるまげ》みたいな格好していて、なぜか郷愁に浸れるんだよね」と言いながら嬉しそうだった。

瑠璃は大きな鍋にたっぷり水を入れ、沸騰させた。

沸騰したお湯に、髷目《わげめ》に沿って二つに割り麺をゆっくりと入れ、煮立ったところにコップ一杯の水を足し、再度煮立たせた。煮立った麺を素早く水切りに入れ、冷水で何度ももみ洗いして、ガラスの大皿に盛った。

その手際の良さを見ていた文子は、

「瑠璃、上手ね。この素麺、髷を割らなかったり、ゆで過ぎたりすると台無しなのよね。良く亘さんに叱られたもんよ」と褒めた。

瑠璃は満足そうな顔で、

「お母さん、主婦何年やっていると思っているの。いつまでも子供じゃあるまいし、これくらいできて当たり前じゃない」と自慢してみせた。

文子は素麺を食べながら、

「美味しいわ。亘さんを思い出すから不思議なもんね。昨夜のブリしゃぶ、今日の西門素麺といい、どういう風の吹きまわしかしら……」と訝った。

二人は食べ終え、文子が食器をもって立とうとしたところ瑠璃は、

「お母さん、後片付け私がするから、そのままにしておいて」と言って立ち上った。

「いつも悪いわね」と文子は心なしか元気がなかった。

その日の夕方、いつもの時間通り真一は帰ってきた。

今日も玄関で迎えたのは瑠璃だけだった。

真一は靴を脱ぐなり、

「お義母さん、身体の調子どう?」と瑠璃に聞いた。

二人はリビングのソファーに座り瑠璃が、

「あなた、何かあったの?」と小声で真一に聞いた。

真一は声を押し殺すように、

「今朝一番、高瀬くんに、人間ドックで義母が膵臓癌の疑いあり、と言ったところ、彼が『万が一』とつい口走ったんだ。もちろん、悪気があっての話じゃないよ。彼は医者だから診察もしていないのに絶対しゃべってはいけないと思ったんだろう。罰悪そうだった」と瑠璃に話した。

「そう、そうなの。そんなことがあったの……」

二階から文子が下りてきたので、二人は話を途中でやめた。

「あーらー、真一さんごめんなさい。写経に夢中になって気づかなかったわ」と文子が謝った。

「そんな、そんなこと。お義母さん一々謝らなくて結構ですから、勘弁してくださいよ」

「ただいま」と玄関から華音の声がした。

リビングにきた華音はソファーに座り、

「みんなそろってどうしたの？」とあっけらかんと言った。

口火を切ったのは真一だった。

「今朝、大学に行って医学部の高瀬くんにお義母さんの件について相談しました。結論からお話ししますと、高岡セントラル病院に明日検査入院できるというので、予約しました。彼の弟の高瀬純二郎さんが、その病院の副院長で消化器内科部長です。彼は、学会の消化器内視鏡専門医で指導医でもあるそうだ。検査機器も最新だし、医療体制も整っており、一刻も早いほうが良いと思って頼んできました。お義母さん、瑠璃から聞いたと思いますがよろしいですね」

真一は、余計な説明は省いた。

文子は真一の説明に一々頷きながら、

「真一さん、お気遣いいただきありがとうございます。感謝しております。私としては、お任せするしかありません」と心底から感謝の気持ちを述べた。

瑠璃は立ち上がって、

「さあ、晩ご飯の支度しましょう。活きのいい白エビを買ってきたので、かき揚げ、ゲンゲとキス、それからマイタケ、すす竹を天麩羅にするから華音手伝って」と張り切って言った。

瑠璃と華音が料理をしている間、文子と真一はソファーに座りながら談笑した。

「お義母さんのご両親は、明治生まれですよね」

「そうよ。明治とはいっても、父が明治三十八年、母が四十三年生まれだから、それこそ明治末期ね」

文子は昔の記憶を辿りながら思い出すかのように、

「うちの母方の家系は、代々呉服商人だったの。お店は今の富山駅近くにあって、それは広くて活気に溢れていたわ。幼心に、庭も広くて良く近所の友達と庭でかくれんぼして遊んだ。真一さんや瑠璃にも話したことがないと思うけど、祖父・高柳敬一郎は養子だったの。母・菜津子が長女で、二番目も三番目も女の子だったから、跡継ぎがほしくて生まれたのが、叔父の高柳学なの。せっかくの跡継ぎだったのに召集され戦地で亡くなり、ご時世ゆえ祖父母ともども泣くに泣けなかったらしい。母含めて三姉妹とも、当時の国民学校、今の小学校の教員だった。教育一家といえば聞こえがいいけど、結婚するのに都合が良かったんじゃない。そのころは、今みたいに恋愛結婚なんて珍しい時代だから……。父方の祖父・浅野宗之は、大地主とは言わないまでも手広く土地を貸していたらしい。祖父が母の写真を見て気に入り、母はお見合いし結婚したそうです。母と次女の春子おばさんが嫁いだので、三番目の奈美おばさんが家を継ぐことになった。それで祖父の高柳敬一郎が地元でお米屋さんをしていた村野善治さんを跡継ぎとして目を付け、養子をとり高柳姓を名乗って貰ったの。ここまで話しだすと、家系図を書いておいたほうが良さそうね」と言っては笑った。

　瑠璃は二人の話が聞こえない振りをして、

「なんか二人で、楽しそうにどうしたの……。晩ご飯の用意できたから、食べましょう」と誘った。

　食卓には、かき揚げ、天麩羅に加え、かまぼこ、バイ貝の煮つけ、イカの黒作り、ホタルイカの沖漬けが並んでいた。

「まあ、昨晩、今晩とご馳走ね。私の好きなものばかりじゃない。一体全体どうしたの、瑠璃……？」

「瑠璃、悪いが日本酒あるかい」

「珍しいわね。いつもウイスキーばかりなのに、どうしたの？　以前あなたの友達からいただいた〝別山〟があるんだけど、随分前のものよ」と言って瑠璃は床下収納庫から取り出しもってきた。

　真一は華音に、

「悪いが、おちょこを四つ用意してくれないか」と頼んだ。

「四つ？」

「四つでいいんだよ。華音」

「わかったわ。お父さん」と華音は言う通りにした。

真一は、日本酒の栓を開け、そのままおちょこに注いだ。

「今日はみんなで乾杯しよう」

「なんの乾杯？」

「決まっているだろう。お義母さんの検査が何もないことを願ってだよ」と真一は訳の分からない理由を強引にくっつけた。

「乾杯」

四人は晩ご飯の料理の味に、

「美味しい、おいしい、おいしいわね」と舌鼓を打った。


家族そろって自宅での晩ご飯が、これが最後だと、そのとき誰も信じてはいなかった。

翌朝、門の外で真一は瑠璃に、

「万が一の話、言っちゃだめだよ」と念を押した。

華音は、いつもの時間に学校に行った。

文子と瑠璃は早めの昼ご飯を食べ、高岡セントラル病院にタクシーで向かった。

交通渋滞もなく三十分ほどで着いた。

午後一時になり、消化器内科の受付が始まった。

瑠璃は文子の健康保険証と人間ドックの検査報告書を預かり、

「私が受付してくるから」と言いながら行った。

瑠璃が母のところに戻ってきて、

「高瀬先生がすぐに診察してくださるそうだから、ナンバー五の診察室の前で待ってくださいとのことなので行きましょう」と言った。

「それじゃ、そうしましょう」

二人は、〝No.5診察室〟と書いてある部屋の前の長椅子に座った。

ほどなくして扉が開き看護師が、

「一之瀬、一之瀬文子さん。お入りください」と呼んだ。

文子と瑠璃は同時に「ハイ」と応え、二人は診察室に入った。

「私、消化器内科の高瀬純二郎です。一之瀬文子さんですね」

「ハイ、一之瀬文子です」と言って椅子に座った。

「付き添いの方は？」

「申し遅れましたが、娘の早乙女瑠璃です」

「失礼しました。兄の友人の早乙女さんの奥様ですよね。どうぞ、椅子にお座りください」

「夫の早乙女が、いつもお兄様にはお世話になっております。昨日、夫がお兄様と相談させていただきましたところ、早速今日診察していただけるとのこと、本当に感謝いたしております」と
瑠璃はお礼を述べ椅子に座った。

純二郎は、人間ドックの検査報告書の内容を見て、血圧を測り型どおり問診をしたあと、文子

をベッドに横になるよう指示した。

純二郎は、仰向けになった文子のみぞおちに両手を置き、

「少し押しますけど、痛かったら言ってください」と言った。

「先生、少し痛みを感じますが、我慢できないほどではありません」と痛さ加減を説明した。

純二郎は文子に、

「それでは、うつぶせになってください」と言うと、そばにいた看護師が文子の身体を介助した。

純二郎は、文子の背中に両手を置き、触れる程度の力で上から下まで押した。

「先生、背中の中央の下あたりでしょうか、痛みを感じます。今まで、こんな丁寧に触診して貰った記憶がないせいでしょうか。疼痛って言ったらいいのかわかりませんが、経験したことのない痛みが走りました」と訴えた。

純二郎は文子の様子を見ながら、

「もう一度、胃の裏側にあたる部分を少し強く押しますので、我慢してください」と念押しした。

顔を横にしていた文子は純二郎に向かって、

「イタ、イタタタタ……。先生、痛くて仕方ありません」と激痛をこらえながら耐えているようだった。

「すみません、少し強く押し過ぎたかもしれません。一之瀬さん、これで触診は終わりましたので、ベッドから起きてください」と純二郎は何事もなかったかのような顔をして自分の席に戻った。

文子はベッドから起き上がり、看護師の手に支えられてスリッパを履き元の椅子に座った。

純二郎は、必要な検査項目を目の前のパソコンに打ち込み、看護師に指示した。

「早速ですが、受付に提出された人間ドックの検査報告書を拝見しました。確かに、腹部超音波検査で膵臓付近に〝しこり〟らしいものが見えると所見に書いてあります。人間ドックの検査結果を再確認するため、今日は血液検査、尿検査、腹部超音波検査を行います。明日、本日の検査結果を総合的に判断して、胃カメラと同じような方法で、超音波内視鏡で検査するかどうか判断します。因みに、一之瀬さん、人間ドックで胃カメラ検査をされておられますが、鼻からでしょうか、それとも口からでしょうか？」

「先生、口からです。人間ドックの先生は、鼻のほうが楽だと言われましたが、ご覧のように鼻孔が狭いものですから、なんとなく気が引けていつも口から挿入して貰っています」と文子は応えた。

「因みに、超音波内視鏡検査は、口からカメラを挿入します。今日の診察はこれでおしまいですが、これから看護師の指示に従って検査をし入院していただきます。明日午前中に再度診察します。入院手続きは、早乙女さんにお願いしたほうが良いと思います」と純二郎は瑠璃を見て淡々と話した。

文子は看護師の指示に従い、隣の検査室に入った。

瑠璃は診察室を出て総合受付のある病棟に行って、入院手続きをすませ検査室に戻ってきた。

意外にも早く検査は終わったらしく、

「瑠璃、たった今検査終わったから……」と少し疲れた様子だった。

文子は、診察室と同じ病棟の八階、四人部屋の病室に入院することになった。

遠くに富山湾が見える窓側のベッドを用意してくれた。

四人部屋だったが、一人しか入院していなかった。

二人は、先に入院されている方に簡単な挨拶をし、文子は病院のパジャマに着替えベッドに横になった。

瑠璃はベッドの横にあるパイプ椅子に座り、窓から海を眺めた。

水平線の向こうに、かすかにタンカー船のような船がゆっくりと航行しているのが見えた。

文子は瑠璃に向かって、

「今日の検査はなんてことなかったのに、入院となると気が重くなり疲れたわ。私少し寝るけど、瑠璃、あなたどうする」と言って文子は目を閉じようとしていた。

「そうね。お母さんの夕食が終わったら、帰ることにします」

「それがいいわ。病院の夕食は早いから、もうすぐじゃない」

「入院手続きのとき説明受けたんだけど、朝食八時、昼食十二時、夕食六時だそうです」

「あら、そうなの。あと一時間半ぐらいあるから少し寝ます」と文子は言って目を閉じた。

瑠璃は手持無沙汰になり、廊下に出て自動販売機を探した。

廊下の突き当りに設置してあるのを見つけた瑠璃は、コインを入れ紅茶のボタンを押した。

自動販売機の横にあるベンチに座り、紅茶を飲みながら瑠璃は溜息をついた。

「何もなければいいけど……」

瑠璃はふと窓の外に目をやると、濃い緑に囲まれた古城公園が見えた。お堀端の桜は有名で、わざわざ富山から高岡まで見にくる人がいた。瑠璃が小さいころ、良く父と母に連れられ、お花見にきてお弁当を食べたことを思い出した。また、毎年五月の初めに行われる「高岡御車山祭《みくるまやままつり》」が楽しみで、沿道から眺める山車の豪華な装飾に目を輝かせ、瑠璃が引き回しのなり手を、父にせがんで困らせた記憶が蘇ってきた。

紅茶を飲み終えた瑠璃が、母のいるベッドに戻ろうとすると、廊下の向こうから白衣をきた男性が右腕をあげ手を振りながら近づいてきた。

高瀬純二郎だった。

二人は立ち話になった。

「お母さんの具合はどうですか?」

「少し疲れたと言って、寝ております」

「ご高齢ですし、当たり前だと思います」

「普段、気丈な母ゆえ堪えているんだと思います」

純二郎が思い出したかのように、

「早乙女さん、お母さんは富山大空襲の語り部をされていたようですね」と聞かれ、瑠璃は戸惑った。

「そうですが、良くご存知で……」と瑠璃は意外そうな顔をした。

「偶然、北国テレビで放送された富山大空襲の特集を録画で見ていたら、語り部としてお母さんが出演されていたのを思い出しました。私の兄はあまり話したがらないのですが、私たち兄弟の父・高瀬源一郎は満州生まれで、祖父が富山の薬業専門学校を出て満州で売薬さんたちをまとめていたそうです。海外で一儲けしたかったらしく、一家総出で中国に渡りました。ところが、祖父が満洲にいて戦況が悪化しそうなのをいち早く察し、祖母と幼子の父たちを先に日本に帰国させ、富山市内の実家に住まわせました。その決断は正しかったと思うのですが、祖母と父の兄弟は空襲に遭い、なんとか逃げ回って命拾いをしました。親戚やお世話になった近所の方々、友人たちなどが空襲で犠牲になり、自分たちが生き残ったという懺悔の気持ちがあったようです。祖父は満州で亡くなり、祖母が働きづめで父たちを育て、空襲で焼失した薬業専門学校が戦後復興され、父は祖父と同じ学校を卒業し薬の会社に就職しました。その会社で事務員をしていたのが母で、一目惚れだったそうです。両親から『世のため人のため尽くせ』と育てられた結果、二人して医者の道を選びました」

純二郎は瑠璃にすまなさそうな顔をして、

「ついつい長話になり、申し訳ございません。こんな立ち入った話は病院ではいつもしません。昨晩兄から、お母さんが空襲の語り部をされていたと聞き、そういえばテレビに出ておられたと気づいたものですから……。お引き留めして申し訳ございません」と謝った。

瑠璃が文子のベッドに戻ると、既に夕食が配膳されていた。

「瑠璃、どこに行っていたの?」

「廊下の自動販売機の前で紅茶を飲んでいたら、高瀬先生と立ち話になったの。お母さん、冷めないうちに食べたほうがいいわよ」

「そうね、そうしようかしら」

「瑠璃、美味しいわ。病院の食事って期待していなかったけど、食欲があるのは元気な証拠なのかもね」と言いながら文子は平らげた。

「お母さん、食欲旺盛ね」

「この歳になっても、人間って貪欲な生き物なのね」

そんな母の姿を目にした瑠璃は安堵した。

食べ終わったのを見届けた瑠璃は、

「お母さん、そろそろ晩ご飯の支度をしなくちゃいけないので、私これで帰りますけど、明日何かもってくるものありますか?」と尋ねた。

「大丈夫よ、気を遣わないで」

「それじゃ、明日八時半ごろきますから、それでいい?」

「そんなに慌ててこなくても、用事をすませてからでいいよ」

「それじゃ、また明日くるから……」と言いながら病室を出た。

自宅に着いた瑠璃は、早速晩ご飯の支度に取りかかった。

ほどなくして華音が帰ってきて、

「お母さん、悪いわね。今夜は私が作るから、休んでて……」と慌てて二階に着替えに行った。

下りてきた華音はキッチン台の前に立って、

「お母さん、カレーライスでいいかしら？」と聞いてきた。

「そうね、昨日、一昨日とご馳走が続いたから今晩は簡単にしましょう」と瑠璃は心なしか疲れた様子だった。

華音がカレーを作り終えたころ、丁度真一が帰ってきた。

真一は玄関をドアを開けるなり、

「ただいま。いい匂いがするな」と上機嫌だった。

「あなた、お帰りなさい」と瑠璃が玄関に行った。

「瑠璃、お義母さんはどうだった？」

「短気ね、お父さんは……。二度手間になるから、華音を交えて報告するので、先に着替えてきて」と瑠璃は少々いらだっていた。

真一は二階に行き着替えをすませ、すぐに下りてきてリビングのソファーに座った。

華音は作り終えたカレーライスを器に盛りつけ、サラダを作りながら、

「今日は、そっちで食べましょう」と提案した。

「そうね、それがいいわ」と瑠璃が応えた。

華音は、すぐにソファーの前のテーブルに、カレーライスとサラダを置き、

「お父さん、お母さん。お水でいい？」と半ば強制するように聞いた。

「お水でいいよ」と二人は口をそろえて応えた。

瑠璃はカレーライスを食べながら、

「高瀬先生、お兄さんから連絡を受けていらしたので、検査も入院手続きもスムーズにいったわ。今日は血液検査、尿検査と腹部超音波検査だけでした。明日の午前中診察があって、今日の検査結果を踏まえて、超音波内視鏡検査するかどうか判断することになりました。ただ触診で、みぞおちを先生が両手で押したときは、そんなでもなかったのに、うつぶせになって先生が背中の胃の付近を押したら、激痛が走ってひどく痛がっていたわ」と瑠璃は診察の経緯を説明した。

真一は瑠璃の説明を聞いて、

「そうか、そんなに痛がったのか」と呟いた。

華音は、

「おばあちゃん、何もないといいけど……。超音波内視鏡検査ってどういう検査？」と瑠璃に聞いた。

「胃カメラと同じようなものらしい。お母さんの場合、口から超音波内視鏡を入れて検査するみたい」

真一は二人の会話を聞き、

「あれこれ話しても、先生にお任せするしかないだろう」と言って遮った。

その日の晩ご飯は、三人ともそれ以上話をせず食べ終えた。

「紅茶でも入れましょうか」と瑠璃が聞いた。

「飲みたいな」と二人とも言った。

真一は紅茶を飲みながら、

「瑠璃、ところで明日何時に病院に行くんだ?」と聞いた。

「明日、病院には八時半に行くとお母さんに伝えました」

「そうか。あす大学の午後の講義が一コマだけだから三時過ぎに終わるので、帰りに病院に寄りたいんだが、それまで待っててくれないか。高瀬先生にご挨拶しておきたいので……」と瑠璃に告げた。

瑠璃は安心した様子で、

「ありがとう、真一さん。私一人じゃ心許なくて、あなたに頼もうと思っていたの……」と胸をなでおろした。

「多分、四時には病院に着くと思うから……」

「六時が夕食の時間なの。夕食までの時間、お話しするのに都合がいいかも知れませんね」

「それじゃそうしよう」

第二章　善人面した悪人

翌朝、皆早めの朝ご飯を終え、瑠璃は病院に向かった。

その日も混んでおらず、八時半前に着いた。

早速エレベータで八階に行き、文子の入院している部屋に入った。

同室の方に軽く会釈し、母のベッドの横に座った。

母は丁度朝食を食べ終えたところだった。

「お母さん、おはよう」と瑠璃は母に声をかけた。

振り向いた文子は、元気そうだった。

「瑠璃、やはり時間通りにきたのね。昨晩はあまり寝れなくて、窓から海を眺めていた。遠くのほうに漁火が見えて、まるで蛍のように奇麗だったわ。入院したご褒美ね。これっておかしい？」

「お母さんったら、どんな状況でもポジティブに考えるのね。私もそうだから遺伝かな……」と作り笑いをした。

「ところで、今日の診察時間。何時？」

「九時ごろ、看護師さんが呼びにきてくださるそうよ」

「あらそう。あまり時間がないわね」

「そろそろ準備しなくては」と文子が言いかけたころ、看護師の高崎由佳が入ってきて「一之瀬さん、おはようございます。具合はいかがですか」と問いかけた。

「ハイ、すこぶる元気です」と文子は笑みを浮かべながら返事をした。

高崎は、丁度華音と同じ年ごろのように瑠璃には映った。

瑠璃は遅まきながら、

「一之瀬の付き添い、娘の早乙女瑠璃と申します。母が色々お世話になります。よろしくお願いします」と丁重に挨拶した。

高崎はにこやかな顔をして、

「こちらこそ。お役に立てるようお世話させていただきますので、よろしくお願いします」と言って頭を下げた。

「早速ですが、一之瀬さん、体温測りますね」と高崎は体温計を文子に渡した。

文子は、パジャマの一番上のボタンを外し体温計を脇の下に挟んだ。

体温計の音が鳴り、文子は高崎に渡した。

「三十六度二分の平熱ですね。それでは診察室にお連れしますので、私のあとについてきてください」

文子と瑠璃は、高崎のあとについて行った。

診察室は、昨日と同じだった。

高崎は診察室の扉を叩き、

「高瀬先生、一之瀬さんをお連れしました」と声をかけた。

「どうぞ、お入りください」

二人は口をそろえて、

「先生、おはようございます。本日もよろしくお願いします」と言った。

文子が椅子に座り瑠璃は立ったままでいると、高崎がパイプ椅子をもってきて「こちらにおかけになってください」と勧めてくれた。

純二郎は、血液検査、尿検査、腹部超音波検査の結果を丹念に診て、血圧を測り、聴診器を文子の胸、腹部や背中にあてて診察した。

「一之瀬さん、明日の朝九時半から超音波内視鏡検査をします。今晩八時以降はお水以外一切取らずに地下一階の内視鏡検査室に高崎看護師がご案内します。それと、胃カメラのときとの違いは、小さい針の付いたカメラで胃や十二指腸から超音波で膵臓、膵管付近を観察し病変があるようでしたら針を刺して検体を採取します。その間、麻酔や鎮静剤が効いていますので、痛みはさほど感じないと思います。検査が終わったら検査室の奥にあるベッドで一時間ほど休養を取って貰い、具合がよさそうでしたら病室に戻って結構です。検査後、もし体調に異変があるようでしたら、遠慮せずに高崎看護師を呼んでください。私がすぐに駆けつけますので、ご安心ください。早乙女さん、検査そのものは三十分程度です。前処置や検査後一時間ほど安静にしていただきますので、病室に戻るまで約二時間ほどかかります。その間、お待ちいただくことになります。診察と明日の検査についての説明は、これで終わりです。何かご質問ありますでしょうか」と純二郎は尋ねた。

文子は何を質問していいのかわからず、

「先生、何もかもお任せいたします」と応えた。

瑠璃は文子のそんな様子を見て、

「お母さん、大丈夫よ」とうっかりしゃべってしまった。

二人は診察室を出て、八階の病室に戻った。

「あーそうそう、大事なこと言い忘れていたわ。お母さん、今日四時ごろ、真一さんが病院にくることになっているの」

「あらそうなの。そんなに気を遣わなくてもいいのに……」

「真一さん、高瀬先生にご挨拶したいのよ。今日の午後の講義三時過ぎに終わるそうなので、帰りに立寄りたいと言っていたわ」と何気なく瑠璃は文子に伝えた。

「それならいいけど……」

それから二人で他愛もない話をしている間に、昼食が運ばれてきた。

「お母さん、私地下の食堂で昼食食べてきますが、何か買ってきましょうか?」

「そうね、真一さんがいらっしゃるなら、お林檎買ってきて貰おうかしら。三人で食べたくない?」

「地下の売店で、林檎売っているかな? もしなかったら、外に行って果物屋さん探すから……」

「瑠璃ったら、大げさなのよ。二個位でいいんだから……」

「わかりました。二個ね」

文子の昼食が配膳されたのを見届けて、瑠璃は地下の食堂に向かった。

昼食を食べ終えた瑠璃は、廊下に出て売店を探した。

売店には、さすがに林檎はなかった。

慌てて瑠璃は階段を速足で上がり、電波状態の良い一階ロビーに向かった。瑠璃はロビーの椅子に座り、ポケットからスマートフォンを取り出し、真一に電話した。なかなか繋がらず留守電にメッセージを吹き込んだ。

――もしもし、瑠璃です。病院にいらっしゃるとき、林檎二個買ってきてください。お願いします――

病室に戻った瑠璃は文子のベッドの横に行き、

「お母さん、昼食どうだった？」と聞いた。

「瑠璃、贅沢言えないけど、正直に言うわね。今日は、薄味で美味しくなかったのよ」と囁いた。

「そうなの。そうそう林檎のことだけど、やっぱり売店に置いてなくて、真一さんに買ってきて貰うよう留守電に入れといたわ」

「あらあなた、そんなこと頼んでいいの。私、悪いことしたみたい」

「それくらい、あの人はなんてことないわよ」と瑠璃はあっけらかんとしていた。

「それならいいんだけど……」

「ところでお母さん、ベッドで横にばかりなっていないで、少し歩かない？」

「そうね、そうしようかしら……」と文子はベッドから起き上がりスリッパを履いた。

瑠璃は母の手を握り同室の人に、

「ちょっと、歩いてきますから」と声をかけた。

二人はエレベーターフロアに行き、

「まだ二時間以上あるから、思い切って屋上に行ってみない?」と瑠璃は文子を誘った。

「それは、いいわね」

屋上に着いた二人は外気に触れ、

「ああ、気持ちがいい……」と言って深呼吸した。

「やっぱり、おてんとうさまが一番ね」と文子は上機嫌だった。

屋上は思いのほか広く、古城公園、二上山、遠くに立山連峰が霞んで見えた。

少し木陰になっている長椅子を瑠璃が見つけ二人は座った。

「いつも見ていた景色が、新鮮に見えるから不思議なもんね」と瑠璃が言いかけると、

「そうね、人間っていい加減なもんよ。それでいいのよ。毎日毎日の平穏な暮らしに慣れてしまい、環境が変わったとたん、見えなかったものが見えてくるもんなのよ……」と文子は意味深長な話をした。

「そうかも知れないね、お母さん。こうやって親子そろって、高いところから見るの、何年ぶりかしら」

「そうね、お父さんの一周忌を終えて、丁度桜の咲くころ真一さんと砺波の頼成山にある県民公

園に行ったよね。ツツジやアジサイはまだだったけど、ツバキが綺麗だったわね」と文子は懐かしがった。

「あそこで『全国植樹祭』開かれたの、瑠璃知っている?」と文子は聞いた。

「開催されたのは知っているけど、私生まれたばかりで一歳になってないんだから、お母さんたらもう……」

「そうね、覚えているはずがないわね。あのときは大変だったのよ。だって、昭和天皇、皇后両陛下がお見えになることになっていたので、県民あげてお迎えすることになったの。あなたをおんぶして、市電で城址公園まで行ってその沿道で、お父さんと一緒に日の丸の旗を一生懸命振ったのよ」と文子は楽しそうに語った。

瑠璃は植樹祭の話題につられて、

「私が富山女子学院高校のときの音楽の筑紫美咲先生、お母さん覚えている?」と話し始めた。

「知っているわよ。ピアノが上手な先生よね」と相槌を打った。

「あの先生が、高校三年生のとき植樹祭の合唱メンバーに選ばれたんだって。良く私たちに、そのときのこと話してくれたわ。両陛下を、どのようにして頼成山にお迎えしたら良いのか知事さんが迷っていたらしい。それで思い立ったのが、県内の高校と地元の中学のブラスバンドの混成チーム。急遽結成して、合唱は中学校、高校の選抜メンバーを募って、ベートーヴェンの合唱曲『自然における神々の栄光』で両陛下をお迎えした。式典で、〝緑の歌と県民の歌〟を歌ったら、皇后陛下がいたく感動され、お礼の手紙が富山県知事に届いたの。大喜びした当時の県知事が、協力してくれた学校に直接行って、校長先生に感謝状と愛と美の象徴であるミロのヴィーナスのレプリカを贈呈したのよ。高校の校舎の正面を入ったところのガラスケースの中にしまってあったの、今でも覚えているわ。筑紫先生は植樹祭で歌っているとき、目の前を両陛下が通られて会釈されたのが一生忘れられない思い出となり、音楽の先生になろうと決めたらしい。これには後日談があって、先生は両親に勧められるまま、東京の女子大学の家政学部に進学し、家庭科の先生としてうちの高校に赴任したの。最初は家庭科を教えていたのに、音楽の先生になりたくて富山の大学の教育学部に通って音楽の教員免許を取得して音楽を教えていた。その話を直接先生からお聞きしたとき、先生の情熱に感化され、私もそういう人間になりたいと思ったけど、先生の足元にも及ばないのは今でも自覚しているわ。とにかく、ピアノが上手で憧れたわね」と瑠璃は昔を懐かしむように話した。

「筑紫先生ね。あの方は、瑠璃を可愛がってくれたわね。あの先生と出遇ったから、あなたはピアノの音楽教室を開きたかったのね。良く私にもわかるわ。偶然の出遇いがその人の人生を決めるというけれど、私は本当だと思っている。私だって、浅野の家に生まれ、亘さんを好きになり結婚した。中野新町にある一之瀬家であなたを産み育て、亘さんが亡くなり一人ぼっちだった。一周忌が終わって、のんびり一人で暮らそうと思っていたら、真一さんに誘われるまま、あなた方が居を構えているこの高岡で一緒に暮らしているんですもの。〝縁〟って不思議なもんなのよ。真一さんには、私みたいな〝厄介老人〟を引き受けて貰って本当に感謝している。こう言っちゃなんだけど、あなたにとって真一さんは、勿体ないくらいだと思っている。瑠璃、真一さんに感謝している⁉」と文子はいつになく説教じみた口調で語った。

「お母さん、そんなことわかっているわ。真一さんには、なかなか正面切って言えないんだけど、心の中では感謝している。ところで、折角の機会だからお母さんに聞きたいことがあるの」と瑠璃は母の正面に向き合って言った。

「どうしたの、改まって……？」

「お母さん、今日は聞きたいことがあるの」

「そんな大事なことなの……？」

「どうしてお母さんは〝空襲の語り部〟に、こだわっているの？」

一瞬、文子の顔色が変わった。

「瑠璃。自分の娘に、この場所で、この場面で詰め寄られるとは考えてもいなかったわ。どうして今なの……」と文子は反論した。

驚いた瑠璃は、

「お母さん、そんなに怒らないでよ。娘として聞いておきたいだけなの」と腰が引けた。

「厭だとか、言いたくないとか、そういうことじゃないの。瑠璃、知っての通り、母は焼夷弾をまともに受けて死んだわ。死んだのではなくて、殺されたのよ。小さいながら私は、怯え、震え、憎しみ、憤り、何が起きたのか信じられず心が張り裂ける思いだった。今でもトラウマのように、夢に苛まれることがあるの。これわかるわよね」と文子の目は涙で潤んでいた。

大事な検査を明日に控え、これ以上母をしゃべらせてはいけないと感じた瑠璃は、

「お母さん、私が軽い気持ちで話しかけたことを許して……」と謝った。

するとき気丈にも文子は、

「今日は二人だけだし、誰も聞いていやしないので、私のありったけの思いを話すから聞いてて……」とは娘に言い聞かせるような口調で語り始めた。

「良く『正義の戦い』といって戦争を正当化する、どこかのお偉いさんがいるわよね。私、腹が立ってしょうがないの。だって、戦争って殺し合いでしょう。戦争があったから、私の母があのような空襲に遭って殺されたのよ。今でも世界各地で殺し合いをやっているでしょう。人権が守られていない、価値観が違うとか、民族や宗教の違いだとか、食料や資源の奪い合いだとか、いろんな理屈や主張を展開して争っているわよね。これって知識、知見や智慧のある人たちのやること？　善人のつもりで信念や信条、自分なりの流儀をかざし、自らの正当性を主張しているだけじゃない。そのなれの果てが戦争。犠牲になるのは、決まって私たち庶民や戦争に駆り出された若者たちじゃない。『人間は過ちを繰り返す生き物』と言った学者がいたけれど、歴史がそのことを証明していると私は言いたい。だから誰が何と言おうと、このような愚の骨頂たる戦争は、どんな理由があろうとも、やっちゃいけないのよ。だから、空襲の語り部を続けてきたの。続けなくてはいけないと固く心に誓ったのよ」と文子は忿怒《ふんぬ》をあらわにした。

あまりの母の雄弁さに圧倒された瑠璃は、一言も挟む余地がなかった。

「瑠璃、言い過ぎたかも知れないけれど、この世に真理なんて存在しないことをこの歳になって、ようやくわかりかけてきた。見えていたもの、嗅いでいたもの、触っていたもの、聞いていたもの、味わっていたもの、意識して行動していたこと。それら全てを自分を真ん中におき、都合のいいように解釈し、満足するように仕向けている自分に最近気づいてきて、他人から見たら全く違うんだなあと思うことがたびたびあるの。最近の私は、阿弥陀様の救いに気づかされ、お任せしようといった心をもとうと努力している。だけど、これって物凄く難しいことだと感じることがままあって、多分臨終を迎えるまで消えやしないわね。一言でいうと〝恕《おもい》やり〟という漢字の意味に、凝縮されるかも知れないと考えるようになってきた。この恕やりが欠如したとき、自己中心にハマった為政者が善人面した顔のもと、人として最も愚かでやってはいけない戦争に走る。戦車、戦闘機、爆撃機、空母、ミサイル、加えて禁止されている化学兵器や核爆弾という恐ろしい兵器をちらつかせ相手方を脅し、無差別攻撃で殺し、屈服させ、勝ち名乗りをあげる。戦争は、悪の中でも〝極悪非道〟の行為であって、空襲はその最たるもの。だから私はそのことを訴え、語り継ぐことによって、平和な世界を個人個人、一人ひとりが自身のことと捉え、平和な世界の実現・継続できる社会を築くことの大切さを共有したいと思ってきた。理想論と言われるかも知れないけれど、戦争は一旦始まると歯止めが利かなくなって、結局多くの人たちの命や生活が奪われ、日常が非日常となってしまう。もうそろそろ、この大きな過ちを繰り返すことの愚かさに気づかないと、『人が人でなくなる』と私は真剣に考えている。無関心が一番いけないの。瑠璃、間違っている⁉」

「お母さん、間違っていない。そういう母親の娘であること、私は誇りに思っている。そろそろ病室に戻りましょう。大分時間が経ったわ。多分真一さんが待っていると思うから……」と瑠璃は母に声をかけた。

「そうね、待たせちゃ申し訳ないわね」と文子は言って二人は長椅子を立ち病室に向かった。

二人は、八階の廊下を歩きナースステーションに目をやると、そこに看護師たちと話をしている真一がいた。

瑠璃は早足で真一のそばに駆け寄り、

「あなた、待たせてごめんね」と謝った。

驚いた真一は、

「瑠璃か……。お義母さんは」と尋ねた。

「真一さん、ごめんなさいね」と文子は後から追いついてきて謝った。

真一は怪訝そうに、

「瑠璃から聞いていた病室に入ってベッドを覗いたら、お義母さんや瑠璃がいなくて、ここのナースステーションで看護師さんにお聞きしていたとこなんだ。ところで、どこに行っていたんだ?」と質した。

瑠璃は何もなかったかのように、

「お母さんと一緒に屋上で話していたら、長くなってしまって……」とその場を取り繕った。

「留守電に録音されていた林檎、買ってきたよ」

「ありがとう。真一さんお忙しいのに、お使いさせるなんて、瑠璃ったら」と文子は笑った。

その様子を見た真一は、

「お義母さん、お元気そうなので安心しました」と口にした。

瑠璃が、

「折角真一さんが買ってきていただいた林檎、みんなで食べましょう」と言ったところ、真一が大きな買い物袋からフルーツの詰め合わせを出し、

「これ皆さんで、召しあがってください」と言って看護師に渡した。

「ありがとうございます。わあ、美味しそう」

「義母がお世話になります。ほんの口汚しにと思い買ってきましたので」と真一は言った。

そんな様子を見ていた瑠璃は真一の耳元で、

「あなたって、誰にでも優しいのね」と言って腕をつねった。

「さあ、病室に行きましょう」瑠璃は真一と母の腕をつかみ病室に向かった。

ナースステーションで見ていた看護師たちは、

「一之瀬さんのご家族って、本当に仲が良くて羨ましいわね」と口々に語り合った。

病室に入った三人は、ベッドの横にある窓際のテーブルに身体を寄せ合うようにしてパイプ椅子に座った。

真一が買い物バッグの中から取り出したのは、フルーツが既に食べやすいようにカッティングされ、奇麗に盛り付けられた籠だった。取っ手の部分には、リボンがついており、まるでアフタヌーンティーを楽しむように誂《あつら》えられていた。

瑠璃は真一をマジマジと見つめ、

「あら、こんなおしゃれなセンス、どこで覚えたの？」とやっかみ半分で眺めた。

「瑠璃、冷やかすもんじゃない。午後の講義が終わって教室で留守電を聞いていたら、学生たちが寄ってきたので、母のお見舞いに果物をもって高岡セントラル病院に行きたいんだけど、あの近くに果物屋さんない？　と、うっかり漏らしてしまった。すると、ある女子学生が、『本当にお母さんですか？　先生、高岡駅の降りた道沿いに、フルーツパーラーがあるので、そこで買って行かれると喜ばれますよ』とアドバイスしてくれたんだ」と真一は種を明かした。

するとと瑠璃は嫉妬深く、

「まあ、良かったですね。私林檎二個買ってきてください、と留守電入れただけなのに、こんなことになるなんて思ってもみなかったわ」とむくれた。

そんな二人を見ていた文子は、

「あなた方、いい加減にしなさい。瑠璃ったら良い歳してみっともないわよ。折角だからいただきましょう」と割って入った。

三人はお隣さんに気遣って、小声で笑いながら美味しそうに食べた。

あっという間に、真一が持参したフルーツはなくなってしまった。

「そろそろ、お義母さんの夕食の時間じゃないのか。瑠璃」

「六時が夕食の時間だから、もうすぐ配膳されるはずよ」と瑠璃が応えているうちに夕食が運ばれてきた。

瑠璃は文子に向かって、

「お母さん、明日の朝食は抜きだから、今晩は残さず食べとかないと、もたないわよ」と自分が病人ような口ぶりで言った。

「ハイハイ、わかりました」

「あなた、地下の食堂案外いけるのよ。一緒に食べない」

「そうね、二人で食べに行ってらっしゃい」

「お義母さんがそうおっしゃるなら、瑠璃、食べに行こう」

「真一さんたら、お母さんの言うことなら聞くのね」

「そんなことじゃなくて、ここに二人がいると、お義母さん食べにくいと思ってさ……」

「まあ、お仲がよろしいこと。夫婦喧嘩は、お家でしてください。さあさあ、二人で食べに行ってらっしゃい」と文子は追い払うように言った。

　二人は廊下に出て、ナースステーションの前で軽く会釈すると、

「早乙女さん、先ほどのフルーツ、皆でいただきました。本当に美味しくて、すぐになくなってしまいました。ありがとうございます」と看護師たちから感謝された。

「それはそれは、もってきたかいがありました」と真一は恐縮しながら応えた。

　地下の食堂に入ると思いのほか混んでいた。

「華音に夕食いらないから、と連絡しておかなくていいのか」と真一は瑠璃に声かけると、「そうね、ここは電波状況悪いから、私一階ロビーに行って連絡してきます」と言って階段を上って行った。

真一は、食券自動販売機の前でメニューを見た。

さっきのフルーツがお腹の中に残っているせいか、あまり食欲がなかった。

はたと困った真一は、瑠璃が下りてくるのを待つことにした。

迷っていると瑠璃がそばにきて、

「華音に連絡しておいたわ。華音はスパゲッティーを作って食べるそうよ」

「あらまだ、食券買っていないの」

「だって、瑠璃が何を食べたいのかわからなくて……」

「私、何でも良かったのに」

「そんな訳にいかないだろう。瑠璃が食べたいものあると思ってさ……」

「今日は何でもいいの。軽くすませましょうか」

「それじゃそうしよう。うどんか蕎麦にしようか」と瑠璃に尋ねると「私は山菜うどんがいいわ」と言った。

「それじゃ僕も同じものにする」

食券二枚を調理場のカウンターに出すと、黄色の丸い番号札が渡された。

番号札は、20と刻印されていた。

二人は空いている席に対面で座り、瑠璃はお茶を取りに行って戻ってきて茶わんをテーブルの上に置いた。

「20か……。急いで食べる必要ないから、ゆっくりしようよ」

瑠璃は文子との屋上での話を、真一に話すべきかどうか迷った。

瑠璃がいつもの調子ではないことを察した真一は、

「瑠璃、お義母さんと何かあったのか」と尋ねた。

「……わかる。あなた」

「やっぱり、そうか」

「そうなのよ」

瑠璃はお茶を一口飲みながら、

「お母さんが昼食食べ終えたあと、気分転換しようと思って、母を連れて屋上に行ったのよ。最初は屋上から見える古城公園、二上山や霞がかった立山連峰を見て、お花見の話やら全国植樹祭の話題で盛りあがっていたの。そこまでは、なんてことなかった。そのあとがまずかった。結果的には、お母さんを追い詰め、苦しめるような羽目になってしまい、お互い中途半端で気まずい雰囲気で終わってしまったの」とうなだれた。

「何を言ったんだ」

「……空襲のときのこと……」と瑠璃は俯き加減で言った。

「そりゃまずいよ、瑠璃」

「二十番のお客様。山菜うどん、ご注文されたお客さん。できあがりましたので、取りにきてください」とアナウンスされた。

瑠璃は番号札をもって、

「あなた、私運んできますから。それにしても早いわね。麺類だからかしら……」と言って席を立った。

瑠璃は、もってきた山菜うどんをテーブルの上に置いた。

真一はうどんを食べながら、

「さっきの話の続きなんだけど、お義母さんの言動はどういった内容だったの」と聞いてきた。

「お母さんの母、私から見れば祖母なんだけど、空襲で背に焼夷弾をまともに受けて亡くなった様子が今でも夢にでてきて、うなされるらしいの。自分がどう向き合ったらいいのかを考えた末、語り部を続けることによって自己肯定するしかないとの考えに至ったらしい。長い年月を経るうち、空襲そのものに対する怒り、憤り、憎しみといった感情から、戦争そのものに対する否定に徐々に変わってきて、平和を実現・継続するため、一人ひとり行動すべきとの確信に変化し、今の自分がある。娘の私ですら、あのようなお母さんの厳しい姿、初めて見た」と瑠璃は概略を話した。

それを聞いていた真一は、

「瑠璃、少し落ち着いて食べたほうがいい」ととりなした。

瑠璃は喉が通らないのか、

「真一さん、私もうお腹が一杯なの。食べれないわ」と箸をお盆の上に置き溜息をついた。

「そうか……。そうだな」と真一も食べるのをやめた。

二人は、黙ったままお茶を少し飲んだ。

「真一さん。戻りましょうか」

「そうだね。そのほうがいいみたいだね」

「私、食器片付てくるから」と瑠璃は半分以上残ったうどんと茶わんをお盆にのせ、返却口にもって行った。

二人が母の病室に戻ると文子が、

「あら、どうしたの。早かったわね」と怪訝そうな顔をした。

真一は取り繕うかのように、

「お義母さん、さっきのフルーツお腹に残っていて、二人ともうどん残しちゃいました」と言った。

「勿体ないわね、二人とも。私は、戦後食べ物を残すのが悪い、と教えられたもんだから、その習慣がこの歳になっても抜けないの。何でも食べなきゃ生きていけなかった記憶が、しみついているのかも知れないね」

その言葉にドキッとした瑠璃は、

「お母さん、明日は検査だから今日はこれで失礼するわ。ねえ、真一さん」と無理矢理に真一に同意を求めるような仕草で言った。

「ううん、それはそうだ」

「あらそう。お二人さんそろって口裏合わせるなんて……」

瑠璃は帰り間際文子に、

「お母さん、しつこいようだけど、明日の朝食ありませんからね」と言い残し真一を誘って廊下に出た。

ナースステーションは、一人の看護師を除いて出払っていた。

二人は無言のまま、エレベーターで一階まで下りた。

玄関を出るとタクシー乗り場があり、真一が手をあげ二人は乗り込んだ。

タクシー内で真一が、

「空襲の話をもち出すの、タブーだね」と瑠璃に話しかけた。

自宅の前でタクシーを降り、瑠璃がインターフォンを押した。

「どなたですか」と華音の声が返ってきた。

「私、私よ」と瑠璃は繰り返した。

「お母さん、すぐ開けるから……」

「お帰りなさい。あら、お父さんも一緒だったのよね。そうよね」と華音は涼しい顔で言った。

二人はリビングに行き、ソファーにドカッと座った。

そんな様子を見た華音は、

「どうしたの、そんなに疲れたの。ねえ、どうしたのよ、おばあちゃんに何かあったの」と心配そうに聞いた。

瑠璃は気だるそうに、

「華音、そうじゃないの、おばあちゃんは元気よ」と言った。

「お父さん、お父さんも黙っていないで説明してよ」と華音は不服そうだった。

「華音、おばあちゃんの具合とは関係ないんだ。あとでお母さんが落ち着いたら聞いてみなさい」

「ところで、晩ご飯はすませたのかい？」

「とっくに、すませたわ」

「スパゲッティーにしたの？」

「お母さん、スパゲッティーにしようと思ったら食材がなくて、うどんにしたの」

「私たちとおんなじ。やっぱり親子ね」

華音は何のことかわからず、キョトンとした。

「今日は疲れたから、お風呂に入って寝るとするか」と真一は言いながら風呂場に向かった。

華音はソファーに座っている瑠璃に、

「お母さん、本当に何があったのか話してよ」と迫った。

「華音、私が悪いのよ。おばあちゃんについ空襲のときのこと、口に出してしまったの……」

「どうして？　なんで今日なの。検査入院しているときに……!?」

瑠璃は気を取り直して、しんみりと語った。

「華音の言う通り。こんなとき話すことじゃないわね。この前の、北国テレビの『富山大空襲』の特集番組見たでしょう。本当のところ、祖母が焼夷弾を受けた話、娘の私でさえ詳しい経緯聞いたことなかった。病院の屋上で二人になって、何故だかわかんないんだけど、どうだったのか聞いとかないと後悔するんじゃないかと頭をよぎってしまったのよ」

「そんなこと、あったんだ。おばあちゃん、話すの辛かったんじゃない。でも、お母さんの気持ちもなんとなくわかる。だって、どういった場面かわかんないんだけど、私だって聞いときたいもの……」と華音は母に同情したが、祖母の気持ちもわからないではなかった。

「華音、お父さんがお風呂からあがったら、私先に入るけどいい？」

「どうぞどうぞ。お母さん、ゆっくり、湯につかってね」

「あがったぞ、誰か入るか」

「私、すぐに入りますから……」と瑠璃が甲高い声で応えた。

「お母さん、お風呂に入ってすぐに寝るから」

華音は、もう少し祖母の話の続きを聞きたかった。

そこへ、髪の毛をタオルで拭きながら真一がリビング入ってきた。

「華音、お母さんから聞いた？」

「おばあちゃんの空襲のときのことでしょう」と確かめるように言った。

「そうなんだ。そうなんだよ。明日の大事な検査を控えて、あの話は禁句だと思って、つい瑠璃に文句めいた話をしてしまった。お母さんの聞きたい気持ちは理解できるが、今じゃないだろう。

華音はどう思う」と真一は華音に尋ねた。

「さっき、お母さんから概略は聞きました。お父さんの気持ちもわかるし、はっきり言ってお母さんを責められないと思う。家庭内でこうやって共同生活していても、触れられたくないことって一杯あるでしょう。ましてや、おばあちゃんにとって、私には経験ないからわかんないことだらけだけど、もし空襲で自分の母親が殺されたとしたら、一生その傷は癒えないと思う。だって、そんなむごいこと、経験者しかわからないと思うし、わかって貰えない。娘から尋ねられると、かえって近い存在ゆえに、語れないことって沢山あると思う。むしろ友人や不特定多数の人たちだからこそ語れることってあると思う。テレビや学校で空襲の語り部として話はできても、おばあちゃんは、お母さんに詳しくは話したくなかったんじゃない」と華音は文子の心理を推しはかるように話した。

「そうか、そうだね。華音の分析は正しいと思う。お父さんだって、戦後生まれだから、戦争や空襲の話をされたって、正直実感がわかない。勿論、戦争は二度と起こしてはならないと、頭の中では理解しているつもりだ。だがいざ、そのような状況に置かれたとしたら、身体を張って反対できるかどうか自信がない。自信というより、日本人の多くは戦後七十年以上そういった目に遭っていないから、思考停止状態になっているんだと思う。いけないことだとお父さんも思うが、理屈じゃどうしようもない。だからこそ、お義母さんのような体験者が後世に語り継いで、戦争の悲惨さを訴え過ちを繰り返さないようお互いに協力し合うしか、方法がないような気がする。華音、おばあちゃんの検査入院で何もなかったら、家族全員で聞いてみることにしないか？」と真一は華音に提案した。

「それが一番いいわね。私賛成……」と華音はまるで小学生のように右腕をまっすぐにあげた。

「それじゃ、お父さん寝るよ」と真一は階段を上って行った。

華音はソファーに座り、祖母の心情に想いを寄せた。

翌朝も全員早めの朝ご飯をとり、瑠璃は七時半にタクシーが家の前にくるよう手配していた。八時十五分ごろ文子のいる病室に入った。

文子は、ぼんやりとガラス越しに海を眺めていた。

「お母さん、おはよう」と瑠璃が声をかけると、文子は心なしか気が滅入っているようだった。

「お母さん、大丈夫。元気がないわね。昨日はごめんね。本当にごめんなさい」

文子は怪訝そうに、

「瑠璃、どうして謝るの。謝ることなんかないわよ。私が勝手に興奮してベラベラしゃべっただけなんだから。何も気にしてやしないわよ」とあっさり言ってのけた。

「お母さん、もうすぐ看護師さんが体温を測りにくる時間よ」

「そうね、ベッドに寝てなくっちゃ……」

ほどなくして看護師の高崎が文子のベッドのそばにきて、

「おはようございます、一之瀬さん。検温しますから」と体温計を文子に渡した。

文子は体温計を脇の下に挟みながら、

「高崎さん、今日はよろしくお願いいたします」と言って頭を下げた。

「三十六度一分ですね。九時半から地下一階の内視鏡検査室で検査しますので、今から私についてきてください」と高崎が言った。

二人は廊下に出て、地下一階に向かった。

瑠璃は、病室でベッドのシーツ、布団や枕を整理し、文子が戻ってくる約二時間どうすべきか迷った。挙句の果てに、一階ロビーに置いてあった〝高岡セントラル病院〟のパンフレットを取りに行くことにした。よくよく考えてみると、この病院にはどんな診療科があるのかさえ知らなかった。高瀬純一郎から紹介されるまま文子が検査入院し、今日の検査によってどうなるか予想がつかないにせよ、もし膵臓癌だったとしたら、どうすべきか心の準備の必要性を感じたからだ。

瑠璃は早速一階に下りて、ロビーに向かいパンフレットを手に取り長椅子に座って内容を見た。瑠璃は正直言って驚いた。診療科を見ただけでも四十科近くあり部門が十以上、患者会、健康教室、臨床研修センターで研修医の教育まで行っていた。もし、文子に病変が見つかり、検体を採取したとすれば当然良性か悪性の判断が必要となる。瑠璃の友人で市の乳癌検診を受けて、乳癌と判定されるまで一週間かかったと聞いたことがある。その友人のことを思い出した。気になった瑠璃は、高岡セントラル病院の診療科一覧を見ると、病理診断科が併設されていた。その説明書きを見ると、常駐病理診断医が二名おり、組織診断、細胞診断で年間約八千件の実績があると記載されていた。もし文子の病変が見つかり検体採取したとすれば、一体どれくらいの期間がかかるのか気になった。あれこれ考えているときりがないので、病室に戻った。

戻った瑠璃は、腕時計を見ると十時半を過ぎていた。

あと一時間ぐらいで文子は病室戻ってくるはずだと考え、ぼんやりと窓から外の景色を眺めていた。

窓から見える富山湾は、いつもと変わらなかったが、瑠璃の目には虚ろな景色としか映らなかった。

瑠璃は、屋上で母と空襲の話題になったとき、文子がどんな気持ちで娘の自分を思っているのか気になった。私には華音がいる。子をもつ親の気持ちは、わかっているつもりだった。空襲の話になったとき、意外にも母の歩んできた生涯を、娘の私が知らないことに、いみじくも気づかされた。華音のこと、どれだけ知っているのだろう……? 世間では〝家族の絆ほど強いものはない〟と当たり前のように言う。果たしてそうだろうか? 〝絆〟っていろんな場面で使われるが、その言葉自体、曖昧模糊としていて、私たち個人個人がやたら美化してしまっていやしまいか? と海の水平線に目をやりながら物思いに耽っていた。ふと何気なく振り返ると、廊下のほうからストレッチャーの車輪の音が聞こえてきた。

なんとストレッチャーに乗せられてきたのは、文子だった。

ストレッチャーが文子のベッドに横付けされ、素早く高崎ともう一人の看護師が文子の身体をベッドに移し布団をかけた。文子の腕には、点滴したままの姿があった。

予期しない出来事に、瑠璃は高崎に声すらかける余裕がなかった。

ベッドを整え終わった高崎は、呆然と立っている瑠璃に向かってこう言った。

「心配しないでください。早乙女さん、検査そのものは順調に終わったのですが、一之瀬さん一時間弱休まれて声をかけると、ベッドから下りられスリッパを履こうとされました。その際、ふらつかれたものですから、大事を取ってストレッチャーでお連れした次第です」

瑠璃は高崎の説明を聞き、

「それはそれは、高崎さん。お気遣いいただき、本当にありがとうございました」と言って深々と頭を下げた。

高崎は瑠璃に、

「午後の回診には、高瀬先生が診察されると思います。昼食はありませんので、お母さんを休ませてあげてください」と指示した。

文子は、目を閉じ寝ていた。

三十分ほど経って文子が目を開け瑠璃に向かって、

「瑠璃、高崎さんにストレッチャーに乗せられたまでは覚えているの。そこから先は、全然気づかず目が覚めたらここにいたのよ」とまだ寝ぼけ眼のような顔をした。

「お母さん、良かった。さっき高崎さんが、検査は順調に終わったとのことでしたよ」

「あらそう、麻酔が効いたのか、全く記憶がないの。胃カメラは、喉の表面にスプレーかけるだけの麻酔でしょう。今回は、点滴での麻酔だから、お母さん初めてでしょう。これも経験しておくもんね」とぼそぼそとしゃべった。

「まったく、しょうがないお母さんね……」と瑠璃は安堵の溜息をついた。

「あらそうだ、昼食はないそうよ。それから、午後の回診に、高瀬先生が具合を確かめに診察されるようです」

「ありがたいね、瑠璃。先生に感謝、感謝……」と文子は何度も繰り返した。

午後の回診で、純二郎が病室に入ってきた。

純二郎は開口一番、

「一之瀬さん、ふらつきの度合いはどうですか」と聞いた。

「先生、今はすっかりなくなりました」と応えた。

「それは良かった。高崎から聞きましたが、ストレッチャーで移動したと聞いたものですから、心配になって午後一番ここにきました。早乙女さんも一緒に聞いてほしいのですが、膵臓と膵管の数箇所の組織を採取しました。採取した検体を、病理診断科に早く検査するように頼んでおきました。早くて、三、四日かかると思います。病理診断医の意見を聞きながら今後の治療方針を決めたいと考えています。何かご質問ありますか？」と高瀬は聞いてきた。

文子は驚いたように、

「そんなに早く、結果が出るんでしょうか」と聞き返した。

「当院は、病理診断科に病理診断専門医が常駐しており、診断件数も数多くこなしておりますので、的確な判断ができます」と高瀬が応えた。

間髪入れず瑠璃が、

「先生そうですよね、母を待っている間、一階ロビーにある高岡セントラル病院の詳しいパンフレットを見ました。診療科一覧のところに病理診断科があり、年間約八千件病理診断していると記載されていました」とまたもや口が滑ってしまった。

高瀬は瑠璃の言動に頭を掻きながら、

「私共の病院をお褒めいただき、誠にありがとうございます。院長に申し伝えますので、これからも当院をピーアールしていただくようお願いいたします」とおどけるような仕草をした。

高瀬はベッドから離れる間際に、

「一之瀬さん、夕食は流動食になりますが、咳き込むようでしたら止めてください。早乙女さん、夕食時ここにおられますか？」と聞いた。

「いるようにします」

「しつこいようですが、お母さんが咳き込まれるようでしたら、すぐに止め、ナースコールを押してください」と言って退出した。

文子は、高瀬医師との話が終わり、安心したのか瞼を閉じウトウトし始めた。

瑠璃はそんな母の姿を見て、

「お母さん、私に遠慮しないで寝たほうがいいですよ」と声をかけた。

すぐに文子は眠りについた。

手持無沙汰になった瑠璃は、パイプ椅子に座りながらカバンの中から夏目漱石の『こころ』の文庫本を取り出し、読みかけのページをめくり読み始めた。

高校の教科書に『こころ』の一文が載っていたのをきっかけに、高校生のとき買って読んだが、内容の詳細が思い出せずここにきて読みたくなり、改めて買った。『こころ』は大正三年に刊行されている。漱石の生きた時代は明治時代そのものであり、その時代の風俗、慣習、考え方や価値観が色濃く残っているが、現代人が読んでも、色褪せない普遍性をもっている。瑠璃は初めて読んだときから、未だに主人公なる〝先生〟の人物像が謎を秘めた人として頭の中で整理しきれないでいた。道徳とは何なのか、善良なる人とはどういう人を指すのか。果たして道徳でいうところの善良なる人そのものが、ときとして為政者によって都合の良い存在として使われていやしまいか？　漱石の文学は、科学技術が進歩した現代においても、新しいと考えるのは私だけだろうか……と、思いながら読んでいるうちにウトウトしてしまった。

「瑠璃、瑠璃、夕食の時間だよ」と文子が瑠璃に声をかけた。

ハッと飛び起きた瑠璃は、

「ごめんなさい。お母さん……」と言って目が覚めた。

文子はそんな瑠璃を見て、

「幼いときの瑠璃を思い出したわ。今考えてみると、あのころが、人生一番充実していて楽しかったのかも知れない」と懐かしそうに語った。

「ところで、お母さん夕食食べたの？」

「朝から何も食べていなかったでしょう。咳き込まず食べれたから、あなたを起こさず平らげたわ」と文子はこともなげに言った。

「ああ、良かった。それじゃお母さん、私、今日の検査の報告と晩ご飯の支度しなくちゃいけないので、これで帰ります」

「わかったよ。真一さんや華音に、ありのまま伝えてね」

「わかりました」と言って病室を退出し帰路についた。

午後七時ごろ自宅につくと、既に真一と華音は家にいた。

晩ご飯は華音が既に用意して、二人は瑠璃の帰宅を待っていた。

晩ご飯を食べながら、今日の病院での一部始終を事細かに二人に話した。

真一は少し安堵した様子で、

「お義母さん、大変だっただろうけど検査が無事すんで一安心だ。あとは、病理診断の結果次第だね」と呟いた。

華音も同じように、

「おばあちゃん、悪性でないことを願うばかりで、こればっかりは心配しても始まらないから……」といつになく殊勝な顔で言った。

翌朝、瑠璃はいつも通り病院に行った。

病室に入ると文子は、

「瑠璃ったら、そんなに心配しなくていいのに、几帳面ね……」と嬉しそうな顔をした。

「お母さん、昨晩眠れた？」

「熟睡したわ。少し、痛かったけど、寝れないほどじゃなかった」

「我慢したんでしょう」

「そんなことなくてよ、高瀬先生のおかげで、ああいう検査いつもやっていらっしゃるみたいだから、患者さんは安心だわね」

文子は突然、

「瑠璃、今日は真一さんいらっしゃるの」と聞いた。

「いえ、そんな予定はないけど」

「あら、そうなの。それなら良かった」と文子は不可解な顔をした。

「どうして？　何か真一さんと話したいことがあるの」

「真一さんって、一見鈍感そうに見えて繊細でしょう。だって、看護師さんたちにフルーツの盛り合わせをもってきてくださるなんて、気配りの権化みたいなものよ。あなたは気づかないかも知れないけれど、義理の母の私を引きとって、〝お義母さん一緒に住みましょう！〟と、なかなか言えないもんよ。例えお世辞で言ったとして、相手が本気になったら困るもんなのよ。私は、亘さんが亡くなって一人ぼっちになったとき、前の家で生涯過ごすことを心に決めていた。だけど、真一さんのあの一言が本当に嬉しかった。血がつながっていないのに、なんと優しい心の持ち主なのかと見惚れたものよ。こんな年寄りの面倒を、いくら妻の母だからといって、なかなか決心できないもんよ。瑠璃はそうすることが一番望ましいと思ったかも知れないけれど、夫の真一さんが快く引き受けてくださらなければ、あなただって気まずいでしょう。真一さんは、早くにお母さんを亡くされている。私を実の母として、鏡写しのように思っているんじゃないかと感じることがあるの。私は、そのことが痛いほどわかるから、実の母親になりきって行動しているつもりよ。なんのことない、真一さんに甘えているの……」と文子は心のうちをさらけ出すような口調だった。

いつになく感慨深い文子の語り口に瑠璃は、

「お母さん、そこまで真一さんのこと考えていたの。確かに、お母さんを一人にしないほうが良いと言ったのは、真一さんなの。なかなか言い出せなくて、お母さんの近況を聞かれるたびに、どうしたらいいのか悩んでいた。だから真一さんから、君のお母さんと一緒に住もう、と言われたとき、その言葉に乗っかったほうが、後々面倒にならないという打算が、いつしか私の心の中に働いたと思う。私って、こう見えて昔から計算ずくで動くとこあるから。お母さんだったら、私の性癖わかるでしょう」といたずらっ子のような顔をした。

文子はそんな素振りを見て、

「瑠璃は、ちっとも変わらないわね。ずる賢いというか、要領がいいっていうのか、それもこれも真一さんが、そんなあなたを受け入れてくれる度量があるから、そうできるのよ。なかなか、そんな器をもった旦那さんはいないもんよ」と瑠璃を戒めるような口調で語った。

そうこうしているうちに、昼食が運ばれてきた。

その日は何事もなく過ぎ、瑠璃は五時に帰宅した。

第三章　命のありよう

それから二日間、瑠璃はいつものように病院に行っては帰宅する日が続いた。

三日目の朝、瑠璃はいつも通り九時に病室に入った。

昼食の時間になって瑠璃は文子に、

「地下の食堂、少し飽きてきたので今日は外のレストランで、ゆっくりしてくるけどいい？」と尋ねた。

「それがいいわ。私の顔ばかり見ていると、つまんないでしょう」

「じゃあ行ってくるわ」

外に出た瑠璃は、病院の大きな建物の前の国道沿いに、ファミリーレストランの看板が目に入った。

少々混んでいたがすぐに案内され、手元のメニューを見ると、本日のランチは〝チキンの南蛮風ソテー〟と書いてあった。

「これにしよう」と瑠璃はテーブルの上にあったベルを押し注文した。

思ったより早くランチが運ばれてきた。

食べてみるとなかなか美味しく、この値段でこういうランチが提供されるなんて思ってもみなかった。

食べ終えた瑠璃は精算をすませ病院に戻り、文子のいる病室に入った。

文子は既に昼食を食べ終え寝ていた。

瑠璃は廊下に出て、真一に電話し今日の予定はどうなっているのか聞いてみることにした。スマートフォンで電話したが繋がらずメールで、折り返し電話ください、と打ち込み送信した。送信した途端、スマートフォンが鳴った。あまりのタイミングの良さに瑠璃は驚いた。

「瑠璃か、今どこだ」と真一は慌てているようだった。

「お母さんの病室の廊下よ」

「お義母さんはどうしている？」

「昼食を食べて、寝たみたい」

「寝たみたいとはどういうことだ」と真一は珍しく焚きつけてきた。

「私、外のファミリーレストランでランチを食べて戻ってきたばかりなの」

瑠璃は言い訳めいた話振りで、その場をしのいだ。

「ちょっと前、高瀬先生から電話がかかってきて、『午後病院にきてください。大事な相談があります』と連絡があったんだ。それで、『妻の瑠璃が病室にいるはずですけど……』と応えたら、『病室を覗いてみたら、いらっしゃいませんでした』とのことで僕に電話してきた。大事な相談って何でしょうか？　と聞き返したところ、『詳しいお話は、病院にいらしてからお話しします』とのことで、学生にゼミのテーマだけ伝えたら、すぐに伺います、と伝えた」と真一の焦った様子が瑠璃には目に浮かぶようだった。

「瑠璃、もう少し経ったらそっちに行くので待っていろ。決して、お義母さんにこのこと話すんじゃないぞ」と命令口調で言った。

瑠璃は電話を終え、病室に入り文子のベッドのカーテンのすき間から垣間見た。

文子は、ぐっすり眠っていた。

病室にいると、いつ何時文子が起き話しかけてくるかわからないと考えた瑠璃は、廊下に出た。

悪い予感ばかり頭の中を駆け巡り、気が滅入った。

純二郎が緊急連絡先に登録してある真一に電話するなんて、余程のことがない限りするはずがない。


大事な相談って何だろう？　……と。

瑠璃は、ふと母の病室の壁に吊り下げてある患者の名札を見た。

「高柳君子？　祖母の旧姓と同じだ……」と呟いた。

確か祖母の旧姓は〝高柳〟で、三姉妹で仲良しだった、と母から聞いた。長女だった祖母は高柳菜津子から結婚し浅野菜津子となり、娘の文子を授かり、二人のおばさんは、幼い母を可愛がっていたそうだ。瑠璃の頭は混乱してきたが、祖母は長女、次女は春子、三女は奈美までは、はっきりしていた。奈美おばさんが高柳家を継いだとなると、高柳君子は祖母の妹・奈美の娘かも知れない？　と漠然と思った。

物思いに耽っていると、

「瑠璃、どうしたんだい」と真一が瑠璃の肩を叩いた。

「あら、真一さん早かったのね」と腕時計を見ると午後三時だった。

「ゼミは学生たちに任せて、切りあげてきた。ところでお義母さん、どうしている？」

「まだ、寝ているはずよ」と瑠璃は言いながら、病室に入ってカーテンの端を少し開けベッドを覗いた。

文子は熟睡していた。

「真一さん、母はぐっすり眠っているわよ」

「そうか、それは良かった。それなら高瀬先生のところへ一緒に行こう」と真一は瑠璃を誘った。

真一はナースステーションに行き、

「高瀬先生は、今どこにいらっしゃいますか？」と受付にいる看護師に尋ねた。

「先生は、自分の部屋にいます。四階廊下の中央に副院長・消化器内科部長室と書いたプレートがありますので、すぐにわかると思います」

真一と瑠璃は、急いで純二郎のいる部屋に向かった。

プレートのついた扉を真一が叩くと、

「早乙女さんですね。お入りください」と中から純二郎の呼ぶ声がした。

真一はドアを開け、

「妻も一緒ですが、よろしいでしょうか」と確かめた。

「勿論、ご一緒のほうが私としても好都合ですから……」

二人は中に入り、純二郎に勧められるままソファーに座った。

純二郎は二人の前のソファーに座り、病理診断科小森誠司主任部長の診断結果を基に自身の治療方針を説明した。

「病理診断の結果が出ました。本来、患者である一之瀬さんに一番初めにお伝えするのが筋ですが、その前にご家族の意向をお聞きしたく、ご連絡した次第です。一之瀬さんは、末期の膵臓癌で膵臓、膵管や他の臓器にまで転移していることが判明しました。病理専門医の小森と何度も協議した結果、手術できず、抗癌剤、放射線治療によって、少しでも延命する方法しかありません」と結論を淡々と語った。

二人は覚悟していたが言葉にならなかった。

しばらくの間、沈黙が続いた。

真一は意を決したかのように、

「先生、義母はどれくらいもちますか」と尋ねると、純二郎は両目を閉じた。

「余命は、あくまで統計学的推測で個人差があって非常に難しいです。昔と違って、医療の進歩には目を見張るものがあり、抗癌剤の中には末期癌であっても投与し、副作用が比較的少ない治療薬が開発されてきました。とは言っても、全く副作用がない訳ではありません。放射線治療は、ご存知の通りです。今から治療して、三ヶ月としか申しあげられません。これぱっかりは、本人の意向を最大限尊重しなければなりません。中には、緩和ケアだけを望まれる患者さんもいらっしゃいます。当院には、緩和ケア内科もあります。選択されるのは、一之瀬さんですから……」

と純二郎は言葉を選んで慎重に話した。

瑠璃は目を真っ赤にして、

「先生、いつ母に伝えるんでしょうか」と涙ながらに聞いた。

「一之瀬さんも、検査結果について気になっていらっしゃるでしょうから、今晩にでもと思ったのですが……」

「一晩、私どもに考える時間をいただけませんでしょうか」と真一は純二郎に詰め寄った。

「勿論、結構です。ご家族で、十分お話しされるのが良いかと思います」

「明日、午後一時にこの部屋にきます。それまで義母には内緒にしていただけませんか⁉」と真一は哀願するように純二郎に頼んだ。

瑠璃も真一の提案に賛同の意を示すかのように、

「先生、よろしくお願いいたします」と深々と頭を下げた。

「わかりました。明日午後一時ですね。この部屋でお待ちします」

「本日は先生のご説明とご配慮に感謝します。誠にありがとうございました」と言って二人は神妙な面持ちで退出した。

廊下に出た二人はエレベーターホールに向かった。

真一が瑠璃に、

「僕はこれで帰るから……」と言った。

「どうして？　お母さんに会っていかないの」と瑠璃は尋ねると「とても、そういう気分にはなれない」と真一は心なしか憂鬱そうだった。

「瑠璃、お義母さんに僕がここにきたこと言わないでくれ」と頼んだ。

「なぜ？」

「お義母さん、僕が今日ここにきたということがわかれば、余計心配するだろう。だったら、会わないほうがいいに決まっている。そう思わないかい……。明日、高瀬先生にどのように回答するのかは、華音も交えて家でじっくり話し合おう。わかっていると思うが、さっき先生と話したこと、お義母さんには黙っているんだぞ」と真一は瑠璃に念を押した。

「そうね……」

瑠璃はエレベーターで八階に向かい、真一は階段を使ってゆっくりと下りて行った。

病室に入った瑠璃は同室の君子に軽く会釈し、母のベッドの横に座った。

文子は瑠璃がきたことに気づき、

「あら、瑠璃なの。昼間からこんなに寝ちゃうなんて、どうしましょう。これじゃ夜寝れないわ」と言いながら髪を手でとかした。

「お母さんたら、私何度もベッドを覗きにきたのよ。ぐっすり寝てるから、邪魔しちゃいけないと思って、地下の食堂でコーヒーを飲んで時間をつぶしていたの」と瑠璃は嘘をついた。

「そうなの、それは悪かったわね」

真一との約束に守るには、別の話題に切り替えるしかなかった。

瑠璃は文子の耳元に口を寄せ、

「お母さん、そこにいらっしゃる高柳君子さん、ご存知ない？」と囁いた。

「そうなのよ。入口の表札に〝高柳君子〟とあるから、私の母の旧姓が高柳でしょう。春子おばさんと奈美おばさんは、面影をうっすらと覚えてはいるんだけど、昔のことだからなかなか思い出せなくて困っていたの。瑠璃、悪いけど、それとなく聞いてくれないかしら」と文子は瑠璃に無理難題を突きつけた。

「お母さん、それはないでしょう。自分で聞きに行けば？」と瑠璃は当惑して言った。

「そうね、あなたに頼むなんてお門違いよね」と言いながら文子はスリッパを履いて、恐る恐る真向いのベッドに近づき、カーテンを両手で少しだけ開け覗き込んだ。

君子は、ベッドに横になりながら本を読んでいた。

人の気配を感じた君子は、

「どちらさまですか？」と怪訝そうな様子で尋ねた。

文子はカーテンを半分くらい開け、

「私、真向いのベッドにいます一之瀬文子です」と改めて自己紹介した。

君子は本をベッドの布団の上に置き、起き上がった。

「ああ、一之瀬さんですね」

文子はお辞儀をして、

「失礼ながら、高柳さんのお母さんのお名前、教えていただけませんでしょうか」と丁重に尋ねた。

するとと君子は不思議そうな顔をして、

「母の名前ですか？　奈美、高柳奈美ですが。一之瀬さん、亡くなった母ご存知なんですか」と聞き返してきた。

「やはりそうでしたか。私の祖母は、旧姓・高柳菜津子で奈美おばさんとは姉妹ですよね。そうすると、君子さんと私は従姉妹ということになりませんか」と文子は切り出した。

「一之瀬さんは、菜津子おばさんの娘さんですか」と君子は驚いて布団から手を出して握手を求めてきた。

文子は君子の手を握り返した。

文子は、まるで幼子のように目を潤ませ、

「きみちゃん、きみちゃんよね。あの君子ちゃんよね」と言って君子を抱き寄せた。

「私、小さいころ、春子おばさんや奈美おばさんに、良く遊んで貰ったの。自宅でかるたやおはじきしたりして可愛がってくれたわ。ここでお遇いするなんて、奇跡みたいで信じられない。そういえば、きみちゃん、奈美おばさんの面影を思い出し懐かしいわ」と文子は君子の手を何度も上げ下げして喜んだ。

「文子さん、ふみちゃんと呼んでいい？」

「いいに決まっているじゃない」

「それじゃ、ふみちゃんって呼ばして貰うわ」

「私の母は二十五年前、胃がんで亡くなったの」

「そうだったわよね。葬儀に大勢の教え子の方々がきていたの覚えているわ。私、今でも時々、奈美おばさんのお墓にお参りしたり、お仏壇でご命日に念仏称えているの」と文子は奈美への想いを語った。

「それは、知らなかったとはいえ、ありがとうございます」と君子は深々と頭を下げた。

「ふみちゃん知っていると思うけど、私の父・高柳善治は母より早く、今からだと三十五年は経つかしら、五十九歳で脳溢血で亡くなりました。父は養子で高柳を継いだのですが、空襲で焼け出され戦後の混乱期の中いろんなことがあって、呉服商を祖父と相談して閉じました。それから父は、高柳家を再興したいと願って必死に機械金属会社に勤めたのですが、叶わず亡くなりさぞかし悔しかったに違いありません。でも、私たち兄弟姉妹六人を全員高校まで通わせてくれました。母は母で、私たち子供たちが曲がった道に行かないよう育ててくれました。私は、今でも両親に感謝しています。私たちは長女が加奈子、次女が私で、弟が誠一、次男が早男、三男が慎二、一番下の妹が菜穂で、慎二は埼玉に定年になって住んでいます。長女の加奈子は、三年前心不全で亡くなり、慎二と私以外は富山市内で住んでいます。私は、黒沢圭一さんという方と結婚したのですが、いろんなことがあって離婚し旧姓の高柳に戻しました。子供たちは、東京にいる息子と、この高岡に嫁いだ娘がおり、今は娘夫婦に厄介になっています」と君子は歩んできた道のりを簡単に説明した。

「きみちゃん、私は一之瀬亘さんという人と結婚し、富山に住んで娘を産んだの。夫の亘は六年前に亡くなりました。富山で一人で住もうと思っていたのですが、娘の瑠璃が高岡にいる早乙女真一さんと結婚し、富山の家を引き払って今は一緒に住み、厄介になっているの。境遇は、きみちゃんと同じようなもんね」

「ところで、空襲のときの菜津子おばさんの話、ふみちゃんここで聞いていい？」

「きみちゃん、空襲のときって……？」

文子は、君子の問いかけに明らかに狼狽した。

君子は改めて文子の顔色を伺いながら、

「ふみちゃん、聞いていい？　本当にいいのね。私、もうすぐお浄土に往って、母に遇い報告したいの……⁉　母が生前、文子があんな思いをして苦しかったろうに……。悩んだに違いない。姉の菜津子が、息子二人と義母を守ろうとして、三人に覆い被さった直後、背に焼夷弾を受け即死したらしい、と私に話してくれた。ふみちゃん、そのとき、お父さんとどこにいたの？　私の母はそれ以上話さなかったんだけど……」と君子は遠い昔のことを朴訥と涙ながらに語った。

その話を聞いていた文子は明らかに動揺し、無言のままベッドの横で膝をつき泣き崩れた。

二人の話のやり取りをかすかに聞いていた瑠璃は、やりきれない気持ちになり文子に駆け寄り、「高柳さん、ごめんなさい。母をベッドに連れて行きますから……」と言って抱きかかえた。

「確か、一之瀬さんの娘さんですよね」

「そうです、娘の早乙女瑠璃です」と応えると君子は、

「お母さんと空襲の話、しなかったほうが良かったですね。だけど、私は先が長くないものですから……」と目をつむった。

瑠璃は、君子の言葉に頭が混乱した。

「そう、そうなんですか」と言って深々とお辞儀をし、力を振り絞って文子の両腕を抱えながら、なんとかベッドに連れ戻った。

瑠璃は、もの凄く後悔したが後の祭りであった。

ベッドに横になった文子は一言もしゃべらなかった。

心配になった瑠璃は廊下に出て真一に電話した。

「あなた、今、あなたどこ?」

「今、タクシーの中だけど……。何かあったのか?」

「あなた、悪いけど病院に戻ってくれない」

「どうしたんだい!?　お義母さん、何かあったのか……」と真一はうろたえた。

「わかった、すぐに病院に戻るから……」

二十分ほどで真一が病室にきた。

まずいと思った瑠璃は、

「あなた廊下に出て話すから……」と真一を強引に連れて行った。

廊下に出た瑠璃は、文子と君子とのやり取りを真一に話した。

真一の顔色が変わり、

「瑠璃、まずい。それは本当にマズイよ」と瑠璃は当惑した。

「ごめんね、本当にごめんなさい」

「話の流れで、そうなることは予想できなかったんだから仕方がない。でも、お義母さんが一番気にしていることなんだから……」

「……お母さんに謝ってくるから」

「そんなことしたって……」と真一は瑠璃を抱き寄せた。

瑠璃は真一の胸に顔をうずめ、息も絶え絶えに涙を流した。

廊下を通る患者や看護師が、そんな二人をジロジロ見ながら通り過ぎた。

真一は泣き止んだ瑠璃に向かって、

「お義母さんの様子見てくる」と言って一人で病室に入って行った。

真一が文子のベッドを覗くと、熟睡していた。

そんな文子の寝姿を、真一は瞼に焼きつけ立ち去ろうとした。

すると文子は気づいたらしく目を開け、

「あら、真一さん。どうしたの……」とびっくりしベッドの中で起き上がろうとした。

「お義母さん、寝ていてください。具合を確かめにきただけですから……」

「そうなの、瑠璃はどうしたの」

「廊下にいますよ。呼んできましょうか」

「お義母さん起きたよ。大丈夫そうだからここにきて……」と言って二人はベッドの横に座った。

真一は何もなかったかのように、

「お義母さん、顔色が良さそうなので安心しました」と動揺を隠して言った。

「あらそう。真一さんがそう言うなら、間違いないわね」

「夕食ですよ」と廊下越しに配膳の声がした。

真一と瑠璃は、〝助かった！〟と、お互い目を合わせた。

「お義母さん、夕食ゆっくりと食べてください。僕たち、華音が今日料理を作ると言っていたので、これで失礼します」と真一は平静を装って辞去を告げた。

瑠璃は口裏を合わせるかのように、

「そう、そう真一さん、そうだったわね。華音の手料理楽しみだわ。あの子、作れるかしら……」と不自然に振舞った。

「それじゃ、これで失礼します」と真一は言って二人は足早に病室を出た。

二人は廊下を歩きながら、なんとか文子に気取られずにすんだ安堵感に包まれ、タクシーを拾って自宅に向かった。

自宅に着いた二人は玄関に入ると、華音が出迎えた。

「あら、お父さんとお母さん一緒だったの。おばあちゃんの具合どう？」

「晩ご飯食べてから話すから……」と瑠璃は言った。

「ごめん、まだ晩ご飯作っていないの」

「私も一緒に作るから、華音手伝って」と瑠璃は、そうだろうなという顔をした。

「あなた、簡単なものでいい」

「食欲がないから、何でもいいよ」

「それじゃ、ナポリタン作るから」と瑠璃は言って華音に「タマネギ、ウインナー、ピーマン、ニンニクを冷蔵庫から取り出して切って」と命令口調で言った。

「お母さん、わかっているから……」

「私、スパゲッティーゆでるから」と瑠璃は言いながら大きめの鍋に水を入れ沸かし始めた。

「華音に晩ご飯作っておいて、と連絡すれば良かったんだけど、いろんなことがあって、できなかったの」

「そうなの、おばあちゃんの検査結果の件でしょう」と華音は食材を刻みながら聞いた。

「そうなんだけど。晩ご飯食べてから、あなたにも相談に加わって貰うから」と瑠璃は早口でしゃべった。

瑠璃は華音が切ったウインナー、タマネギ、ピーマンをサラダ油を引いたフライパンで炒め、ニンニクをすりおろし、そこへ湯切りしたスパゲッティーを入れケチャップをまぶしてナポリタンを素早く作り三皿に盛りつけた。

「あなた、ビール飲みますか」と瑠璃が尋ねると真一は「そうだな、少しやるか……」と飲まずにはいられないという顔をした。

「それじゃ華音、コップ三つ用意して……」と瑠璃が告げた。

「お母さん、私はいらないから二つにするね」と言って食器棚からコップをもってきて、リビングのテーブルに置いた。

「今晩もそこで食べましょう」と瑠璃は、盛りつけたナポリタンを置いた。

三人は会話もせずナポリタンを食べ、時折真一と瑠璃はビールを流し込むように飲んだ。

食べ終わって真一が口を開いた。

「華音、おばあちゃんの件だけど聞いてほしい。瑠璃は直接高瀬先生から説明を受けたのでわかっているが、末期の膵臓癌なんだ」

その報告を聞いた華音は、一瞬絶句した。

「おばあちゃん、そんなに悪いの」

「先生がおっしゃるには、膵臓、膵管やその他の臓器に転移していて、手術ができず抗癌剤治療や放射線治療しか方法がないらしい。治療して余命三ヶ月だそうだ」

華音の顔色が明らかに変わったのが見てとれた。

真一は構わず続けて、

「明日、高瀬先生のところに午後一時に行くことになっている。それまでおばあちゃんには検査結果を知らせないでほしいと先生にお願いしてきた」と華音を見て説明した。

「それで、今晩は三人で話し合いたいと思う」と真一は提案した。

しばらくの間沈黙が続いた。

真一が思案顔で、

「どうだろう。お義母さんには余命宣告しないで、抗癌剤や放射線治療して貰ったほうがいいと思うのだが、二人の意見を聞かせてほしい」と提案した。

「あなた、そんなこと先生に頼んだって、お母さんのことだから聞くに決まっている。だったら、初めから治療方針と余命宣告を、はっきりと先生の口から言っていただいたほうが、後々後悔しないと思う。だって、私がお母さんの立場だったら夜も寝ていられないわ」と瑠璃はどうしようもないような顔をした。

「お父さん、お母さん。私が言うことじゃないのかも知れないけれど、おばあちゃんは気丈な人だし、私たちが隠していても気づくと思う。だったら、先生が医者の立場から言える範囲内で、患者のおばあちゃんに伝えるべきことを、お任せするしか仕方がないと思うんだけど。どう……」と華音が発言した。

するとと真一は珍しく、

「華音、そんなことお父さんだってわかっているんだ。余命宣告を伝えろっていうことか。おばあちゃんの身にもなってみろ」と怒った。

瑠璃はそんな真一に、

「あなた、華音だって親身になって提案しているんだから、怒ることないんじゃない」と戒めた。

「そんなことじゃないんだ。俺のお袋だって癌だった。抗癌剤の副作用って見ていられなかった。本人は辛くて辛くて仕方がないんだろうけれど、子どもには弱いところを見せたくなかったんだと思う。高瀬先生は、抗癌剤の良い薬があると言っていたけれど、副作用がない訳じゃないんだ。その上、余命宣告されたら、お義母さん、一気に気を落とすんじゃないだろうか。だったら、病気を克服する意欲をもち続けながら、少しずつ思うように行かないと本人が悟ったほうが、自然なような気がする」と真一は自分の母のときを思い出し二人に語った。

「私は余命宣告に賛成です。というのは真向いのベッドに入院していらっしゃる高柳君子さん、実はお母さんと従姉妹なの。二人で懐かしそうに昔話に花が咲いて、思いがけず喜んだりして、ふみちゃん、きみちゃんって呼び合っている。その姿を見て、私は思ったわ。お互い長い人生を歩んできて、共通の価値観や時代背景からしか得られない話題って、私たちついていけない。私の祖母が空襲で死んだときの様子を君子さんから聞いて、初めて母の弱さを見たような気がする。弱さって言ったけれど、これって強弱の弱さじゃなくて、自分自身の生きてきた道を明らかにし、納得したのか、していないのかの差を意味するんじゃないかと思う。うまく表現できないんだけど、余命宣告の件は、お母さんなら自然に気づき、そのことを受け入れる準備は既にしているような気がするの」と瑠璃は病室での文子の様子を自分なりに解釈してみせた。

「華音、どう思う？」と真一は聞いた。

「私は、お母さんの意見に近いと思う。ただ、おばあちゃんの性格からいって、高瀬先生に、あとどれだけ生きられますか？　と聞くだろうから、そしたら先生は医者として余命宣告を、せざるを得ないと思う」と華音は応えた。

「それはそうだ」

三人の考えは、見る角度によって微妙なずれが浮き彫りになった。

頭を抱えながら真一が意を決したかのように、

「今日の結論は、末期の膵臓癌であること。抗癌剤治療、放射線治療を高瀬先生にお願いする。ただし、余命宣告はしない。しかし、お義母さんから聞かれたら、先生からお伝えしていただく、ということで明日午後一時、先生にお願いしよう」と真一は一方的に二人に宣告した。

「もう、寝るぞ。瑠璃、明日十二時四十五分病院の一階ロビーで会うことでいいね」

「わかりました」

「明日、土曜日だから私も病院に行っていい？」

「それじゃ、三人で行こう」

翌日十二時四十五分高岡セントラル病院一階ロビーで三人は待ち合わせをし、四階の副院長・消化器内科部長室に向かった。

真一は扉を叩き、

「早乙女ですが入ってよろしいでしょうか」と言って開けた。

三人が部屋に入るなり真一は、

「娘の華音です」と紹介した。

「お嬢さんですか。一之瀬さんによく似ておられますね。隔世遺伝ですかね」

と純二郎は冗談めいた口調でその場を和ませた。

「さあ、どうぞ、どうぞ」と純二郎はソファーに座るよう促した。

真一はやや緊張して、

「昨晩、三人で家族会議をしました。その結論をお伝えし先生のご意見をお伺いしたいと思います」と切り出した。

「それでは家族会議の結論をお聞きし、私の意見を言わせていただきます」と高瀬は極めて冷静に応えた。

「私たちの結論は、『義母は末期の膵臓癌であり抗癌剤治療と放射線治療しか残された道はない。余命宣告は、義母から聞かれるまで、先生からお伝えしない。それで、義母から余命を聞かれた場合、先生から、医者の立場で客観的にお伝えしていただく』ということになりました」と真一は昨晩の家族会議の結果を告げた。

結論を聞いていた純二郎は、

「それでは担当医としていくつか質問します。この前も言いましたが、抗癌剤治療といっても、昔と違い良い薬があり、副作用も大分和らいできました。それでも、患者さんによって様々ですが、辛いことはいうまでもありません。一之瀬さんが、そこまでしなくても良いと言われるのであれば、そのようにします。それと余命宣告の件ですが、あくまでも統計学的な数値に過ぎませんので、患者さんの自己回復力によって、ばらつきがあります。聞かれた場合、そのことを正直にお伝えするしかありません。ご承知いただけますか?」と三人に質問した。

三人は驚き真一は、

「先生、抗癌剤治療を拒むということ、あるんでしょうか?　そのような患者さん、いらっしゃるのですか?」と質問した。

「います」と純二郎はキッパリと応えた。

「そうですか……」

「どうでしょうか?　ここに一之瀬さんをお呼びして、話し合ったほうが、私は良いと思うのですが……」

純二郎の提案に三人は戸惑いを隠せなかった。

お互い顔を見合わせ真一は決断した。

「わかりました。先生のご提案に従います」

純二郎は自分の机に戻り、ナースステーションに電話した。

純二郎はソファーに座り、

「もうすぐ、一之瀬さんがお見えになるはずです」と告げた。

そんな純二郎の姿を見て真一は思った。

……私情を挟んじゃいけない仕事なんだな……と。

ものの数分でドアが開き、

「一之瀬さん。お連れしました」と高崎が言った。

「あらまあ、おそろいでどうしたの」と文子が三人を見回しながら怪訝そうな顔をしソファーに座った。

純二郎が開口一番、

「一之瀬さん、突然お呼びし驚かして申し訳ありません。この前の検査結果をご家族にお伝えし、ご意向を聞いていたところです」

「そうでしたか。先生が私ども家族に先にお伝えするとは、余程良くなかったんですね」と文子は察しているようだった。

「一之瀬さん、申し訳ございません。返す言葉がありません。その通りです」と純二郎は唇を閉じながら文子の目を見た。

　この人、覚悟を決めている、……と‼

　純二郎は、医者として肚をくくるしかなかった。

「私から、検査の結果と治療方針をお伝えします。一之瀬さんの膵臓と膵管の数か所から採取した検体を病理診断科の病理専門医が検査した結果、末期の膵臓癌であることが確定しました。転移している箇所が多く、抗癌剤治療と放射線治療で様子を見たいと思います」と純二郎は淡々としゃべり始めた。

「わかりました。昨晩、先生から検査の結果報告があると、心の準備をしておりました。なかなかお見えにならないものですから、一睡もできませんでした。先生を責めているのではありません。どのような結果であろうとも、心にしっかりと受けとめる決意が必要ではないかと思った次第です。先生は大勢の患者さんを抱えておられます。老い先短い私のような者のため、大切なお時間を取っていただくことは嬉しくもあり、勿体ないとの気持ちが交錯しておりました。そうかといって、患者の私が催促するのも差し出がましく思い、先生からの連絡をお待ちしておりました」と文子は決心していたかのような語り口だった。

「先生、私は、自分のありのままの姿を家族に見てほしいと願っています。もし、抗癌剤や放射線治療を受けなかったとすると、どれくらい命が縮まりますか？」と文子は純二郎にズバリ聞いた。

「一之瀬さんのご質問に、即座に回答できる医者がいたとしたら、私はお目にかかりたいものです」と純二郎はすんでのところで思い留まった。

ただならぬ雰囲気が漂う中瑠璃は、

「お母さん、先生に失礼よ。お願いだからもうやめて。これ以上先生に問い質すの見ていられないわ」と言って涙ぐんだ。

その様子を見た真一は、

「瑠璃の言う通りだと思います。お義母さん、ここは先生の治療方針に沿って回復度合いを見てから、もう一度話し合うことが最善の策だと考えます。再考して貰えませんか」と妥協案を提示した。

「そうよ、そうよ。おばあちゃん」と華音までも加勢した。

文子は、そんな家族の強い思いを受けとめつつ決心したかのように、

「ありがとう、ありがとうね。感謝するわ……。だけどねえ、人は必ず死ぬのよ。先生には、私のわがままを家族の前で聞いていただきたいの」と決意を語り始めた。

「先生、余命半年だろうと三ヶ月だろうと何か変わりますか？　膵臓癌の疑いあり、と人間ドックの検査報告書を見たときから、私は心に決めていました。私は弱い人間です。最悪のことばかり予想していました。長くは生きられないだろうな……と。そのときから、今日まで生かされているありがたさを噛み締めながら過ごしてきました。ですから、精密検査の結果がどうであろうと、私の生き様を家族のみんなに知って貰うことが、私として最後のお土産ではないかと考えています。抗癌剤や放射線治療、私が先生にお願いしない限り控えてください」と文子は理路整然

と話した。

　純二郎はそんな文子を庇うかのように、

「一之瀬さん、私は医者として失格です。医者の世界では、患者さんに教えられることが多々ある、と私の恩師から良く聞かされました。今まさに、恩師の言葉の意味を改めて気づかされました。一之瀬さんの意思、痛いほどわかりました。あくまでも今考えられる私の所見ですが、すぐに抗癌剤や放射線治療して三ヶ月、治療しなければ、その半分ぐらいと思ってください」と言い切った。

　文子は穏やかな顔で、

「先生、ありがとうございます。大変失礼なこと、また言いづらい発言を私が要求してしまい、申し訳なく思っております。私は空襲で母を亡くしたときから、いつの間にか〝命は自分で決められるものではない〟と決心しておりました。だからこそ、このたびのこと、先生にご無理をお願いした次第です」と文子はまたも純二郎に無理難題を突き付けた。

　しばらくの間、その場は沈黙が流れた。

　純二郎は全員を見渡し、

「私は今まで多くの患者さんを診てきましたが、これほど自分の固い決意を述べられる方にお遇いしたことがありません。一之瀬さんの意にそぐわない治療を行いません。ただし、一つだけお約束してください。当院には、緩和ケア内科があり、身体的、精神的苦痛を和らげるための専門医が常駐しています。いつでも紹介しますので、ご遠慮なさらず申し出てください」と偽らざる心根を吐露した。

「先生、私の独り善がりのお願いをお聞き届けいただき、感謝いたしております。これから先、私に与えられた時間を大切にしたいと考えております。ときとして、自分自身平静を保つことが叶わなくなったとき、心の声に従い、ありのままの心情を先生にお伝えします。その節は、性懲りもない人間として笑ってすませてください。緩和ケア内科の件は、よくわかりました。お世話になるようでしたら、必ず先生にご相談します」と文子は純二郎の目を見て応えた。

純二郎は真一、瑠璃、華音に向かって、

「一之瀬さんのお申し出に、ご家族として異論はありませんでしょうか?」と問いかけた。

三人は、無言のまま頷いた。

「それでは、今日の話し合いは終わりにします」と言って立ち上がり、純二郎はドアノブに手をかけた。

瑠璃は文子の手を引き、四人は廊下に出て純二郎に一礼した。

病室に戻り、文子は心身とも疲れ、すぐにベッドに入り横になった。

瑠璃がそんな文子を心配し、

「お母さんの心境良くわかりました。私たちが勝手に先回りして先生に、あれこれ相談してしまったこと、深く反省しています。真一さんや華音は、どのように感じているかわからないけれど、娘として、お母さんの提案に賛成です」と素直に語った。

真一は、心中察するところがあったのか、

「お義母さん、私は浅はかだったと後悔しています。勝手に斟酌して申し訳ありませんでした」と謝った。

真一の謝罪に驚いた文子はすぐさま起き上がり、

「真一さん、謝らないで‼　そうじゃないの。あなたの心遣い、骨に刻み込むくらい嬉しかったの。だって、実の母のように私を気遣ってくれる人、そうはいないもんよ。それに甘えている自分が……」と言って掛け布団を頭の上まであげて顔を隠した。

そんな文子の様子を見た真一は、

「私はこれで失礼します」とポツリと応え廊下に出ようとした。

「あなた、一人で帰るの」と瑠璃が聞いた。

「そうだよ。あとは、三人で心ゆくまで話し合ったほうがいい」と言いながら病室を出た。

病院を出た真一は、早乙女家の菩提寺である浄成寺に向かった。

お寺は二上山の麓にあり、早乙女家の墓は本堂の裏手にあった。

高岡セントラル病院から、タクシーでものの十分位の距離だった。

お寺に着いた真一は、本堂に入り阿弥陀如来に向って一礼し経卓《きょうじょく》の前に座った。経卓の横に備え付けの念珠と「日常勤行聖典」を借り、改めて御本尊に礼拝、称名し『正信偈』を唱えた。

人の気配に気づいた浄成寺の住職・榊原善念が本堂に入ってきた。

念仏を称え終わった真一に向かって、

「早乙女さん、今日はどうされたんですか」と榊原が聞いた。

真一は住職のほうに向き直って、

「住職、ご無沙汰いたしております。勝手にお参りさせて貰って申し訳ございません」と謝った。

そんな真一に対し住職は、

「お寺は門徒の皆さんのものですから、一向に構いません。お参りいただき、御本尊様もさぞかしお喜びのことと存じます」と言って阿弥陀如来に向かって念仏を称えた。

真一は、文子が病院で語った言葉が気になって仕方がなかった。

文子が、命は自分で決められるものではない、と言った意味が良く理解できなかった。もし自分が、末期の膵臓癌であると医者から宣告されたとき、慌てふためき絶望感に苛まれるのが普通の人間ではないか？　なぜ、文子があのような境地に辿りついたのか、自分には自信がなかった。

すると、住職が真一の心を中を覗き込むかのように、話しかけた。

「早乙女さん、何か悩みごとがあるんじゃないですか？　月例の法話会に必ず出席されていたあなたが、この二ヶ月ほど聴聞にお見えにならないので、どうされたのかと心配しておりました。大学のお仕事が立て込んでお忙しいのだろうと勝手に斟酌しておりましたが、今日のお参りの後姿を見て、これは何かあったんだろうな、と感じ声をかけた次第です」

「ご住職、少しお時間いただけますでしょうか」と願い出た。

「勿論、当たり前です」

真一は住職に義母の文子が末期の膵臓癌であることを告白し、病院での一部始終を話した。

すると、住職はこのように諭した。

「お義母さんの文子さんですか、私はお話しした記憶がありません。が、先ほどの〝命は自分で決められるものではない〟との発言の意味は良く理解できます。人は、この世に生を授かったとき、死に向かって歩み続け臨終を迎えるのが道理です。その間、喜怒哀楽を経験しますが、いずれ誰しも死を逃れることは叶いません。お義母様は〈自分の身を阿弥陀様にお任せします〉と、かねてから自然に気づかされておられたのではないでしょうか。余程、お義母様は『臨終と信心』とはどういうことなのか、深く自分の心に普段から問いかけをされ『聞即信と説きますが、阿弥陀様の救いの誓いを聞き、ありのまま受け入れ、感謝の念仏を称えられていた』のだと思います」と住職は真一に説いた。

真一は心に詰まっていたものが、一気に抜け落ちたような気分になった。

「ご住職、ありがとうございました。ここにこなければ、多分悩み続けたと思います。義母には、これからもいつも通りの気持ちで接するよう心がけます。法話会には、今まで通り出席します。ご心配いただき感謝します」と真一は穏やかな気持ちで住職に別れを告げた。

本堂を出た真一は裏手にある墓に向かった。

お墓の前で真一は、

「お父さん、お母さんありがとうございます。これから先、いろんなことがあろうとも、見守ってください」と言って墓を後にし自宅に向かった。

真一が自宅のドアを開けると、瑠璃と華音が心配そうな顔をして出迎えた。

二人は声をそろえて、

「どこに行っていたの……」と聞いた。

「いや、あの、その、寄り道してきただけだよ」

と真一はごまかそうとすると、

「あなた、変なとこ行ってたんじゃないわよね」と瑠璃が問い詰めてきた。

「変なとこ？　俺は、瑠璃に咎められること、する訳ないじゃない」と真一が言うと華音が「お二人とも、玄関でじゃれ合わないでくれる。私、結婚していないんだから、もう」とあきれ返った。

「あなた、その様子だと晩ご飯食べていないんでしょう。病院で、お母さんと小一時間ぐらい昔話をしてから帰ってきたの。てっきり、あなたがどこかで食べて先に帰っていらっしゃると思っていたから、何の支度もしていないの。何か用意しますから」

するとと華音が、

「ああ、お腹すいた。お寿司屋さんの出前、食べたい！」と駄々っ子のように真一の肩をもんだ。

真一は嬉しそうな素振りで、

「しょうがない子だな……」と華音の両手に自分の手を置いた。

瑠璃は「まあ、仲の良いこと」と茶化しながら「今日はお寿司の出前といきましょうか」と言って、スマートフォンの連絡先をタップし、寿司屋に電話し注文した。

第四章　カノンコードラプソディー

瑠璃は理由を書かず、自ら主宰している音楽教室を〈当分の間音楽教室の休室について〉の案内を保護者宛に送付し、毎日病院に通った。

華音は合唱コンクールの県大会が間近に迫っており、自由曲に選定した『イマジン』をどうやってこなすべきか迷っていた。

音楽室に集まった合唱部の部員たちに華音は、

「自由曲の件だけど、どうしてもバス、テノールの男性部員の数が少なく、和声進行のハーモニーを響かせようとすると声量が足りません。先生なりにテノールの個所をアルトで補うことができないかと、アレンジしてみましたが上手くいきませんでした」と正直に説明した。

すると蓮音が手をあげ、

「先生、男性部員を増やすしか、方法がないということですね。だって県の合唱連盟には、イマジンで申請してあるんだから……。男性部員を何人増やせばいいんですか」と聞いてきた。

華音はすまなさそうに、

「理想的には、テノール三人、バス三人なんだけど……」と言った。

そのやり取りを聞いていた当麻健太《とうまけんた》が、

「バスだったら、応援部団長の大林に頼んで、低音のでかい声出す連中を見繕ってくれって頼めるけど……」と言い出した。

「何人ぐらい頼めるんだ？」と蓮音が聞き返した。

「多分、二、三人は出してくれると思うよ。だって大林は、先生のファンだから」と種を明かした。

それを聞いていた女性部員の一人が、

「当麻くん、先生の前で不謹慎よ」と言うと音楽室がざわめいた。

蓮音は構わず、

「そうすると、あとはテノールだな。誰か頼める人いないですか？」と男性部員中心に見回した。

すると、なんとソプラノの兼城絵梨《かねしろえり》が手をあげ、

「テノールなら、私が三人ぐらい口説いて見せるわ」とこともなげに言った。

部員全員が兼城のほうに向き、呆気にとられていた。

その姿を見ていた華音は、

「兼城さん、それ本気で言ってんの」とあきれ返った。

「先生、私本気よ。だってメンバーがそろわなきゃ歌っていても面白くないじゃない。高校生活の良い思い出になるんだったら、これくらいのことしなくっちゃ。後悔するの、私厭なの……」

とあっけらかんとしていた。

蓮音と立川が中央に立って、

「当麻くんと兼城さんの提案に賛成の方、手をあげてください」と挙手を求めた。

「賛成、賛成、賛成……」の合唱が音楽室に轟いた。

華音は、高校生のエネルギーに圧倒された。

「それじゃ、楽譜配るから少し練習しましょう」と華音は蓮音と立川に楽譜を渡した。

その日は、それぞれのパートの譜読み視唱を行い、最後に華音がピアノを弾きながら全員で合唱した。

当然、バラバラだった。

翌日授業が終わってから、当麻は応援部の部室を訪ねた。

当麻が入ると、中央にあるひときわ大きい椅子に大林《おおばやし》星太郎《せいたろう》が座っていた。

「ヨオー健太。今日は何か用かい？」

「大林くん、誰か低い声出す部員、エキストラとして二、三人合唱コンクールに貸して貰えないかい」

「何言ってんだい。健太、応援部団員は大概低い声に決まっているだろう。合唱コンクールって、校内の文化祭でやるやつかい？」

「違う、違う。正式の県の合唱コンクールだよ」

「それじゃ、ガラガラ声じゃダメなんじゃない。ほか、あたれ……」と大林は、けんもほろろだった。

「大林くん、合唱の顧問は早乙女華音先生、あの華音先生だよ。先生たってのお願いなんだぜ。先生が困っているんだから、ここは一肌脱ぐのが、お前さんの腕の見せどころじゃないのか。ダメだって言うんなら、あの応援団長大林星太郎が断ったぜ、と。早乙女先生に報告するけど、イ・イ・ネ」と当麻は大見得を切った。

大林の目が輝き前のめりになった。

「健太、いや当麻くーん。本当に早乙女先生が俺を頼りにしているのか？　本当だろうな⁉　お前、俺をからかっているんじゃないだろうな」と大林は疑り深そうに前に出てきて、当麻の顔を覗き込んだ。

「本当だよ。嘘だと思うなら、星太郎がじかに早乙女、いや華音先生に確かめてみな」と今度は当麻が脅かした。

「わかった。わかったよおー、健太。ここに一、二年の五人並べるから、お前さんが選んでいいから、勝手にしろ」と大林はすぐに行動に移した。

大林は二年生の大峯大成《たいせい》を部室に呼び、

「オイ、大成。一、二年生で五人、威勢のいい、なるべく低い声出す奴、ここに至急集めてこい」と命令した。

いきなり呼びつけられた大峯は訳もわからず、

「わかりました。わかりましたが、五人集めてどうされるんですか？」と恐る恐る聞いた。

「がっしょう。合唱だよ」と大林は怒鳴った。

「がっしょう？」

「歌の？　合唱ですか⁉」大峯はチンプンカンプンだった。

「ここにいる当麻健太、ああ面倒くさい、健太が合唱部で、バス、バスでいいんだよな。要するに低い声の男が足りないんだってさ。エキストラつまり臨時で、合唱コンクールのときだけで、いいそうだから……」とこれまた大林は意味のわからない言葉を発した。

「団長、わかりました。なんのことだか良くわかりませんが、おっしゃる通り、すぐに選んで連れてまいります」と大峯はそそくさと部室を出て行った。

応援部はいつも大きな旗をもって、運動場に向かって大声で発声練習をしていた。

大峯はその場に行って、理由を説明しているようだった。

ほどなくして応援部の五人が、
それぞれ「オッス、オッス……」と挨拶して部室に入ってきた。

当麻は、何とも形容しがたいドスの利いた声に圧倒された。

大林は五人の前に立ち、

「ここにいるのが俺の友達、当麻健太だ。彼は合唱部で、合唱コンクールに出場するのにバスの男性部員がどうしても足りないらしい。それでこの中から、エキストラとして三人選任したい」と説明したが集まった部員たちはキョトンとしていた。

一人が前に出て、

「団長、それは命令ですか。合唱と言われても、音楽の時間しか練習したことありません。それでもいいんでしょうか？」と聞き返してきた。

応えようのない大林は、

「オイ、健太。どうなんだ?」と当麻に振った。

「合唱部の当麻です。現在、バスは私含め二人しかいません。県の合唱コンクールの自由曲に予定しているイマジンを歌うには、バスの男性三人の追加が必要です」

「そう、そういうことなんだ」と大林は当麻の説明に相槌を打った。

「団長、一体どうすればよろしいのでしょうか?」と集められた五人が口々に聞いてきた。

大林の困った顔を横目にすかさず当麻は、

「私のほうで選考させていただきますので、地声で一番低いドの音から音階で上のドまで、一人ずつ発声して貰えませんか」と五人に頼み手を合わせた。

「それじゃ、一番左の方から……」と言って当麻は指さした。

ものの数分で、五人が音階を歌い終えた。

当麻は聴くに堪えなかったが、強引に頼んだゆえ引くに引けなかった。

「それじゃ、二年生の三人お願いできないでしょうか」と当麻は頼んだ。

大林は口を挟まなかった、否挟めなかった。

「それじゃ、人助けと思って合唱コンクールのときだけ、出てくれないか。俺からもお願いするよ」と大林は殊勝にも頭を下げた。

「それじゃ解散……」と大林が命令すると当麻は「ちょっと待ってください。合唱コンクールが八月初めですので、三回ほど練習に出て貰えませんか」と三人を呼びとめた。

大林は腕を組み悠長に、

「三回くらいならいいだろう。構わんよな……」と決めつけてかかった。

「練習のスケジュール表と楽譜を大林くんに渡しておきますので、一応目を通しておいてください」と当麻は丁寧にお辞儀した。

「大林くん、助かった。本当に助かったよ。ありがとう。このお返しはしなくちゃな」と当麻は言って部室を出ようとすると、

「オイ、健太、待て。早乙女先生に確かめないと……」と大林は話を蒸し返してきた。

「ああ、そうだったね。早乙女先生、今だったら音楽室にいるはずだから……」と当麻は不覚にも口が滑ってしまった。

大林は、当麻の不用意な言葉を見逃さなかった。

「当麻くーん。早乙女先生にご報告しなくていいのかい。だって。先生は俺を頼りにしているんだろう⁉」と大林は甘い声で、当麻に詰め寄ってきた。

「悪い、悪い、そういう約束だったね」

「約束は、約束だ。俺、先生に直接会って確かめる」と大林は頑として譲らなかった。

困った当麻は考えた末、

「星太郎くーん。俺と一緒に音楽室に行かないか?」と大林を誘った。

「うん、うーん。そうしてくれるかい。もつべきは〝友〟っていうじゃない。一緒についてきてくれるかい」と大林は当麻の誘いに乗った。

二人は四階にある音楽室に階段を上って行った。

音楽室からピアノの音がした。

「先生のピアノの音だ」と当麻が大林に告げた。

当麻が大林の顔を見ると、相当緊張していた。

当麻が音楽室の扉を開け、

「先生、早乙女先生。応援部の大林くん連れてきました」と大声で叫んだ。

すると大林がもじもじしながら、

「早乙女先生、直接お会いできて光栄です。応援部の団長をやっております、三年生の大林です」と手をすりすり自己紹介した。

当麻はクスクス笑った。

それを見ていた華音は、

「当麻くん、失礼よ」とたしなめた。

当麻が勝ち誇ったかのように、

「先生、応援部からバス三人、エキストラとして合唱コンクール出演してくれることになりました。そうできたのも、団長の大林星太郎くんが早乙女先生のためならと、一生懸命に力を貸してくれたからです」と言って手を叩いた。

「あら、そうなの。大林くんありがとう。感謝するわ」

「先生、そんなに感謝されても困ります。なにしろ、合唱に関しては彼らは素人ですから……」

と大林は顔を赤らめた。

そんな大林の姿を見ていた当麻は、

「大林くん、今日はこれでいいの？　先生とおはなししたかったんじゃないの」と意地悪く責め立てた。

「いやー、あのー、そのー。先生のお顔を拝見しただけで結構ですから……。これで失礼します」と大林は一人で音楽室を退出した。

華音は当麻に、

「当麻くん、強引に頼んだんじゃないわよね」と確かめた。

「滅相もありません。先生そんなことある訳ないじゃないですか。大林くんは、先生に憧れているんですよ」と当麻はその場を取り繕った。

「ならいいけど……」と華音はそれ以上詮索しなかった。

一方、ソプラノの兼城は頭を抱えていた。

大きく出たのは良いものの、テノールの男性を集めるあてがなかった。

そこで仕方なく立川に相談をもちかけた。

立川は兼城がでしゃばった態度が面白くなかったのか、

「なんで、私があなたの尻ぬぐいしなくちゃいけないの……」とけんもほろろだった。

それでも兼城は立川に食い下がり、

「紗那絵ちゃん、あなた桜谷くんのサブでしょう。本来なら、彼がテノールの補充をかって出るのが筋だと思わない。キャプテンなのに、黙っているのが見ていられなかったのよ」とまくし立てた。

　立川は兼城の言い分を聞き、なるほどと感じたのか、

「そうね、確かにキャプテンで、しかも男性の彼が一番声かけやすいはずなのにどうしたんだろう」とあっさり同意した。

「そうでしょう。そうだと思わなかった。バスの当麻くんが、いの一番に手をあげ、聞くところによると応援団長の大林くんに頼んでバス三人確保したらしいよ。彼、行動力あるわよね」と兼城は当麻をもちあげた。

「絵梨ちゃん、私と一緒に桜谷くんと話し合ってみない」と立川は兼城を誘った。

「いいわよ、紗那絵ちゃん」

「絵梨ちゃん。一体、桜谷くん、どこにいるのかな?」

「多分、音楽室にいるんじゃない。練習の振りして……。だって彼、早乙女先生に、あれだから……」

「そうなの、それ本当なの!?　絵梨ちゃん、嘘でしょう……」

「紗那絵ちゃん、気づいていなかったの?　彼の先生に接する態度、見ていてわかんなかった?片思いに終わるの、わかっているのにねえ……」と兼城は両腕を組み大人びた態度を取った。

「絵梨ちゃん、音楽室に行こう」

　二人は急いで音楽室に向かった。

　案の定、蓮音はイマジンの楽譜を手にもって、一人でテノールパートを視唱していた。

二人は音楽室に入り、

「桜谷くん、ちょっと話し合いたいことあるんだけど……」と立川は、これ見よがしに呼びかけた。

「なあーんだ。兼城さんも一緒……」と蓮音は釈然としなさそうに二人を見つめた。

「私がいちゃ、邪魔……」と兼城は不満をあらわにした。

「そうじゃないよ。兼城さんは、テノールの補充に忙しいと思ってさ……」と蓮音はお茶を濁した。

「その、その件、桜谷くんと話し合おうと思って、ここに二人できたの」と立川は兼城を庇った。

蓮音は不機嫌な態度で、

「だってさー。その件は兼城さんが責任もってくれるんじゃないの。俺に意見を聞きにくるなんて、筋が通らないんじゃない」と畳みかけた。

「絵梨ちゃんだって、どうしたらいいのか困っているから、私がキャプテンの桜谷くんの意見を聞こうと誘ったのに、そんな言い方ないんじゃない」と立川は反論した。

蓮音は立川の剣幕に恐れをなし、

「わかった、わかったよ。俺がなんとかすりゃいいんだろ」と下手にでた。

「そうじゃないのよ。三人で話し合いしましょう、と言ってんの。わかっていないな」と立川は収まりがつかなかった。

兼城は泣きながら、

「みんな、私が悪いの。あんなできもしないこと言ったもんだから……」と音楽室を出て行った。

二人になった音楽室に気まずい空気が漂った。

そこに、華音が音楽室に入ってきた。

「どうしたの。どうしたのよ、たった今兼城さんが泣きながら走って行ったけど、何かあったの⁉」

「先生、何もありません」

「何もないことある訳ないじゃない。正直に言いなさい」

立川は華音に向かって、

「先生、テノールの補充のことで、兼城さん悩んでいました。それで気になって聞いてみたら、あてがないというので桜谷くんと三人で相談しようということになって、ここで話し合っていたんです」と打ち明けた。

「兼城さんが手をあげたので、私が安心していたのが、そもそもの間違いの原因ね。もっと親身に彼女の身になって考えるのが、顧問としての役目なのに、私失格ね」と華音は二人に謝った。

機転を利かせた蓮音は、

「先生、吹奏楽部の新庄先生に相談してみようと思っているのですが、どうでしょうか」と提案した。

蓮音は華音に向かって、

「吹奏楽部は人数も多いし、全員コンクールに出られる訳じゃありません。それに、二、三年生の音楽の授業は新庄先生が受けもっておられますので、誰がテノールに適しているのか判断できるんじゃないでしょうか」と理由を説明した。

　華音や立川も蓮音の提案に乗り気であった。

「そうね、早速私から新庄先生に頼んでみます」

「私たちも一緒に行きますので、よろしいでしょうか」

　蓮音は早速行動に移す必要性を感じたのか、

「先生、吹奏楽部の県大会も八月上旬なので、急いだほうが良いと思います」と助言した。

「そうね、今日は小体育館のほうから吹奏楽の練習している音が聴こえてきたので、三人で行きましょう」と華音は二人を誘った。

　三人が音楽室を出ようとすると、

「ごめんなさい。先生、紗那絵ちゃん、桜谷くん本当にごめんなさい」と頭を下げながら兼城が入ってきた。

「私も一緒に連れて行ってくれない？」としょげながら言った。

「兼城さん、心配ばかりかけてごめんなさい」と華音は気遣った。

「先生に謝られると困ります。私が申し出たのですから……」

　すると蓮音は、

「兼城さん、まだ吹奏楽部が引き受けた訳じゃないので、誰の責任だとかそういうことはあとにしよう」とその場を取り仕切った。

四人が小体育館に着くと、吹奏楽部はコンクールの課題曲を練習しているようだった。

正規に出演するメンバーが新庄の指揮のもと合奏しており、真剣な眼差しに四人は圧倒された。

合奏練習が終わるのを四人が小体育館の後ろで待っていると、新庄が気づいたらしく、

「早乙女先生、桜谷、立川、それから兼城どうしたんだ」と後ろを振り返りながら声をかけてきた。

華音は申し訳なさそうに、

「先生、どうぞ練習を続けてください。休憩のときでも、ご相談したいのでそれまで待ちますから」と言った。

すると新庄は、

「早乙女先生と合唱部の三人がそろってくるとは余程のことでしょう。丁度課題曲の練習が終わったので、一休みしようと思っていたところです」と言って吹奏楽部のキャプテンの島貫海星《しまぬきかいせい》を呼び、

「島貫、自由曲のプロコフィエフの『ロミオとジュリエット』を木管と金管、それと打楽器に分けてアンサンブル練習しなさい」と指示した。

島貫は蓮音を見て、目配せした。

二人は同じクラスだった。

新庄は椅子にドカッと座るや否や、

「早乙女先生、合唱部のことでしょう」と切り出した。

　華音は新庄の勘の鋭さに、

「先生、その通りです。どうしてわかるんですか？」と質問した。

「そりゃあ、鈍感な私でも察しがつきますよ」と言って首に巻いたタオルで額の汗を拭った。

「だって、三人は私の音楽の授業の生徒ですよ。彼らの顔見りゃ、大方の見当はつきますよ。何人足りないんですか？　テノール、バス、どっち……」と矢継ぎ早に聞いた。

　蓮音は親しそうに、

「先生、合唱コンクールのときだけ、テノール三人お願いしたいのですが」と頼んだ。

「桜谷、三年生はダメだよ。俺の教育方針で、三年生は必ずコンクールに出すことにしているんだ。上手とかじゃなくて、高校生活の記念になるからね。それから二年生の半分以上はレギュラーだから、その生徒は外してほしい。となると、一年生三十五人、二年生十人のうち男子生徒となると、そんなにいないんじゃないかな」と新庄は目算した。

　新庄は島貫を呼び、

「合唱部でテノールが足りないそうなんだ。三人ほどコンクールのときだけ、エキストラとして歌ってほしいらしい。一、二年男子でレギュラーでない生徒、何人いる？」と聞いた。

　蓮音は島貫に、

「変なこと頼んで悪いね。俺に免じて許してくれ……」と言った。

　少し経ってから島貫は、

「二年生男子でレギュラーでないのが高橋くんのみ、一年生男子十人から二人ですか？　早乙女先生、一年生男子十人の中から二人選ぼうと思っています。先生は一年生の生徒ご存知でしょうから、指名して貰うとありがたいのですが」と華音に声をかけた。

「早乙女先生、楽器を吹くのも、メロディーを歌うことが基本だと思いますよ」と新庄は華音にけしかけた。

華音はためらったが、

「それでは新庄先生、勝手ながら斎藤くんと高島くんにお願いできないでしょうか」と口にした。

「二年生は高橋くんで決まりですので、三人ここに呼んできます」と言って島貫は呼びに行った。

島貫は三人を呼び事情を説明しているようだった。

しばらく経って、三人が新庄の前に立った。

新庄がもっともらしく、

「みんな、早乙女先生知っているよな。合唱コンクールでテノールが三人足りないそうだ。歌は大事だぞ。合唱部の部員と一緒に舞台に立ち、先生としては一生懸命歌って貰いたいんだけど、やってくれるかい」と激励するかのように説得した。

「ハイ、わかりました」となぜか三人はそろって返事をした。

吹奏楽部は統率がとれているといったら聞こえがいいが、華音は内心疑問を感じた。

華音は新庄に、

「先生、改めて合唱コンクールの練習日程について、スケジュール表をおもちします」と言って四人は小体育館を出た。

立川と兼城は、

「吹奏楽部は部員が多くていいわね」と羨ましがった。

蓮音は歩きながら華音に、

「先生、これで何とか人数がそろったので、本格的に練習できますね」と嬉しそうに言った。

そんな二人を見ていた立川は〈絵梨ちゃんの言った通りだ〉と、心の中で呟いた。

華音は三人に、

「今日はありがとう。なんとかメンバーは補充できたし、明日から猛練習しましょう。それじゃ、ここで解散しましょう」と言って職員室に向かった。

華音は職員室に戻って、明日の授業の準備を終え、帰り支度をしていると、二年A組担任の英語の坂巻征三が華音に近づいてきた。

坂巻が華音に向かって、

「ちょっとまえ、うちのクラスの高橋輝人《てるひと》が『早乙女先生から、合唱コンクールにエキストラとして出てほしいと頼まれたのですが、断りたい』と言って、相談にきました。合唱部で、どうしても高橋が必要なんでしょうか。担任の私としては、本人の意向を尊重すべきと考えています。それで彼には、私から早乙女先生に事情を聞き、回答すると伝えました」と困った顔で聞いてきた。

「坂巻先生、それはその通りです。彼の意向をきちんと確かめず、お願いしてしまい申し訳ございません。私から、高橋くんに謝って取り消したいと思います」と華音は平謝りした。

「高橋は担任の私にこんなことを言うと、吹奏楽部の新庄先生やキャプテンの島貫くんに、逆らったことになりやしまいかと心配していました。早乙女先生、彼の心を傷つけないよう配慮してほしいと思っています。明日朝一番、解決方法を私に言って貰えませんか……」と坂巻は華音に注意を促した。

華音は坂巻に向かって深々と頭を下げ、

「先生にご迷惑をおかけし、申し訳ありません」と言うと坂巻は、

「私に謝るのは筋違いではありませんか。教育者として、高橋の心情に思いを寄せることが、私たち教員の役割だと考えますが、如何でしょうか」とさらに華音に追い打ちをかけてきた。

華音は坂巻の言い分に二の句が継げず、

「明日の朝まで、考えさせてください」と言ってお辞儀し自分の席に着いた。

華音は、気が重くなり帰り支度をすませて職員室を出た。

校門を出てバスに乗った華音は、自宅に向う道すがら悩み続けた。

考えてみると、高橋は吹奏楽部のレギュラーメンバーから外れており、先輩の島貫から指名されたら断れるはずがない。しかも、新庄の前ではなおさら言い出せないに決まっている。なんで、こんなに急いで、本人の意向を確かめず、安易に頼んでしまったんだろうと華音は後悔した。

私は、教育者として失格ね……、と華音は、心の中でぬか喜びした自身を恥じた。

考えながら歩いていると、自宅の門の前だった。

「ただいま」

「お帰りなさい」と中から瑠璃が出てきた。

「あら、華音どうしたの？　浮かない顔して……」

「何もないわよ。ところで、おばあちゃんの具合どうだった」と華音は話を逸らした。

瑠璃は顔色一つ変えず、

「まあ、まあってとこかな。高瀬先生が毎日午後の回診にいらっしゃるんだけど、お母さんったら、そのときだけ元気そうな振りをして、戻られたとたん、横になるんだから……」と文子の様子を語った。

「おばあちゃんが元気なら、それでいいんだけど……？」と華音はソファーにドカッと座った。

「華音、学校で何かあったの？」

「お母さん、何もなくてよ。ちょっと、疲れただけなの……」と華音は言いながら二階の自室に着替えに行った。

瑠璃は内心、華音が学校で何かあったな、と察したが娘から言ってくるまでこちらから聞き出すつもりはなかった。

着替えを終えた華音が一階に下りてきて、

「お母さん、晩ご飯何作るの？　私手伝うから」と瑠璃に告げた。

瑠璃は華音を元気づけるかのように、

「和牛のお肉を買ってきたので、今晩はすき焼きにしましょう」と言った。

「すき焼き、いいなあ。お父さん早く帰ってこないかしら」

瑠璃は華音に、

「お父さんが帰ってくるまで、一緒に具材の準備するから手伝って」と元気づけた。

二人はキッチンで肉、野菜、焼き豆腐やしらたきを大皿に盛って真一が帰ってくるのを待っていた。

しばらくするとインターフォンが鳴り、二人は玄関に行き真一を迎えた。

真一は二人の姿を見て、

「今日は、二人で迎えてくれるなんて珍しいね」と上機嫌だった。

華音は元気を装って、

「お父さん、待ってたんだから、今日はご馳走よ」とイキイキとした声で言った。

「なんだい、ご馳走って」

「スキヤキ、すき焼きよ！」と華音は真一の手を引っ張った。

「オイ、オイ待てよ。すき焼きだと着替えてくるから」と真一は二階の寝室に行った。

「今日は、何の日。誕生日じゃないし、結婚記念日じゃないし、何だろう」と下りてきた真一はとぼけた。

瑠璃はハキハキしながら、

「買い物してて、お肉屋さんの前通ったら和牛の特売日だったので、奮発したの。このところ、あっさりした食事ばかりだったでしょう。たまには、みんなでワイワイ話しながら食べたいじゃない」とはしゃいでみせた。

「そうだね、そうだね」を真一は連発した。

その日の夕ご飯は、久しぶりに話が弾んだ。

華音は瑠璃と片付けが終わると、

「お父さん、お風呂先に入っていい」と言いながら風呂場に向かった。

「いいよ」と真一が返事すると瑠璃が「華音ったら、もう先に行っているじゃない」とブツブツ言いながら二人は笑った。

リビングのソファーに座った二人は、お茶を飲みながら文子の容体について話し合った。

瑠璃は真一に、

「あれからお母さん元気なんだけど、食事を少し残すらしいの。看護師さんに聞くと、朝食がどうも食欲がないらしく、昼食や夕食は私が病院にいるときは、我慢して食べているみたい。看護師さんから『入院されている方は、大概そうですよ』と言われたんだけど、少しずつ痩せてきたような気がする。でも高柳さんとは、お互い気が合うらしく、頻繁に話しているみたい。私がお母さんに会いに行くと、決まって挨拶しながら話しかけてくるから、安心たら安心ね」と文子の近況を語った。

真一は瑠璃の話に一々頷き、安堵しているようだった。

「ところで、高柳さんなんだけど。あんまり詮索するの良くないんだが、どうして旧姓なんだ？」と真一は瑠璃に尋ねた。

「あなたも、そう思っていたの」

「そんなこと、思っても聞くべきことじゃないから、今まで黙っていたんだ」

「どうも、離婚されたらしいの」

「離婚……。そうなのか」

「お母さんから、『きみちゃん随分苦労したんだって。上が息子さん、下が娘さんで、旦那さんが丁度娘さんがお腹の中にいるとき、好きな人ができたらしい。それが原因で、離婚したみたい。詳しい経緯は言わなかったけど、いろんなこと、あったみたい。お母さんも、それ以上のことは聞く必要もないので、聞かないことにしている』と言っていた。私は会ったことがないからわかんないいんだけど、娘さんとお母さんは話したらしい」

「長い人生、いろんなことあるから僕らもわかんないな……」と真一はつい口が滑ってしまった。

「あなた、あなた誰か好きな人いるの!? いるんだったら早く言ってね」とチクリと瑠璃は言った。

「そんなこと、そんなことある訳ないじゃない」と真一は打ち消すのに躍起になった。

「ところで、高柳さんの病気なんなの?」と真一はわざと話を逸らした。

「そうなのよ、そうなの。お母さんより二ヶ月前から入院しているらしく、私も気になって仕方がなかったのよ。なんといったって、お母さんの従姉妹にあたるんだから……。やはり癌かな……」

「瑠璃、やめよう。何か人の不幸を弄《もてあそ》んでいるみたいで、自己嫌悪に陥るから、これ以上の詮索はやめよう」と両腕でバツ印にした。

そこへ華音が入ってきて、

「ああ、いいお風呂だったわ。さっぱりした。お父さん入る?」と聞くと「すぐに入るから……」と言って風呂場に向かった。

華音はヘアバンドで髪の毛をポニーテールに結びながら、

「お母さん、私寝るから……」と言って階段を上って行った。

華音は、ベッドに横になったが、高橋のことが気になって仕方がなかった。

高橋が坂巻に申し出た通り、合唱コンクールへの出演を取りやめたとしても、新庄や島貫の決定を裏切ったことになる。華音は、いろんな場面を想定したが、八方うまく収まるアイデアが思いつかないまま寝入った。

翌朝早く華音は、一人で千保川沿いの並木道を散歩した。

ジョギングや犬を散歩させている近所の人たちがかなりいた。すれ違うたびに華音は挨拶しながら、日の出を待った。太陽が立山の峰々から顔を出す瞬間、空は赤く染まり、雲がどこまでもたなびく景色に目を奪われ、華音は立ち止まった。

——私、なんて弱い人間だろう、……と。——

華音は足早に自宅に戻り、学校に行く準備をした。

自宅に着いた華音は、朝ご飯をコーヒーとパンで一人で簡単にすませた。

物音に気づいた瑠璃が一階に下りてきて、

「華音、どうしたの。こんな朝早く……」と不審がった。

「お母さん、今日はどうしても朝早く学校に行って片づけたいことがあるの」と華音は内容には一切触れなかった。

そんな華音を察した瑠璃は、

「それなら仕方ないわね。頑張って……」と言って見送った。

華音は始発のバスに乗って、学校に向かった。

職員室に着くなり、授業の準備を終え合唱コンクールの譜面に赤鉛筆で注意すべき個所に印をつけた。

今回の課題曲は、フォルテシモやピアノの強弱記号が極端に少なかった。さらにスラーやスタッカートまでもが省略してあった。表現者の自由度を推し量ろうとしているのが見てとれた。指揮者が、歌い手である生徒たちと、どのようにこの曲と対峙しているのかを試そうとしているのではないかと華音は考えた。ベートーヴェンやモーツァルトといった古典派を意識したんだろう。指揮者と歌う側の生徒たちとの一体感が要求される。華音は入念にテンポ、強弱、アクセント、スラー、スタッカートを自分なりに考え、作詞者の言葉の意味と抑揚を照らし合わせ、楽譜に音楽記号を書き入れた。

職員室に教員が続々と入ってきた。

華音は、職員室の入口に何度も目をやり坂巻がくるのを待っていた。

ほどなくして坂巻が職員室に入ってきた。

華音はすぐさま坂巻に近づき、

「昨日は大変ご心配をおかけし申し訳ありません」と謝った。

いきなり謝られた坂巻は、

「早乙女先生、こちらこそ言い過ぎたと反省しています」と応えた。

華音はめげずに言い放った。

「先生、私から高橋くんに直接会って私の至らなさを謝り、合唱コンクールへの出場の如何を確かめます」と坂巻に申し出た。

坂巻は華音の真剣な態度に圧倒され、

「そう、そうですか。担任の私としては、先生と彼が直接話し合って納得できるのであれば、これ以上あれこれ言うつもりありません」と後ずさりした。

華音は坂巻の言葉に、内心ムッとしたが矛を収めることにした。

華音は坂巻に対し、

「いつ、高橋くんに話せばよろしいでしょうか」と聞いた。

坂巻はのらりくらりとしながら、

「そうですね、午前中の授業が終わったら、職員室に彼を呼びますから、そのときでよろしいのではないかと思いますが、都合は如何ですか」と聞いてきた。

華音はキッパリと、

「坂巻先生、それでお願いします」と言った。

自分の席に戻った華音は、音楽の教科書をもって音楽室に向かった。

音楽の授業は午前中一年生の三クラスで三時限あり、音楽史、音楽理論、合唱と多岐にわたっていた。午前中の授業を終えた華音は、職員室に戻り坂巻を待った。

するとと坂巻は高橋を伴って職員室に入ってきた。

坂巻が華音のそばにきて、

「高橋くんを連れてきましたので、後は早乙女先生よろしく……」とあっさりと言った。

華音はすぐに立ち上がり、

「高橋くん、昨日はあなたの意向も聞かずに合唱コンクールに参加して貰うことをお願いし、申し訳なく先生として謝ります。すみませんでした」と言って頭を下げた。

高橋はそんな華音の姿を見て、

「先生に頭を下げられると、私はどうしたら良いのか判断に困ります」と迷っているようだった。

華音が生徒に謝っている姿を目にした教員たちは、一斉に二人に視線を注いだ。

まずいと思った華音は高橋に、

「高橋くん、昼休みで申し訳ないけど、音楽室でお話しできませんか」と丁重に申し出た。

高橋は華音のあまりにもへりくだった態度に恐縮し、

「早乙女先生、僕、そんなに大層なことしたんでしょうか?」と聞き返してきた。

華音は高橋のその言葉を遮るかのように、

「とにかく、音楽室で高橋くんの考えを聞いて、お互い納得ずくで解決したいと思っているの。先生のあとについてきてください」と半ば強制的に言った。

「わかりました。先生」

音楽室に着いた華音は、真っ先に質問した。

「高橋くん、合唱嫌い？」

「嫌いじゃありません。どっちかと聞かれれば、好きです」

「そうなの。じゃなんで合唱コンクールに出るの断ったの？」

するとと高橋の意外な回答が返ってきた。

「先生、あのとき二年生の男子でレギュラーメンバーじゃないのが僕だけで、島貫先輩が決まっているかのように新庄先生の前で指名され、悔しかったんです。確かにクラリネット吹くの上手じゃないこと、自分でわかっています。足手まといになることも十分承知しています。一方的に合唱コンクールにエキストラとして協力するよう指示され、新庄先生からあのように言われたら断れないと思いません？　だから、小さな抵抗というか反抗といったらいいのか、自分なりの意思を示してみたかったんです。それで誰に言ったらいいのか迷いました。担任の坂巻先生に話すのが、一番波風立たないと思ったんです」と高橋は華音に本音を語った。

華音は高橋の言葉を聞いて驚き、教員として生徒の立場になって考慮しなかった自分を恥じた。

「高橋くん、音楽、好き？」

「先生、好きじゃなきゃクラリネット吹きません。決まっているでしょう。そりゃ、中学から吹奏楽部で練習してきて、この高校に入った奴は上手ですよ。当たり前だと思いません⁉　だって、楽器に触れてきた年数が違うんだもん。僕は高校から音楽やりたいと思って吹奏楽部に入ったはいいものの、明らかにキャリアの差は歴然としています。合唱だって同じこと言えるのかもしれませんが、楽器は慣れというか声とは違うような気がするんです。だから、例えあと一年頑張って練習したとしても、三年のコンクールでファーストクラを吹けるとは思っていません。せいぜい、サードクラで卒業するのが関の山だと諦めています。先生勘違いしないでください。セカンドやサードが良くないと言っているじゃなくて、みんなファーストを吹いていい気になりたいんです。でも僕に言わせれば、セカンドやサードが裏旋律や和音を奏でてこそ、全体のハーモニーが成り立つのに、往々にしてファーストだけが、主旋律を吹く曲がほとんどです。合唱はそうじゃないかも知れないけれど、セカンドやサードの仲間たちは、実はふてくされている奴が多いんです。合唱部の人たちを見ていて、羨ましいなと思うことありますよ。隣の芝生は、青く見えるのかも知れませんが……」と高橋は自分の立ち位置を良く分析していた。

華音は思い切って高橋に提案した。

「高橋くん、合唱部に入らない?」

「今更合唱部に正式に入部したら、仲間を裏切ることになるんで、エキストラとして合唱コンクールの舞台に立たせてくれませんか。それで、自分がステージに立つ喜びが実感できれば、入部したいと思います。それまで、時間いただけません? 折角の学校生活、僕は無駄にしたくありませんから……」と高橋は華音に懇願した。

「勿論よ。大歓迎です。でも、ステージに立って、満足できなかったら私に必ず相談してください」と華音は高橋に念を押した。

「わかりました。そのときは、必ず先生に僕の思いを伝えます」

「それじゃ、高橋くん合唱コンクールに出て貰えるわね。私から坂巻先生に伝えていい!?」と華音が言いかけると高橋が遮るかのように「先生、それは違います。僕が、今から一人で坂巻先生に報告しますから……」と断言して職員室に向かった。

　ああ、なんて馬鹿だったんだろう。生徒の自主性を信じ、自ら行動し判断することを教えるのが、教育者の原点ではないか。教員として一番大切な、生徒の自主性を尊重するのが基本ではないのか。そのことをないがしろにしていた自分が、情けなくなった。教師は生徒に教えられる！　と教わったが、華音は初めて実感した。

　職員室に戻った華音は坂巻に呼びとめられた。

「早乙女先生、ちょっと前高橋が私のところにきて『合唱コンクールにテノールとして参加します』と言ってきました。何がどうなったのか、彼の心境がどう変わったのかわかりませんが、頑張れよ！　とだけ言っておきました。まあ、思春期は、心変わりが激しいと申しますから……」

と坂巻は皮肉交じりに言った。

「先生、ご心配をおかけし申し訳ございません。高橋くんには、合唱コンクールにテノールとして活躍できるよう私としては、精一杯頑張らせていただきます」と華音は坂巻に言って自分の席に着いた。

　華音は昼食を食べる間もなく、吹奏楽部から合唱コンクールに出場してくれる一年生の二人の各々のクラスに顔を出し、生徒たちの意向を確認した。幸い二人とも、ステージで度胸を試したいとの希望もあってか快諾した。残るは、バスの三人であった。

華音は放課後応援部の部室に行き、

「大林くんいる？」とドアを開けた。

いきなり入ってきた華音に驚き、大林は立ち上がって、

「どう、どうされたんですか？　早乙女先生⁉」と素っ頓狂な声をあげた。

「当麻くんから聞いた合唱コンクールに出場してくれる三人、ここに呼んでくれない。名前も知らないのに失礼だと思ったもんだから、正式に本人の意向を確かめたくて、ここにきたの……」

と言った。

大林は緊張のあまり、

「わ、……わかりました。すぐに呼んできます」と外で練習している三人を部室に連れてきた。

「悪いんだけど、大林くん、部室の外に出てくれる」と頼むとすぐさま大林は「先生の言われることは、ごもっともです。僕は外で待機しています」と言って部室を出た。

華音は三人に向かって、

「合唱部顧問の早乙女です。部員の当麻くんから聞いたのですが、お名前教えてください」とお願いした。

「僕は、藤本竜馬と書いて〝りょうま〟と呼びます。坂本龍馬にあやかったらしいのですが、それでは立派過ぎると思ったらしく、〝竜〟にしたと父が言っていました」

「僕は、榎本宇宙と書いて〝そら〟と呼びます。将来は、宇宙飛行士になるくらいの気概をも

て、ってことだと父が言っていました」

「僕は、近藤勇夢と書いて〝いさむ〟と呼びます。父が新選組の近藤勇が大好きで勇とつけたかったらしいのですが、母があまりにもおこがましいと反対して勇夢として登録しました。ですが、新選組の近藤勇は〝いさみ〟と呼ぶそうで、父がそのことをあとで知ってがっかりしていました」

　華音は、生徒たちは誇らしげに自分の名前の由来を話すのを聞き羨ましくもあり、ハキハキとした態度に安心した。

「先生、質問があります。団長からバスをやれって言われましたが、バスってなんですか？　自動車のバスしか思いつかないんですけど……。先生、冗談ですよ。冗談」と華音の真面目な顔を見て近藤が茶化した。

　今度は藤本が手をあげ、

「先生、合唱コンクールのときの服装ですが、黒ズボンに白のワイシャツでいいんですか？　黒の蝶ネクタイ必要なら、母に言って買って貰いますすけど……」と華音に尋ねた。

「そうね、みなさんに金銭的な負担はかけたくないので、先生の方で用意します」と華音が言うと「先生、合唱コンクール終わったら、蝶ネクタイいただけません？　記念に取っておきたいんですけど……。ダメですか？」と今度は榎本が聞いてきた。

「勿論、こちらからお願いしたんだから差しあげます」と華音が言うと、三人は喜んで飛び跳ねた。

「それじゃ、三人とも合唱コンクールに出て貰えますか」と呼びかけると、

「オッス」と三人のイキのいい返事が返ってきた。

部室の外にいたはずの大林が中に入ってきて、

「先生、ガラガラ声の三人ですが、大きな声だけは任してください」と言いながら「俺も出たいな……」と呟いた。

華音は、これで補充者全員の意向を確かめることができ安堵した。

応援部の顧問を担当している国語の木本則夫に、了解を求めるため華音は職員室に戻った。

職員室に入ると、木本は書類の整理をしていた。

華音は木本にそばに行って、

「先生、応援部の部室に行って、合唱コンクールに藤本くん、榎本くん、近藤くんに出ていただけるかどうか確かめました。三人とも喜んでいましたのでお願いしてきましたが、顧問として了解していただけますでしょうか」と丁寧に話した。

「団長の大林から報告を受けていましたが、あの三人お役に立ちますかね。大声で叫ぶのは得意ですが、合唱の繊細さについていけますか。顧問の私のほうが心配で、先生に迷惑をかけるんじゃないかと、今から気が気でなりません」と木本は申し訳なさそうな顔をした。

「そんなこと、ご心配なさらないでください。こちらこそ、ご協力に感謝しております」と華音はお辞儀し自分の席に戻った。

安堵した華音は帰り支度をしていると新庄が入ってきて、

「早乙女先生、まだいたんですか？　うちの高橋が、ごねたらしいですね」と厭味っぽく話しかけてきた。

華音は少しムッとしたが顔には出さず、

「新庄先生、先ほど高橋くんと直接話をさせていただきました。本人の意向を確かめましたところ『合唱コンクールのステージに立たせて貰えるなら、喜んで参加します』とのことなので、お願いしました」とサラッと応えた。

そんな華音に対して、新庄は振り向きもせず無言だった。

「このたびは新庄先生に多大なご迷惑をおかけし申し訳ございません。新米教員ゆえ、至らぬ点が多く深く反省しております。今後とも、ご指導のほどよろしくお願いします」と座ったままの新庄に華音は深々と頭を下げた。

華音は諦め、カバンをもって職員室を出た。

校門を出ると、すっかり日が暮れていた。

自宅に着いた華音はドアを開けると、真一と瑠璃がパーティークラッカーを派手に鳴らした。

――パパーン‼　パパーン‼――

大きな音と同時に、色鮮やかなテープや花吹雪が天井から舞ってきた。

「ハッピーバースデーツーユー、ハッピーバースデーツーユー、ハッピーバースデーディアカーノーン、ハッピーバースデーツーユー」と真一と瑠璃が玄関で歌いながら迎えた。

華音は呆気にとられた。

七月二十一日、華音の誕生日だった。

瑠璃はそんな華音を見て、

「華音、誕生日忘れていたんでしょう。自分の誕生日を忘れるなんて、まだ早いわよ」と大笑いした。

華音は二人に向かって、

「お父さん、お母さんありがとう。本当にありがとう」と目を潤ませながら二階に上って行った。

「華音ったら、泣きそうだったわ。あなた、見た？」

「あれくらいの歳になっても嬉しいもんかね。大げさにやり過ぎたと思っていたんだが」

「あなたは、女の子の気持ち、ちっともわかっていないんだから、もう」と瑠璃は真一の腕をつねった。

「イタッ、痛いな。何するんだよ」と真一は笑った。

華音は二階の自室で、着替えながら泣き崩れた。

思い返してみると、東京から戻ってすぐに音楽教員になり、この一年半何をして良いのやらわからずじまいで突っ走ってきた。

授業の準備やら生徒指導、合唱コンクールの練習など自分のことを振り返る余裕がなかった。そこにきて祖母の入院が重なり、いつの間にかストレスが溜まっている自分に気づかないでいた。

華音は、クローゼットの鏡に映っている自分の顔を見て思った。

私って、どうなっているんだろう……、と。

華音は涙を拭き、化粧を直して一階に下りて行った。

食卓には、華音の好きな料理が並んでおり、

「これ全部、お母さんが作ったの？」と尋ねると、

「華音、お父さんだって手伝ったんだよ。ほんの少しだけど」と目を細めた。

瑠璃は温かい野菜スープを運んできて、

「今日はどういう風の吹き回しかしら？　お父さんが料理を手伝うなんて」といたずらっぽく笑った。

「俺だって、その気になればできるんだから。そのハンバーグのデミグラスソース、少し赤ワイン入れといたからね」と自慢そうに華音に説明してみせた。

全員食卓に着き「いただきます」と言って手を合わせると真一と瑠璃が「華音、お誕生日おめでとう」と拍手をした。

華音は料理を食べ終え、

「ああーもうお腹いっぱい。もう駄目だわ」と言うと「それじゃ、ケーキいらないのね」と瑠璃が意地悪そうに微笑んだ。

「お母さん、ケーキは私のものよ。別腹だから」と言って華音はサッサとリビングのソファーに座った。

「ろうそく用意するから」と瑠璃が取りに行った。

瑠璃がもってきたろうそくの数を見て、華音は奇声をあげた。

「お母さん、何なのその数……」

「あなたの歳の数よ。なんか文句ある⁉」

「それにしたって多いじゃない」と華音はろうそくの本数を数えた。

「歳の数だけあるでしょう」と瑠璃は言うと、

「やだあー。絶対やだー」と華音は言いつつもケーキに所狭しとろうそくを立てた。

「お父さんが火をつけるから」

真一がろうそくに火をつけ灯りを消した。

「いくわよ」と華音が口を膨らませ、フウ、フウ、フウー……と。

華音は一気にろうそくの炎を消した。

そんな華音の姿に真一は、

「〝さすが〟声楽やっているせいか、息の勢いが違うな」と褒めながら、ふざけた。

「お父さん、お父さんたら、もう子供じゃないんだから」と口を膨らました。

瑠璃がキッチンからケーキナイフをもってきて切り分けようとすると、

「お母さん、ちょっと待って」と言いながらろうそくを取り、真ん中にあったハッピバースデーと書かれたホワイトチョコレートを素早く取り、

「これ、私のもんだから」と駄々っ子のような素振りをした。

「まあなんて素早いの」とあきれ返った。

「だって、これ私のものでしょう」と華音は譲る気がなく自分の取り皿に素早く置いた。

「まるで、子供だな」と真一は目を細めた。

瑠璃が感傷に耽るかのように、

「ここに、おばあちゃんがいると……」と言うと真一は「そうだね、仕方ないよ。こういうときもあるさ……」としんみりと語った。

華音は俯きながら、

「お母さん、おばあちゃんの件で忙しいこと十分承知しているんだけど、今度の合唱コンクールのピアノ伴奏、引き受けてくれない？」と華音は拝むように頼んだ。

突然頼まれた瑠璃は返事のしようがなかった。

「生徒さんの中で、誰かいないの？」

「いるにはいるんだけど、プレッシャーがかかって引き受け手が見つからないの。私は指揮振らないといけないし、ピアノは無理なの」と華音がしょげ返っていると「ところで、合唱コンクールで先生でもない、いわば学校の部外者の私が出てもいいの？」と瑠璃が聞いた。

華音は瑠璃に、

「合唱コンクールの参加規定では、伴奏者、指揮者は学校長が認めたものに限る、とされていて、必ずしも生徒でなくてもいいことわかったの」と説明した。

瑠璃は少し間をおいて真一に、

「あなた、お母さんのこと大丈夫かしら。病院に行って付き添って貰えない」と頼んだ。

「瑠璃そんなこと、当たり前じゃないか。気晴らしのためにも、ここは華音の頼みを聞いてやったほうがいい」

　すると瑠璃は、

「華音、何回くらい学校に行けばいい？」と乗り気であった。

「お母さんの実力であれば、合唱コンクールの日含めて四日前からで十分だと思うんだけど……」と華音が瑠璃に頼んだ。

「校長先生と部員の生徒さんたちの了解、取りつけといてね。それから、ピアノ伴奏の楽譜、どこにあるの」と瑠璃が聞くと華音は間髪入れずに、

「二階からもってくるから……」と言って自分の部屋に向かった。

　瑠璃はにこやかな顔で、

「あなた、久しぶりにピアノ弾けるわ」と満更でもなかった。

　華音が二階から下りてきて、

「お母さん、これ……」と言って瑠璃にピアノ譜を渡した。

　瑠璃は楽譜をパラパラめくりながら、

「華音、わかったわ。練習しておくから……。華音、これだけは、あなたに言っとくわ。あなたの合唱の指導法には、一切私は口出ししないから……」と瑠璃は厳しい態度を取った。

　その日の華音は学校での一悶着も解決し、ピアノ伴奏者の目途がつき熟睡した。

　翌日以降、華音は合唱コンクールの練習にせいを出した。

　音楽室に集まった合唱部の部員に、エキストラとして合唱コンクールに参加してくれる六人を

一人ずつ紹介した。

華音は懸案になっていたピアノ伴奏者について、

「私の母・早乙女瑠璃が、ピアノ伴奏を引き受けてくれることになり、校長先生にも了解して貰いました」と伝えると、部員たちは手を叩き飛び上がって喜んだ。

その日の練習は、それぞれのパートに分かれリーダの指示に従った。

テノールは蓮音、バスは当麻が中心となって、楽譜を手に新たに参加した生徒に歌い方を指導した。

テノールに加わった三人は吹奏楽部出身だけあって、譜読みに慣れていた。

手こずったのは、バスだった。

当麻は、自分が歌って聞かせ、あとをなぞるよう指示した。

何せ応援部ゆえ、声量は半端じゃなかった。音程、リズムが合わず当麻は四苦八苦していた。

そんな様子を見ていた華音は、グランドピアノの周りにバスだけ集まるよう言った。華音は二小節ごと繰り返しメロディーをピアノで弾き、それについてくるように指導した。まず、課題曲を仕上げるため、バスを重点的に小一時間練習し、全体で音合わせをした。

華音は声量のバランスがソプラノに偏っていることを指摘し、アルトやテノールも肩の力を抜いて大きく口を開けるよう指示した。バスは思うようにいかないことはわかっていたので、全体練習のあと、居残って貰った。

華音は当麻に、

「当麻くん、焦らなくていいから、メロディーとテンポ、それに歌いだしの発声練習に集中しましょう」とアドバイスした。

突然藤本がポケットからボイスレコーダーを取り出し、

「先生、課題曲のバスのメロディーを弾いてくれませんか。それから当麻さん、先生のピアノに合わせて歌ってくれるとありがたいんですが。それをレコーダーに録音し、我々三人が部室や自宅で練習しますから」と申し出た。

華音は藤本の考えに納得し、

「それはいいアイデアね。テンポに合わせ弾くから」と言ってピアノの上に置いてあったメトロノームを取って振り子に手をかけた。

今度は、メトロノームをかけないで、華音のピアノのメロディーに合わせて当麻が歌った。

藤本はボイスレコーダーを取り、上手に録音されているか再生ボタンを押し確認した。

華音は、

「それじゃ、今日はこれでおしまいにしましょう」と言うと当麻が「先生、音楽室のキー借りていいですか」と聞いた。

「当麻くん、何するの」

「僕ら、もう少し練習したいんです」

「わかったわ。キー当麻くんに預けるから、あまり遅くならないでね。それから、戸締り忘れないで……」と言って華音はキーを渡した。

華音は内心心配であったが、生徒たちの自主性に任せることにした。

華音は職員室に戻り、帰り支度をして自宅に向かった。

翌日は、自由曲の『イマジン』を練習した。

課題曲と同じような練習方法で臨んだ。

あっという間に一週間が過ぎ、エキストラとしての練習参加を頼んであった生徒たちは、なぜか毎日きた。

何より収穫だったのは、仲間意識が芽生えてきたことだった。

合唱する上で、ハーモニーが最も大切であることは言うまでもない。

あとは、私の曲に対する解釈力と、それを表現する生徒たちの連帯感が試されると考えた華音は、ある実験をしてみた。

五日前、全員を集めて華音はこう言った。

「ソプラノはアルトを、アルトはソプラノを、テノールはバスを、バスはテノールを歌ってください。さあ、合唱しますよ」

全員、ポカンとして華音を見た。

蓮音が手をあげ、

「先生、こんなことして意味あるんですか」と疑問をぶつけてきた。

「そうよ、そうよ」と大合唱になった。

華音はそんな声を説き伏せ、

「やってみませんか。お互いどんな旋律を歌っているのか確かめたくない？」と強情だった。

内心、華音は邪道だと思った。

が、しかし、お互い音のかかわりを知らず、歌っている生徒がいることも事実であった。コンクールを前にお互いのパートがどのような旋律を歌っているのかを、知り合うことの大切さを身体で覚えてほしかった。

華音は思い切って、

「さあ、歌ってみましょう」と言って指揮を振った。

散々な出来であった。

ところが吹奏楽部からきた高橋が手をあげ、

「先生、これ面白かった。クラリネットに例えると、セカンドやサードがファースト、ファーストがセカンドやサードを吹くのと同じです。こんなこと思いもつかなかった。僕はテノールだけど、バスがこういう旋律を歌っていると初めて経験してみて、パートごとのつながりがわかってきたような気がします。もう一回みんなで歌ってみよう」と提案した。

華音は、こんな展開になるとは思ってもみなかった。

まして、あの高橋が言い出すなんて予想だにしなかった。

「高橋くんの言う通り、歌ってみましょう。さあ、もう一度」と華音が提案すると反対する生徒はいなかった。

「先生、アルトってこんなに難しいとは知らなかった」と立川が音をあげた。

「お互いのパートを知り合い、そのどれが欠けても、合唱として成り立たない、ということをみなさんにわかって貰いたかったんです。それでは、元のパートに戻って練習しておわりにします」と華音は言って指揮をした。

八月五日の合唱コンクール日を含めて、四日前から瑠璃が加わり本番さながらの練習に入った。

部員たちは瑠璃の華麗なピアノ伴奏に呆気にとられ、聴き入ってしまった。

そんな様子を見た瑠璃は、

「主役は、あなたたちよ」とつい弾きながら叫んでしまった。

そんな瑠璃に敬意を払うかのように、生徒たちは全員拍手をした。

第五章　発遣《はっけん》と夕餉《ゆうげ》

真一は、瑠璃から頼まれた通り、合唱コンクールが終わるまで自分の専門の経済学の研究の時間を削り、入院している義母の病室に行くことにした。

真一は、八月二日午後二時に病院に着き、早速文子の病室に向かった。

真一は病室の異変に気づいた。

高柳のベッドは奇麗に片付けられていた。

真一が文子のベッドの横のパイプに座ろうとすると、文子が掛け布団にくるまって嗚咽していた。

真一は何事が起きたのかわからず文子に、

「お義母さん、どうされたんですか」と声をかけた。

「真一さんなの……」と掛け布団をもちあげ起き上がった。

文子は溢れる涙を拭き、

「真一さん、今日午前十一時半ごろきみちゃん、息を引き取られたの……」と掛け布団の上に泣き崩れた。

真一は茫然自失となったが気を取り直し、

「お義母さん、お義母さんそうだったんですか」と言うしかなかった。

文子は気丈にも、

「午前十一時ごろ、きみちゃんに声かけても返事がなく、ベッドの横に行って大きな声で呼びかけ、身体をゆすっても反応がないものだから、すぐにナースコールしたの。看護師さんが慌てて入ってきて、高瀬先生と連絡を取り蘇生処置をしたらしいんだけど駄目だったみたい。緊急連絡先になっている娘さんに連絡し三十分ぐらいでいらしたんだけど、泣きっぱなしだったわ。真一さん、きみちゃんと幼いころ遊んだ記憶が蘇ってきて、瑠璃や真一さんに連絡することも叶わないくらい憔悴していたの……」と偽らざる心情を吐露した。

真一はその言葉を聞いて、

「お義母さん、瑠璃や私のことは気になさらないでください。このことは、私から瑠璃に連絡しておきますから、ベッドに横になっててください」と言って文子の身体を支えベッドに寝かしつけた。

「ありがとう、真一さん。少し寝ていいかしら……」

「お義母さん、寝てください」

「ありがとうね。それじゃ、お言葉に甘えさせていただくわ」

真一はしばらくベッドの横で文子の様子を見守っていたが、大丈夫そうだったので廊下に出た。

真一は瑠璃に電話したが、繋がらなかった。

メールで、合唱の練習が終了次第病院にくるよう送信した。

真一はナースステーションに行き、高柳君子の緊急連絡先を聞くことにした。受付にいる看護師にかけ合ったが、個人情報ゆえ固辞された。

埒が明かないと思った矢先、偶然にも回診を終えた高瀬純二郎がナースステーションに向かって歩いてくるのが見えた。

「高瀬先生、早乙女でーす」と真一は大きな声で呼びかけた。

純二郎は真一の声に驚き、

「早乙女さん、どうされたんですか？」と近寄ってきた。

「先生、さっきから高柳さんの緊急連絡先をお聞きしているんですが、個人情報ゆえ教えて貰えません」と理由も告げずに申し出た。

「亡くなられた高柳君子さんと、一之瀬さんとはどういうご関係ですか？」

「母と高柳君子さんとは、従姉妹であり幼なじみでもあります。今日十一時ごろ君子さんに声をかけたところ、返事がなく、そばに行って体をゆすったそうです。反応がなかったので、その場でナースコールのボタンを押したようです。先生がすぐにお見えになって、蘇生処置をされたとのことですが、間に合わなかった、と聞きました。母は憔悴して寝ております。高柳君子さんの緊急連絡先を聞いておきたいのです」

「そうでしたか。一之瀬さんが、ナースコールのボタンを押されたんですか……。お義母さんと高柳さんはいつも仲が良く、良く話をされていました。そういうご関係だったんですね」と純二郎は了解し、受付の看護師に君子の緊急連絡先を真一に伝えるよう指示した。

緊急連絡先は、君子の娘・大附郁美となっていた。

「先生、ご迷惑をおかけし申し訳ありません。母には、何か聞かれたら私や妻のほうで対処します」と言って真一は病室に戻った。

ほどなくして、瑠璃から返信が入った。

メールの内容は、合唱の練習が終わり次第そちらに向かいます、とだけ書かれていた。

真一は病室に入り、改めて高柳のベッドを見て感慨に耽った。

——人間の一生って、あっけないもんだなあ、……と。——

真一は文子の寝姿を見ながら、自分の母・早乙女美奈子と重ね合わせた。

母は優しかったが、厳しい一面ももち合わせていた。

特に勉強しろとは一度も言われたことがなかったが、真一が言い訳がましく嘘をつくと、母は泣きながら両腕を抑え叱りつけた。それ以来真一は、母を泣かせることが一番の親不孝である、と心に決め、正直に告げることを心がけた。

小一時間ほどして瑠璃が病室に入ってきた。

瑠璃が入ってくるなり真一に、

「あなた、何かあったの」と驚いた様子で聞いてきた。

「早かったね……」と真一は言いながら瑠璃の手を引っ張って廊下に出た。

廊下に出た二人は小声でしゃべった。

真一はことの経過を縷々話すと、

「ああ良かった。お母さんに何かあったのかと思って、一時間切りあげてきたの。華音に、今から電話するから……」と瑠璃が言った。

その言葉を聞いた真一は、

「高柳さんに対して気遣いがないのかい⁉　亡くなられたんだよ、瑠璃。ベッドが、まっさらになっているの、気づかなかったのか？」と憤慨した。

「ごめんなさい。自分たちのことばかりで頭が一杯になって、悪かったわ」と瑠璃は病室に入り高柳のベッドの横に行き手を合わせた。

廊下に戻ってきた瑠璃は、早速華音に電話し事情を説明した。

瑠璃は真一に、

「華音も病院にくるっていうから、それまで待ちましょう」と言った。

病室に戻った二人は、文子のベッドのそばのパイプ椅子に座った。

二人の気配に気づいた文子は起き上がり、

「瑠璃、真一さんから、きみちゃんの件聞いた⁉」と尋ねてきた。

「お母さん、聞きました」と瑠璃は慰めるように応えた。

文子は不思議そうな顔をして二人に、

「今朝の朝食のとき、いつものように二人で話していたの。そのとき、きみちゃん私に変なこと言ったのよ。『ふみちゃん。昨日の夜、夢なのか幻覚なのかわかんないんだけど、母がそこにきて、まだここにきちゃいけないよ。もうすぐあなたの弟が顔を見せにくるから、それまで待っていなさい』……と。そしたら、九時半ごろ本当に弟の慎二さんが埼玉からお見舞いにこられたの。二人は、一時間ほど話をして慎二さんが帰ろうとすると、きみちゃんが『向かい側のベッドに、従姉妹のふみちゃんがいるから挨拶して帰んなさい』と言ったの。私、その言葉を小耳に挟んだので、慌てて髪を直して待っていたら、弟さんがカーテンを開けて『うちの姉がいつもお世話になり、ありがとうございます』と言って病室を出て行かれた。それから、きみちゃんの声がしなくなったの……。てっきり、安心して寝たんだと思っていたのに……」と声を震わせながら語った。

「私は母から、そういった話は良く聞かされました。亡くなった父が、電話が家になかった時代に『姉がたった今死んだので、自転車で確かめに行ってくる』と言って姉の家に向かい着いたら、本当にお姉さんがその時間亡くなっていた、と聞いたことがあります」と真一は昔を思い出し語った。

「科学万能の時代にあって、不思議なことってあるんだね」と瑠璃は言った。

しばらく経って華音が病室に入ってきた。

華音が入ってくるなり、

「おばあちゃん、大丈夫」と声かけると今度は瑠璃が「華音、高柳さんのベッドに行ってお参り黙とうしなさい」と指示した。

華音は高柳のベッドの横に行き手を合わせた。

華音は立ちながら、

「おばあちゃん、大変だったわね」とねぎらった。

「きみちゃん、最後に弟さんにお遇いし本望だったと思うわ」

華音は、文子の言った意味がわからなかったが頷いた。

文子は華音に向かって、

「合唱コンクールの練習どんな具合なの？」と尋ねた。

「おばあちゃん、ピアノ伴奏お母さんが弾いてくれることになったし、メンバーもそろったし、あとは本番で上手に歌えるかどうかのところまできたの」と華音が言うと文子は、

「なんとかなるもんよ、世の中一生懸命やれば、成績なんて二の次よ。わかった華音……」と励ました。

そんなこんなで話しているうち、夕食が運ばれてきた。

瑠璃が心配になって、

「お母さん、食欲ある？」と聞いた。

「きみちゃんに笑われないよう、有り難く頂戴させていただきます」と言って文子は君子のベッドにお辞儀し、手を合わせ食べ始めた。

三人は文子が食べ終えたのを見届け、帰り支度をし病院を出た。

真一は瑠璃と華音に向かって、

「高柳君子さんの生涯に想いを馳せ、故人を偲んで、どこかで食べて帰ろう」と言い出した。

「あなた、今日はいろんなことがありましたね。確かに、私もそう思います。何がいいですか？」

「何でもいいんだよ。こういうときは……」と真一が複雑な顔をすると華音が、

「お父さん、こんなときこそ、美味しいもの食べないと、高柳さんに申し訳ないわ」と鼓舞した。

「古城公園の桜並木のそばに、古くからの蕎麦屋さんがあるらしいのよ。そこの天ぷら蕎麦や天丼が、凄く美味しいって学校のある先生が話していたの聞いたことがあるから行ってみない？」と華音が提案した。

瑠璃が華音に、

「なんていうお店なの？」と聞くと「なんて言ったかなあ。確か藩のような名前、ああそうだ〝加賀屋〟と呼んでいたような気がするんだけど……」と不安そうに語った。

「加賀藩の〝加賀屋〟だろう。あそこは美味しいので有名だよ。ここから歩いて五分くらいだと思ったけど。一度、講師のとき、教授に誘われてご馳走になったことがある。確かに、格別な味だった」と真一は二人に語った。

三人は華音の推薦で加賀屋という蕎麦屋で食事をとることにした。

三人がお店に着き扉を開けると、

「いらっしゃい」とイキのいい声が響いた。

テーブル席に着きメニューを見て真一は、

「ここにくると、天丼だな。大きなエビが三本乗っているのを、教授ときたとき見たことがある。遠慮して食べなかったのが残念だった。それにしても、食い物の恨みは怖いな……」と懐かしがった。

瑠璃は迷っていたが、

「野菜天ぷら蕎麦定食にします」と言ってメニューを置いた。

華音は最初から決めていたらしく、

「天ぷら蕎麦定食にするわ」と即断した。

真一が大きな声で、

「天丼、野菜天ぷら蕎麦定食と普通の天ぷら蕎麦定食それぞれ一つずつください」と注文した。

亭主が気っ風のいい声で、

「あいよ」と返事をすると「飲み物はどうしますか」と聞いてきた。

真一は珍しく、

「ビール二本、グラス三個」と言った。

瑠璃は真一のそんな姿を見て、

「あなた、珍しいわね。外で、食べるときいつもこうなの」

「そんなことないよ。今日は、いろんなことあったから飲みたい気分なのさ」と溜息をつきながら言った。

華音は真一のいつになく塞ぎ込んだ顔を見て、

「お父さん、ごめんね。お母さんをピアノ伴奏に連れ出したもんだから、こういうことになってしまって……」と謝った。

真一は二人に、

「そんなことじゃないんだ。さっきは、お義母さんの前だから言わなかったけど、高柳さんの経緯は報告した通りだ。立ち話で、高瀬先生は『高柳さんの死が、一之瀬さんの病状に影響するんじゃないか』と心配されておられた。良く〝病は気から〟と言うだろう、それだよ……」と心中を吐露した。

　瑠璃と華音はびっくりし、

「そんなこと、あったんだ‼」と声を合わせるかのように言った。

　間を置かずして亭主が、

「ビール二本、グラス三個ね」と言ってテーブルに無造作に置いた。

　真一はすかさず、

「今日は、高柳君子さんの在りし日を想って飲もう」と言って瑠璃と華音のグラスにビールを注いだ。

　真一が自分でグラスをもって注ごうとすると瑠璃が、

「私が注ぎますから……」と言って真一のグラスにビールを注いだ。

　三人は無口のままグラスを少しあげ、ビールを一杯飲み終えた。

　真一はグラスをテーブルに置き、

「お義母さん、堪えただろうな。僕がベッドに行ったとき、布団にうずくまって泣いていたんだから……」とそのときの様子を語った。

「そうね、お母さんにとって、あの病室で本心を語れるのは君子さんだけだったもんね。辛いだろうな……。君子さんだって、そうだったと思う。今から思うと空襲のときの祖母と母のこと、よっぽど気がかりになっていたんだと思う」と瑠璃はポツリと囁いた。

そんな話をしていると、注文した料理が運ばれてきた。

真一が言った通り、天井には立派なエビが三本乗っかって濃厚なたれがかかっていた。

それを見た華音は、

「お父さん、食べかけでいいから、私に少しだけ残しておいて」と言った。

「しょうがないな。華音は食いしん坊なんだから」

「華音、他人様の家でそんなことしちゃダメよ」と瑠璃は諌めた。

「わかっているわ。お母さん」

三人とも満足し、

「こんな美味しい料理、久しぶりだった」と口々に言い合った。

三人が外に出ると真一が、

「ここから歩いて、十分くらいのところに、とってもレトロでコーヒー通なら唸るような店があるんだけど、行くかい?」と二人に聞いた。

二人はすぐに、

「いきたい、行きたい」と真一にせがんだ。

真一が歩きながら、

「高岡の大仏さんを右横に見て、えんじゅ坂通りを行くと、泉鏡花の小説で『義血侠血』があるだろう。その主人公である女水芸人の〝瀧の白糸〟の碑がある先の道を渡り、土蔵造りの町並みの山町筋を少し行ったところに喫茶店《きっさてん》があるんだ。店の名は〝フナ〟というんだけど、そこのマスターが面白いんだ。もう五十年近くこの店やっているそうだ。店に入ると熱帯魚の水槽が所狭しと置いてあって、あるとき、店の名がフナとなっているけど、ここにある水槽の魚は熱帯魚ばかりだね、と質問したんだ。そしたらマスターが『ここら辺は、昔から問屋街で、主人や従業員が良く気休めにこの店にくるんですよ。私はヘラブナ釣りが専門ですが、問屋街の人たちは珍しいもの好きで熱帯魚がいいと言い出して、最初は少しだったのがこんなに増えちゃって……』と言うんだよ。二人で笑っちゃった。それでも、マスターは店の名は変えなかった」と真一が話しているうちに店の前に着いた。

「確かに〝喫茶店フナ〟となっているわね」と瑠璃が言った。

三人がドアを開けると、七十歳はゆうに超えていると思われるマスターらしき人がカウンター席で新聞を開いていた。

この時間にお客がきたのにマスターが驚いたのか、

「いっ、いらっしゃい」と素早く新聞を閉じた。

「あー、早乙女さん。そちらの女性は……？」

「失礼、マスター紹介するよ。妻の瑠璃と娘の華音です」

「早乙女さんには、いつもごひいきにしていただいております」

「こんな時間、申し訳ないね。コーヒー飲みたくなってさ。もう閉店？」

「折角、ご家族でいらっしゃったのに、閉店なんてとんでもございません。いつものでいいんですか？」

「マスターおすすめのやつ、お願いします」

「それじゃ、とっておきのコーヒー淹れますから」

「頼みます」

三人は入って右にある、ゆったりとしたソファーに座った。

内装がレトロで、カウンターの上にはダークブラウンのペンダントライトがずらりと並んでいた。ソファーのテーブルには、いまどき滅多に見かけないマッチとおしゃれな灰皿が置いてあった。入口左に古ぼけた電話ボックスがあり、瑠璃と華音の目が釘付けだった。

華音が真一に、

「お父さん、あれ、電話ボックス？」と聞いた。

「そうだよ。今は使っていないそうだ。シックだろう」

瑠璃も珍しがって、

「そうね、昔は良く見かけたけど、今本当に見ないわね。それとこのマッチ箱、久しく見なかったわ」と瑠璃はマッチ箱を取り華音に渡した。

「大きいのと小さいのがあるけど、私初めて見たわ」と華音は箱をひっくり返したりしながら見とれていた。

そのうち店中、コーヒーの香りが漂い三人とも心地よい気分に浸った。輪をかけるように、モーツァルトのクラリネット協奏曲が流れた。

「たまらないわね、このお店。癒されるわ」と瑠璃は酔いしれるかのように呟いた。

「お父さん、これが喫茶店なんだ」

「そうだね、喫茶店という呼び名自体、なんとなく今の若者にはピンとこないかも知れないね」

マスターがコーヒー三人分、銀色の盆にのせてもってきて、テーブルに置いた。

「マスター、とっておきのコーヒーって、なに？」

マスターが真一の耳に口を近づけ、

「トラジャのいいやつです」と囁いた。

真一は二人に聞こえるように、

「トラジャだそうです」と言った。

「言わなきゃいいのに……」とマスターは苦笑いし戻った。

三人はコーヒーの、ほどよい苦さ、旨みと香りを堪能した。

真一は二人にコーヒーを飲みながら、

「この店のコーヒー、雰囲気どう⁉　よくよく考えてみると、戦前はコーヒーは贅沢品で手に入らなかっただろうし、モーツァルトを聴くなんて非国民扱いされただろう、こうやって語り合えるのも平和があってこその話だね。戦争は、どんな理由があっても、起こしちゃいけないね。高岡は、空襲を免れたから、昔の建物がそのまま残っているんだ。富山も空襲に遭わなければ……」としみじみ語った
二人は異口同音に、

「その通りね。また、こようね！」と言った。

「二人とも気に入ったみたい。またくるって」と真一は大声でマスターに告げた。

するとマスターは、

「またお越しください。お待ちいたしております」と言って店の地図の入ったカードを二人に渡した。

「マスター、閉店時間間際に悪かったね」

店を出た三人は、大通りでタクシーを拾って自宅に向かった。

第六章　コンサートホールへの誘《いざな》い

翌日、朝九時から夕方五時まで、瑠璃と華音は音楽室で合唱コンクールの練習に余念がなかった。

合唱コンクールが終わるまでの間、真一は自宅で卒業論文の添削をし、合間にコンビニエンスストアに行って弁当を買ってきて食べた。

午後は高岡セントラル病院に行っては、文子のそばで会話をしながら夕食を食べ終えるのを待って帰宅した。

いよいよ、合唱コンクールのその日がきた。

場所は、富山市内の城址公園そばの『富山コンサートホール』である。

高岡北高等学校はAグループで八番となっており、十一時出演予定であった。朝六時に全員学校に集合し、バスで富山コンサートホールに向かい、八時前には着いた。

華音は部員たちに、当日は朝早く起き個人個人でボイストレーニングしておくよう指示した。なぜなら、本番までの時間、良い声を出すには最低四、五時間の間が必要だったからだ。

八時ごろ着いた部員たちは、ウオーミングアップをするため、城址公園に行った。パートごと分かれ課題曲、自由曲を、リーダーを中心におさらいした。そのあと、全員集まり十時ごろまで全員で最後の合同練習をした。十時半には富山コンサートホールに戻り、リハーサル室に入って出番を待った。

一方瑠璃は、富山の知り合いが経営している楽器店に行って、グランドピアノを借り本番にそなえた。瑠璃は、独唱や合唱の伴奏は数多くこなしていたが、娘の指揮のもと伴奏するのは初めてであった。普段の瑠璃は、緊張することはなかったが、今回は心に期するものがあった。というのは、このコンサートホールは、祖母・菜津子の実家があった場所に近かったからだ。曾祖父・高柳敬一郎が呉服商を営んでいた店と屋敷が、富山の空襲で全焼した。その屋敷の一角が、現在の富山コンサートホールと重なっていた。敬一郎は、明治二十年生まれであり、祖父と同じ養子であったせいか、空襲後、再興することを親類縁者から強く求められていたが叶わず、苦しみ悩んで死んでいったと母から聞いた。

いよいよ、出番がきた。

コンサートホールでは司会者から、

「Aグループ八番高岡北高等学校合唱部、自由曲は『イマジン』です」とアナウンスがあり、先に瑠璃と部員たちが入場しあとから華音が続いた。

指揮者の華音が聴衆に向かって一礼し、瑠璃と目を合わせ両腕をあげた。

瑠璃の前奏のピアノの音色がコンサートホール全体に響き、部員たちがその音に呼応し歌声が聴衆の心をとらえた。続いて、イマジンの出だしのピアノが瑠璃によって奏でられ、華音は部員一人ひとりの顔を見ながら確かめるように指揮を振り歌い終えた。

全員一礼して、ステージをあとにした。

華音は、部員一人ひとりに声をかけながら廊下を歩き、客席に座った。

午前の部が終わり休憩に入り、城址公園の木陰のベンチで全員弁当を食べようとしていた。

突然蓮音が立ち上がって、

「みんな、早乙女瑠璃先生に感謝しようぜ」と部員たちに呼びかけた。

「早乙女瑠璃先生、ありがとうございます」と部員たちは声を合わせ感謝の意を示した。

瑠璃は立ち上がり思わず泣きそうになったがグゥーとこらえ、

「あなたたち、今日の合唱とっても素晴らしかったわ。練習のとき、どうなるかとヒヤヒヤしていたのが嘘みたい」と褒め讃えた。

部員たちはその言葉を聞いて、もっていた弁当をベンチの上に置いて、瑠璃に向かって拍手をした。

瑠璃の目が潤んでいた。

午後は、他校の合唱を聴き審査結果を待った。

瑠璃は午後一時間ほど聴いたあと、コンサートホールを抜け出し、城址公園の周りを散策した。

復元された富山城の周りの堀に沿って一周し懐かしい建物の県庁を写真に撮った。ここは、空襲のとき焼け野原になった中で残った建造物の一つであると思うと、瑠璃はやりきれなかった。

午後四時、ステージにはトロフィーが並べられ審査結果発表の準備が整った。

銅賞から順次学校名が発表された。

「銀賞、高岡北高等学校」とアナウンスされると、座席にいた部員たちは飛び上がって喜んだ。

華音は、そんな部員を見て俯きながら涙した。

華音の後ろの席にいた立川は、両腕を伸ばし華音の肩をもみ始めた。

「先生、ありがとう」と立川は囁いた。

表彰式に蓮音と立川が登壇し、表彰状と盾を受け取った。

表彰者全員の記念撮影が終わり、二人は部員がいる席に戻ってきた。

合唱コンクールが無事終了し、富山コンサートホールをバックに瑠璃も交じって合唱部全員が記念撮影をし、バスに乗り込んだ。

バスが学校に着くまでの間、部員たちはお互いの健闘を讃え合った。

三年生の中には二年生に向かって、

「来年は金賞目指せよ」と調子に乗って言う部員もいたが、安堵感と今日の合唱が思いのほか、まとまって歌えた喜びに包まれていた。

バスが学校に着くと、全員が校庭に集まりキャプテンの蓮音と副キャプテンの立川が前に出て挨拶した。

蓮音は全員に向かって立川とともに一礼し蓮音が、

「みんな、今日はお疲れさまでした。最初は男性部員が足りず、どうなるかと思っていましたが、幸いテノール三人、バス三人参加して貰い本当に助かりました」と言うと、なぜかエキストラの六人が前に出てきて、両腕を真上にあげて手を叩いた。

そんな姿につられて、他の部員たちは歓声をあげた。

今度は立川が、

「なんと言っても、早乙女瑠璃先生のピアノ伴奏、あの凄さに聴衆や審査員の先生方が舌を巻いたのではないかと思います。皆さん、早乙女先生、いや瑠璃先生に拍手をお願いします」と言うと、瑠璃は少しだけ前に出て一礼した。

するど、一層皆の気勢があがった。

蓮音は改まって華音に向かい、

「早乙女先生、ややっこしいから華音先生、本当にありがとうございました。ステージでいただいた表彰状とトロフィーを先生に授与します」と言って渡すと部員たちの中から手笛や指笛が轟いた。

華音は前に躍り出て、表彰状とトロフィーを受け取った。

華音はみんなに向かって、

「今日は、ありがとう。私のような新米教員に、ついてきてくれて感謝しています。今日の合唱のハーモニー、いまだに耳に残っています。この感激は一生忘れません。改めてありがとう」と言って何度も頭を下げた。

蓮音が話を続けようとすると、部員たちからヤジが飛んだがそれを制して、

「それから、先生にはいろいろご迷惑をおかけし、キャプテンとして申し訳ございませんでした。この借りは、文化祭でお返しするつもりです。これでおしまいにします」と言って部員たちは三々五々解散した。

華音は瑠璃に、

「お母さんありがとう。今日のピアノ伴奏素敵だった。私、あのピアノの音で落ち着き、部員の顔を見ながら指揮を振れたの……。もしそうじゃなかったら、心の余裕がなかったわ」と瑠璃に感謝の気持ちを語った。

瑠璃は華音のその言葉を聞いて、

「華音、来年は準備万端整えて、生徒さんたちの中からピアノ伴奏者を養成しなさい。だって、お母さんは教員じゃないし、今回はピンチヒッターみたいなもんよ。学校教育のあるべき姿じゃないと思うから、来年は頑張ってね」と厳しい助言をした。

華音はそんな瑠璃のアドバイスを聞いて、

「お母さんの言う通りだと痛感しています。合唱コンクールは、あくまでも学校教育の一環で、みんなで作りあげる喜びこそが一番大事なことだと理解しました。このことが、今日の一番の収穫だと肝に銘じておきます。お母さん、楽譜、預かった表彰状やトロフィー、職員室に置いてくるから待ってて……」と言って足早に校舎に向かった。

戻ってきた華音は、瑠璃と校門を出てタクシーを拾える国道まで歩いた。

「華音、今日の午後の部の間、コンサートホールを抜け出して城址公園の周りを散歩してきたの。良く城址公園に両親につれられてきたのよ。懐かしかったわ。あのコンサートホールの一角で、母が産まれたらしい」

華音は瑠璃の話を聞いて驚いた。

「残念だけど、私は母から聞いただけで、どこからどこまでが住んでいた家なのかは知らないんだけど、間違いないらしい。空襲で焼け野原になって跡形もなくなった。曾祖父の高柳敬一郎がいろんな人の連帯保証人になっていたらしく、戦後すっからかんになってしまった。一族全員が掘っ立て小屋に住み、それから急ごしらえで作られたアパートに引っ越し、ひもじい思いをしたらしい。とにかく、県庁や電気ビル、百貨店の骨組みと焦げた外観しか残っていなかったらしい。記念に県庁を写真で撮ってきたのよ」と言って瑠璃はスマートフォンの写真を華音に見せた。

国道でタクシーを拾った二人は、自宅へ急いだ。

自宅に着くと既に真一は帰っていた。

真一は二人の顔を見て、

「合唱コンクールどうだった？」と聞いてきた。

「お父さん、銀賞だったわ。お母さんのピアノがコンサートホールに響いて、気持ち良くみんな歌うことができたの。お母さんに感謝、感謝よ」と華音は興奮していた。

「おめでとう。瑠璃も久しぶりステージに立って、緊張したんじゃない」と真一が少しもちあげるように言うと瑠璃は、

「私、伴奏なら大丈夫なの。だって、合唱コンクールだから主役は生徒さんと割り切っているから。こっちは気楽なもんよ。リサイタルやオーケストラと共演するのと違って、今日は楽しく弾けたわ」と余裕を装った。

「ところで、お母さんの具合どうだった」と瑠璃は心配そうに尋ねた。

「うん、まあまあってところかな。あの一件以来、大分心の整理がついたみたい」

「良かったわ」

二人は二階の寝室で着替え、一階のリビングのソファーに座った。

テーブルの上には、コーヒーカップが置かれていた。

真一が、

「コーヒー、今から挽いて淹れるから……」と言った。

部屋中コーヒーを挽いた匂いが漂い、二人は目を閉じながら嗅いだ。

「さあどうぞ」と真一は言いながら、カップにコーヒーを注いだ。

二人はコーヒーカップを手に取り一口飲むと、

「美味しい。お父さんのコーヒー最高ね」と褒めた。

「〝フナ〟のマスターほどじゃないけどね」

「ところで瑠璃、高柳さんの葬儀、明後日午後二時・浄遇寺本堂で執り行われることに決まったそうだ。今日、娘さんの大附郁美さんに連絡してわかったので僕行ってくるけど、瑠璃はどうする。このこと、お義母さんには話していないから……」

瑠璃は、困った顔をした。

「お母さん、おばあちゃんのことだったら私が病院に行くから心配しないで」と華音が申し出た。

「華音、学校大丈夫？」

「合唱コンクール終わったし、夏休みだし融通できるから大丈夫よ」

「それじゃ真一さん、一緒に葬儀に参列しましょう」

翌日、瑠璃は午前九時に病院に着き病室に行った。

瑠璃がベッドの横に座ると文子が、

「瑠璃、久しぶりだわね。たったの四日間なのに、随分会っていない気がするから不思議なもんね」と言って笑みを浮かべた。

華音の学校が合唱コンクールで銀賞だったこと、瑠璃がピアノ伴奏して楽しかったことを話し、文子は満足そうだった。

第七章　死者へのメッセージ

瑠璃は、高柳君子の葬儀の件を文子に言うべきかどうか迷っていた。

「瑠璃、どうしたの？　何迷ってるの……。あなたの顔に書いてあるわよ。高柳さんの葬儀の件でしょう」

「どうしてわかるの？」

「瑠璃、娘と何年付き合っていると思っているの。もじもじしている姿を見れば、大概見当がつくもんよ」

「しょうがないから言うわ。明日午後二時富山の浄遇寺本堂で執り行われることになり、真一さんと一緒に行くことにしたわ」

「私もお参りしたいんだけど、ダメかしら……。きみちゃんに、どうしても伝えたいことあるの」とポツリと言った。

瑠璃は、恐れていたことが現実となった。

「お母さん、それは私だけで決められないから、ちょっと待って……」と言って廊下に出た。

すぐにスマートフォンを取り出し、真一に電話した。

「僕だがどうした」

「お母さん、明日の高柳さんの葬儀、出たがっているの。どうしたらいい？」

「そうか、ごめん。昨日僕も言い出しづらくて、お母さんには黙っていたんだ。瑠璃におっかぶせてしまって悪かった。とにかく、入院した状態で、無理だと思い言い出せなかった。瑠璃、申し訳ないけど高瀬先生と相談して貰えないか」

「わかったわ、高瀬先生に事情を話してみるから」

瑠璃はナースステーションに行き、純二郎の所在を確かめて貰い、副院長・消化器内科部長室に行くことにした。

病室に戻った瑠璃は文子に、

「お母さん、真一さんに連絡したところ高瀬先生と相談して、高柳さんの葬儀に参列していいかどうか相談してみることになりました」と告げた。

「悪いね、無理ばかり言って……」

「ところで、お母さん。高柳さんの死因って何だか知っていたの？」

「あれ、瑠璃に話していなかったわね。きみちゃん、肝臓癌だったの。一年ほど前手術し、入退院、通院を繰り返していたらしい。うちの家系は癌が多いから、瑠璃も人間ドック毎年受けなさいよ」と文子は瑠璃に注意した。

廊下から配膳カートの車輪の音がして、

「昼食ですよ。お昼ご飯ですよ」との声がした。

「お母さん、今日はちょっと遅いけど、昼食よ。私、地下の食堂で食べてくるから……」と瑠璃は言って病室を出た。

瑠璃は昼食を素早くすませ、高瀬の部屋に向かった。

瑠璃は副院長・消化器内科部長室の扉を叩くと、

「早乙女さんでしょう。ナースステーションから連絡がありました。どうぞお入りください」と中から純二郎の声がした。

瑠璃が扉を開くと、純二郎は昼食を食べている最中だった。

純二郎は食べながら、

「外来診療の患者さんが多くて、いつもこんな時間になってしまうんです」と言った。

「先生お食事中、申し訳ございません。後ほど改めてきますから」と瑠璃は退出しようとした。

「早乙女さん、気になさらないでください。食べながらで失礼ですが、ご用件をお聞きします。どうぞおっしゃってください」とソファーに座るよう勧められた。

さすがに悪いと思った瑠璃は、

「先生、お茶を入れますけど、お茶と急須はどこにありますか」と聞いた。

「早乙女さん、私に構わず、どうぞおっしゃってください」

「実は、先般亡くなられた高柳君子さんの葬儀が、明日午後二時執り行われることになっています。主人と私で参列しようと考えておりましたところ、今日午前中、母がどうしても出たいと申すものですから、先生に相談してからということで保留にしてあります」

「高柳さんの葬儀の場所はどこですか」

「富山駅近くの浄遇寺の本堂とのことです」

「そうすると、ここからだと高速使えば、かかって四十分ってとこですか？　葬儀に出たとして往復約三時間くらいですかね」

純二郎は箸を置いて、自分の席に戻りナースステーションに電話した。

「高瀬です。そこに、高崎さんいますか？」と純二郎は高崎の所在を確かめた。

するとすぐに電話口に高崎が出て、

「ハイ、高崎ですが、先生何か御用でしょうか？」と聞いてきた。

「悪いが、一之瀬さんのカルテをもって私の部屋にきてください」と頼んだ。

ものの数分で、高崎は手元にカルテらしき書類の入ったホルダーを抱えて高瀬の部屋に入ってきた。

「高崎さん、ちょっと見せてください」

ホルダーの書類を見ながら、

「高崎さん、明日の勤務体制はどうなっていますか」と質問した。

「明日は、午後高瀬先生の回診に同行し、その日は夜勤勤務になっています」

「そうだったね。私の回診に付き合うことになっていたんだね」

「高崎さん、突然ですが回診は誰かに代わって貰い、一之瀬さんに付き添っていただけないか？看護師長には私から説明しとくから……」と言った。

高崎は、事情がわからず狼狽していた。

「ごめん、ごめん。何も説明せずに悪かった」

「先生は、いつもそうですから慣れてはいますが、さすがに一之瀬さんに付き添えと言われても……」

「きちんと説明するから、ここに座って」と純二郎はソファーの上を叩いた。

「明日、午後二時富山の浄遇寺で、君も担当していた高柳君子さんの葬儀があり、一之瀬さんが出席したいそうだ。大丈夫だと思うが、早乙女さんご夫婦も参列されるとのことなので、一緒に一之瀬さんに付き添って貰えんだろうか。これは、私からのお願いです」と純二郎は高崎に頭を下げた。

高崎は慌てて、

「先生、頭をあげてください」と恐縮した。

瑠璃は驚いて、

「高崎さんにまで、ご迷惑をおかけする訳には参りません。母に思い留まるよう説得します」とキッパリ二人に告げた。

純二郎は瑠璃の正面に向き直って、

「ちょっと待ってください、早乙女さん。当たり前ですが担当医として一之瀬さんの身体的快復が第一義だと考え治療しています。他方、心理的な側面にも注意を払わなければなりません。医者としての役割は、その両面を満たすことが重要だと思っています。もし、一之瀬さんが高柳さんのご葬儀に参列され、最後のお別れをされることによって、共に生きてきた証が満たされるのであれば、その意思を叶えてあげることも担当医の務めだと考えております。如何でしょうか」

と含みのある言葉を語った。

　瑠璃は目を閉じ少し考え、

「先生、それから高崎さん。お言葉に甘えて母を葬儀に連れて行くことにしたいと思います」と応えた。

「そうされるのがよろしいかと思います。ただし条件があります。一之瀬さんが疲れたら、すぐに横になれるようなリクライニングシートつきの車で移動できるようにしてください」と純二郎は念を押した。

「わかりました」

「高崎さん、何かあったらすぐに私に連絡してください。全ての責任は、私が取りますので、一之瀬さんの看護のほうよろしくお願いします」

「はい、承知しました。一之瀬さんの容体に変化があればすぐに連絡し、先生のご指示を待ちます」

　瑠璃はお辞儀しながら、

「先生の貴重な昼食時間を拝借し、申し訳ありませんでした」と言って瑠璃が退出しようとすると高瀬が「高崎さん、ちょっと話したいことがあるので残ってください」と高崎を引き留めた。

　廊下に出た瑠璃は、スマートフォンをポケットから取り出し真一に電話した。

　真一は待っていたかのように、

「瑠璃、どうだった⁉」と聞いてきた。

瑠璃は廊下を歩きながら、

「高瀬先生に外出許可をいただき、お母さんを高柳さんの葬儀に連れて行っても良いことになりました。ただし、条件が二つあります。一つは、お母さんが疲れたら、すぐに横になれるリクライニングシートつきの車で移動すること。二つ目は、看護師の高崎さんが付き添い、容体に変化があれば、すぐに高瀬先生に連絡し、指示を仰ぐことということになりました」

「わかった瑠璃。レンタカー借りて、僕が運転するから心配しないでくれ。先生に無理を言ったんじゃないよね⁉」

「そんなこと、私にできる訳ないじゃない。高瀬先生が一番お母さんの病気の状態をわかっていて、判断されたことなんだから……。お母さんには今から病室に行って、伝えますよ」と電話を切った。

急いで病室に戻った瑠璃は、文子のベッドを覗き込むと寝ていた。

瑠璃は、パイプ椅子に座り目を閉じ、文子が起きるのを辛抱強く待っていたが、眠気に誘われウトウトしてしまった。

「瑠璃、どうしたの……」と文子が声をかけてきた。

ハッとした瑠璃は目を見開き、

「お母さん、ごめんなさい。私、寝てしまったみたい。明日の高柳さんの葬儀の件、高瀬先生に相談しました。高崎さんに同行して貰うことで、外出許可いただきました。真一さんがレンタカーで迎えにきて、私と一緒に葬儀に参列できることになりました」と弁明した。

文子の表情が明らかに変わった。

「先生、何かおっしゃっていなかった？」

「何もなかったわ。ただ、疲れたらすぐに車のリクライニングシートに横になるようにしてください、とのことでした」

瑠璃は、それ以上文子に説明しなかった。

「ありがたいね。高瀬先生は患者さん想いのお医者さんで良かったわ。ここに入院できたのも、真一さんの協力があって叶ったんだから、私は感謝しているの」と文子は満足そうな顔をした。

「お母さん、明日の用意何もしていないから帰ります。それで、お母さんの喪服どこにありますか？」

「二階の寝室の箪笥の中にあります。上から二番目の引き出しに入っているから、明日ここにもってきてくれない」

「念珠は私が用意し、香典は早乙女と一之瀬で別々にしますが、それでいいですね。その他何か必要なものありますか？」と瑠璃はテキパキと聞いた。

「そうね、忘れていることないかしら……」

「なんとかなるでしょう。それじゃお母さん、私帰るわね」と瑠璃は言って病室を出た。

自宅に着いた瑠璃は、明日の準備をした。

まず、真一と自分の喪服を出し、ハンガーに吊るした。

それから文子の寝室に行って、箪笥の上から二番目に引き出しを開け、喪服を取り出した。大分使っていなかったせいか、しわが寄っておりアイロンをかけ、ハンガーに吊るした。

香典袋を用意し、早乙女真一、瑠璃と一之瀬文子の表書きを記し袱紗《ふくさ》に包み、念珠とともにお仏壇の経机の上に置いた。

晩ご飯を作っていると、真一と華音が一緒に帰ってきた。

華音が瑠璃を見て、

「お父さんと一緒のバスだったの。すぐにお手伝いするから着替えてくるわ」と言って階段を上って行った。

真一はバツ悪そうに瑠璃に、

「さっきは、悪かったね。レンタカー手配したから……」と言いながら二階の寝室に行った。

晩ご飯を食べながら瑠璃は華音に、

「明日、富山の浄遇寺で高柳君子さんの葬儀があるの。おばあちゃんと私たちが参列するので、華音、予定どうなっている?」と聞いた。

「昨晩も話したけど、午前中職員会議があるだけなので、午後は大丈夫よ」

「遅くなると思うから、晩ご飯用意しておいて」

華音は即座に、

「まかしといて」と胸を張った。

翌日、朝ご飯を終えて九時ごろ真一は、

「瑠璃、十時にはレンタカーに乗って迎えに戻ってくるから、それまで必要なもの玄関に準備しておいて」と言ってレンタカーの営業所に行った。

瑠璃は、三人の喪服、念珠、香典、文子の黒革靴を用意して車に積み込めるよう準備した。

瑠璃は、お仏壇の前に座り、阿弥陀如来に向かって合掌し念仏を称えた。

ほどなくして真一が、レンタカーを運転して戻ってきた。

「瑠璃、戻ったぞ。準備できている？」

「必要なもの全部そろえてありますから」

「僕は、喪服、家で着替えるから……」

「そうですか、それなら私も着替えていこうかしら……」

「まだ十分時間があるから、急がなくて大丈夫だよ。僕らが喪服に着替えておけば、病院に行って慌てなくてもすむから。多分、お母さんの支度に時間がかかると思うよ」と真一が言うと瑠璃は「それもそうね」と応えた。

二人は喪服に着替え車に乗り込んだ。

「この車、私が想像していたより広いわね」

「大は小を兼ねるというから、それにお義母さんの具合が悪くなったら、ゆっくりと横になるスペースが必要だろう」

「あなた、気が利くわね」

その日は休日ゆえ、道路が混んでおり真一はイライラしたが、高岡セントラル病院の駐車場に十一時半ごろ着いた。

真一は車で待つことにし、瑠璃が文子の着替えをもって病室に向かった。

八階に着いた瑠璃は、ナースステーションに寄ると、高崎は既に出かける準備が整っているように見えた。

瑠璃は高崎のところに行き、

「今日は、何かとお世話になります」と言って挨拶し急いで病室に入った。

文子は着替えの準備をし、瑠璃を待っていた。

「お母さん、身体の具合どう？　今日行ける？」

「大丈夫ですよ」

「お母さん、喪服もってきたけど、自分で着替えられる？」

「やってみるから」

文子はベッドに腰掛けながら上着を着始める動作をしたが、なかなかうまくいかず瑠璃が手伝った。文子がスカートをはくと、ウエストがゆるんで落ちそうになってしまい瑠璃は愕然とした。

「お母さん、いつの間にこんなに痩せちゃったんだろう」と瑠璃は呟きナースステーションに向かった。

ナースステーションにいた高崎に、

「高崎さん、悪いんですが、お裁縫箱ありませんか？」と瑠璃は裁縫箱を借りた。

瑠璃が病室に戻ると文子は、どれくらい詰めていいのか迷っているようだった。

「お母さん、私がするから」と瑠璃は言って素早く裁縫箱から針を取り出し黒糸を通した。

「お母さんこれで苦しくない？」

「瑠璃、少しきついから、ほんの少し緩めてくれない」

「わかったわ、これでどう？」

「うん、それぐらいがちょうどね」

瑠璃は待針でとめて縫った。

「これで、準備万端ね。車、駐車場にとめてあるので急ぎましょう」と瑠璃は廊下に出てナースステーションにいる高崎に、

「高崎さん、準備ができましたので、本日付き添いのほう、よろしくお願いします」と言った。

三人は文子の歩調に合わせて、ゆっくりと病院の駐車場に向かった。

高速は空いており、インターチェンジの出口まではスムースだった。しかし、浄遇寺までは市内の混んだ道路を通らざるを得ず、二時ギリギリにお寺の駐車場に着く羽目になった。

受付をすませた四人は、読経が始まっている本堂の親族席に座った。

焼香を終えた四人は、元の席に戻り座った。

司会者から、

「それでは最後のお別れをします。お花を配りますので、棺のそばにご親族さま及びご参列の方々お集まりください」との案内があった。

近親者に続いて、四人は棺に近づき君子の顔を見て合掌した。

文子は手を合わせながら、

「きみちゃん、最後だね。本当に辛かったろうに……。あなたと最後に遇えて、本当にありがとう。きみちゃん、空襲のときの真実、伝えることができなくて、ごめんね。本当に、ごめんなさい。もうすぐだろうから、私もそちらに往くから……」と言って花を手向けた。

四人が一歩下がろうとすると、君子の娘の大附郁美が文子のそばにきて、

「一之瀬さん、本日は誠にありがとうございます。母の入院の節は、一方ならぬご配慮をいただき感謝いたしております。わざわざ入院中のところ、ご焼香たまわり、ありがとうございます」

と話しかけてきた。

「郁美さん、お母さんには私が助けられ、なんとか今日まで生かされております。病院での出遇いは、仏様のお導きと二人で感謝していたんですよ。長年気がかりにしていたことが病院で、しかも同じ病室に入院し話せるなんて奇跡的でした。こんなこと、あるはずがないと二人で喜んでいたんです。最後の最後に、望みを叶えていただいた仏様のご恩に感謝いたします」と文子は涙ながらに言い、本堂の真っ正面の阿弥陀如来に向かって合掌し念仏を称えた。

その様子を見ていた真一、瑠璃と高崎の三人は合掌し称名した。

棺は親族の手によって運ばれ霊柩車に納められ本堂を出発した。

四人は足取り重く、駐車場に向かった。

車に乗った文子は一言もしゃべらなかった。

真一は、車を駐車場から出して、一般道を走り高速道路のインターチェンジの入口に向かった。

文子の横に座った高崎は、

「一之瀬さん、リクライニングシートを倒し、横になれるようにしますよ」とシートの横にあるレバーを引いた。

前の助手席に座っていた瑠璃が振り返って、

「高崎さん、申し訳ありません。今日は付き添っていただき、本当に感謝いたしております。私たちだけですと、不安で仕方なかったと思います」とお礼を言った。

「どういたしまして。私にとっても、高柳さんは担当看護師でしたので、気になっておりました。今日お顔を拝見し、最後のお別れができたことに感謝しています。高瀬先生は、こういう気遣いのできるドクターなんです。看護師の間では絶大な信頼があるのも、こういった配慮を何気なく対処し、責任を取ってくれるからです。普通、患者さんに外出許可を出して、看護師に付き添いを命じるドクターはいませんから……」と高崎は病院の内情を吐露した。

真一は高崎のその言葉を聞き、バックミラー越しに頷きながら、

「高崎さん、そうだと思います。私も、大学で下っ端のときからいろんな上司に仕えてきましたが、なかなか責任を取ってくれる人はいませんでした。どこの職場でも、同じことなんですかね」と小声で言った。

文子は疲れたのか、すっかり寝ていた。

なんとか無事に高岡セントラル病院の駐車場に着いた四人は、文子を起こし病室に向かった。

文子は着替えを終えると、

「真一さん、瑠璃、今日はありがとう。私のわがままを言って申し訳なかったわね。今日は疲れたから眠らせてくれない」と言ってベッドに横になった。

廊下に出た真一と瑠璃は、ナースステーションに立ち寄り、居合わせた高崎に礼を言った。

高崎は、

「本日は、お疲れさまでした」と言って頭を下げた。

駐車場に着いた二人は自宅に向かった。

真一は自宅に着くと瑠璃を降ろし、

「僕はレンタカー返してくるから」と言うと瑠璃は「あなた、着替えて少し休んでからにしたら」と引き留めた。

「じゃそうしよう」

玄関のドアを開けると中から華音が出てきて、

「お父さん、お母さんお疲れさま」と言って出迎えた。

真一と瑠璃は、

「華音こそありがとう。今日は疲れたわ」と二人して二階の寝室に行って着替えた。

一階のリビングのソファーに座った二人は、華音が用意してくれたお茶を飲んだ。

飲み終えた真一は、レンタカーを返しに営業所に向かった。

瑠璃は、今日の文子の言動を華音に話さずにはいられなかった。

「華音、お母さんたら高柳さんの棺の横に行き最後のお別れをするとき、お顔に向かってこう言ったの。『きみちゃん、空襲のときの真実、伝えにもうすぐ、私もそちらに往くから遇おうね……』……と。今日喪服もっていったでしょう。そしたらスカートがずり落ちそうになるくらい、ぶかぶかだったのにはショックだったわ。私が、考えていたより、やせ細っていたの。華音、おばあちゃん、長くないかも……」

瑠璃の胸の内を聞いた華音は、一言も話せなかった。

真一が戻ってきて、その日は華音が作った晩ご飯を食べた。

二人とも疲れ切ったせいか黙々と食べ終えた。

華音は瑠璃に、

「後片付けは私がするから、お父さん、お母さん寝てください」と言うと「悪いわね。お願いするわ」と言って二人とも二階の寝室に行った。

一人になった華音は、後片付けを終えリビングのソファーに座った。

華音は、瑠璃の言ったことが気になって仕方がなかった。

「おばあちゃん、そんなに悪いのかな。さっきのお母さんの話を聞くと、そういうもんなのかな、……と」華音は漠然と考え込んだ。

翌日以降、真一は大学に、瑠璃は病院に、華音は学校にとそれぞれ普段通りの日課が続き、旧盆の八月十五日は早乙女家、一之瀬家のそれぞれの菩提寺に三人でお参りしお墓に花をお供えした。

八月十六日、瑠璃が病室で、お墓参りに行ったことを文子に報告した。

「この前頼んだ亘さんの七回忌のことだけど、ご迷惑かかるから取りやめにします。朝晩、心の中でお参りするから……」と文子は元気のない声で瑠璃に伝えた。

瑠璃も同意せざるを得なかった。

華音は旧盆明け学校に行き、音楽室でピアノと発声練習をしていると桜谷蓮音が入ってきた。

「先生、練習ですか。ご熱心ですね」と蓮音は相変わらず、ぶっきらぼうな素振りで話しかけてきた。

「今日はどうしたの、桜谷くん」

「先生に相談したいことがあって、今日きたんだけどお時間ありますか？」

「たっぷりあるわよ」

「先生、うちのおばあちゃんと会って話を聞いて貰えませんか？」

「桜谷くんのおばあちゃん。どういうこと？」

「うちのおばあちゃん、桜谷八重と言うんだけど、富山大空襲のとき、家から富山方面の空が赤くなって燃えていたのを、今でもハッキリと覚えているそうなんだ。空襲のあと、数日ほど経って島尾海岸に遺体が打ちあげられ、村中大騒ぎになったらしい。そのことを、先生のおばあちゃんに伝えてほしいそうだ。僕が、先生のおばあちゃんは入院されているし、お母さんは看護で忙しい、と言ったら『それではお孫さんの先生に話して伝えて貰えないだろうか』と頼まれた。きっかけは、この前の北国テレビで先生のおばあちゃんが、空襲の悲惨さを訴えられたのを見て、他人事とは思えないとのこと。うちのおばあちゃん、もうすぐ九十歳だし、孫の僕としては叶えてあげたいと思っているんです」と蓮音は華音に事情を話した。

「そういうことなの。私でいいなら、いつでも構わないわよ」

「おばあちゃんが、いつでもいいと言っていたので、先生明日の午後三時ごろ僕の家にきてくれませんか」

「確か桜谷くんは、氷見線の雨晴から学校に通っているのよね」

「先生、明日二時過ぎたころ雨晴駅に僕が迎えに行きますから待っててください。駅から歩いて十五分くらいですから。早速、自宅に帰っておばあちゃんに伝えます」と言って蓮音は颯爽と音楽室を出た。

　華音はポカンとして、

「不思議なもんね。縁ってこんなとこで繋がっているんだ」と呟いた。

　華音は開けっ放しにしていた音楽室の窓を閉め、鍵をかけて職員室に行った。職員室には誰もいなかった。教員の多くは、野球部、バトミントン部、テニス部、バレーボール部、陸上部など各部活動の顧問を担当しており、夏休みとはいえ忙しかった。

　華音は帰り支度をしていると、吹奏楽部の新庄が入ってきた。

　新庄は華音を見つけると、

「早乙女先生、合唱コンクール銀賞おめでとう。うちの三人役に立ちましたか?」と聞いてきた。

「先生、ごめんなさい。お礼にも行かず、申し訳ございませんでした。テノールの三人には、素晴らしい声で歌って貰い、感謝いたしております。改めて、先生にご尽力いただき、ありがとうございました」と華音はお礼を言った。

新庄は素っ気なく、

「それなら良かったです。コンクールの後、部員の三人から報告を聞きましたが、早乙女先生からは何もなかったものですから……」と皮肉たっぷりの口調で言われた。

華音は内心〝しまった〟と思った。

それから華音は応援部の部室に急いで走った。

応援部の部室の前では、いつものように部員たちが大声で応援歌を歌っていた。

華音の姿を見た団長の大林が、

「ヤメ……」と部員たちに指示した。

素早く大林が華音に近寄ってきて、

「早乙女先生、今日はなんのご用ですか」と丁寧な言葉遣いで対応した。

「大林くん、木本先生いらっしゃる?」と華音は聞くと「先生は部室の中で涼んでいますが、何かあったんですか」と大林は困惑していた。

「合唱コンクールに、応援部からバスで三人に出て貰ったでしょう。そのお礼の挨拶、木本先生にしていいなかったの……」と言うと大林は「ああー、そういうことですか」と言って部室の扉を開けた。

真っ正面の椅子に、扇子で仰ぎながら木本は座っていた。

木本は華音の姿を見て、バツ悪そうに扇子をバチッと閉じ立ち上がった。

「これはこれは、早乙女先生。汗臭いでしょう。どうされたんですか？」

「先生、この前の合唱コンクールにバス三人出場していただきありがとうございました。本当に助かりました」と言うと木本は「今、三人を呼びますから」と言って外に出て部長の大林に「大林、合唱コンクールに出た三人呼んでこい」と声を張りあげた。

大林は三人を並ばせ、木本が三人に向かって、

「早乙女先生が、わざわざお礼にこられたぞ。君ら挨拶しな」と指示した。

三人がそろって、

「オッス。ありがとうございます」と応援部らしい態度でお辞儀をした。

華音は頭を下げ、

「木本先生には出場をご承認いただき、三人の部員の方々にはバスを力強く歌って貰い、合唱部を代表してお礼申しあげます」と言うと三人は頭を掻きながら藤本が「早乙女先生、今度何かあったら、また誘ってください。記念の蝶ネクタイ、大事にしまってありますから」と言った。

それを見た木本は、

「オイ、藤本。調子に乗るな」とたしなめると一同大笑いになった。

華音は心の中で、新庄とは全く違う対応に安堵し職員室に戻った。

帰り支度を終えた華音は学校を出て、バス停に向かって帰路に着いた。

翌日華音は、一人で早めの昼食を食べ、氷見線の能町駅まで歩いた。

事前にスマートフォンで時刻表を確かめると、能町一時五十五分発の電車に乗れば二時八分雨

晴着となっていた。華音は時間に余裕をもって一時ごろ家を出て、稲穂が揺れる田園風景に目を奪われながらゆっくり歩いた。氷見線は見慣れてはいたが、久しぶり乗ってみると伏木港大橋を渡ると右手に富山湾が見え、日本海の雄大な景色が目に飛び込んできた。雨晴駅に着くと、降車側のホームで蓮音が待っていた。

華音が電車を降りると、蓮音は手を振った。

「先生、早乙女先生。こっちこっち」

華音は童心に帰ったような気分になり、

「そっちに行くから、待ってぇー」と蓮音のもとに走った。

蓮音は、ジーパンにTシャツ姿のラフな格好で華音を迎えた。

華音は、白い半袖のワンピースできたが、内心もっと砕けた服装にしたかった。しかし、今日は蓮音の祖母に空襲のときの話を聞くのが目的で、生徒の前できちんとした服装でないと失礼かも知れないとの想いが頭をよぎった。

蓮音は華音をジロジロ眺めながら、

「先生、白のワンピースなんだ。学校の先生に見えないね。家まで十五分ぐらいだけど、雨晴海岸にちょとだけ寄ってからにしませんか」と誘った。

華音も満更ではなかったが、生徒と二人でいるところを見られると、狭い土地柄ゆえ噂になりやしまいかと頭をかすめた。が、断り切れなかった。否、解放感に浸りたかった。

蓮音は、まるで恋人気分のように華音に話しかけてきた。

「先生、この海岸初めて？」

「何度もきているわ」と華音は見栄を張ったが、小さいころ何度か海水浴に両親に連れられてきたきりであった。

「どうして〝あまはらし〟っていうのか先生知っている？」

「義経伝説でしょう。それくらい知っているわ」

「義経が奥州平泉に行くとき、山伏姿でここを通ろうとしたら、急に雨が降ってきたので、弁慶がもちあげた岩陰に隠れて雨が晴れるのを待った、と言われているけど、先生信じる？」

「その話は何度も聞いたけど、あんな大きい岩、弁慶だってもちあげられるはずがないじゃない」と華音が岩を指さした。

「先生って、ロマンチストじゃないね。そんなこと、理屈じゃないと俺は思うんだけど。まったく……」

　蓮音は海岸線を歩きながら、

「あそこが『女岩《めいわ》』で、あの岩をバックに立山連峰を見ると素晴らしいから、先生波打ち際まで行こう」と華音の手を引いた。

　華音は思わず手を引っ込めた。が、蓮音の力に負けた。

　華音は蓮音に、

「私、靴脱いで少しだけ海に入るから」と言って靴と靴下を脱いだ。

「俺もそうしようっと」とスニーカーを脱ぐと、砂浜に放り投げた。

砂浜から海に入ると、途中ゴツゴツとした小さい石に足が取られ華音は思わず蓮音の手を力強く握った。

二人は、すぐ先の女岩から見える立山連峰を眺め蓮音は、

「先生の白のワンピース、この風景に映えて、とっても綺麗。先生は、女岩の化身かも……」とおちょくった。

「そろそろ、あなたの家に行かないと。待たせると悪いから……」と華音は砂浜にあがった。

華音はハンドバッグから、白に桜の刺繍がされたハンカチを取り出し足を拭き、白の薄手の靴下とブラウン色の靴を履いた。

蓮音は放り投げたスニーカーを取ってきて、華音の横に座った。

蓮音が、砂のついた足のまま、スニーカーを履こうとしたので咄嗟に、

「砂がついたままよ。これで払って拭きなさいよ」と言って華音がハンカチを渡した。

「先生ありがとう。先生って優しいんだね。このハンカチの刺繍、もしかして先生自分で縫ったの」

「そうよ。おかしい」

「へえー、先生こんなセンスあるんだ」

「馬鹿にしないでよ。私だって、できるんだから……」

「音楽しか興味ないと思っていた」

蓮音は自分の足を撫でるかのように拭き、

「先生と二人で海を眺めれるなんて、夢にも思わなかった。〝群青色の空と海〟高校三年の夏の日、僕は一生忘れません」と呟き物思いに耽った。

蓮音は立ち上がって、

「先生、行きましょう」と言って華音の手を取ろうとしたが拒んだ。

二人は海岸線の古い家屋を横切り、国道を渡って滑らかな丘陵を登り、ところどころ森に囲まれた農家の間を縫うように歩いた。

道端の祠を過ぎた辺りで蓮音は、

「先生はどうして、東京の音楽大学に行ったの？」と聞いた。

「うちのお母さんが、音楽教室開いているでしょう。私が小さいころから、教室に出入りしているうちに、なぜか知らないけど音楽づけになっていた。それと、高校のとき合唱部に入って習った先生が、とってもピアノが上手で憧れていたの……」と華音は東京の音楽大学進学の経緯を話した。

「そういうのって、あるよね」

「僕、先生が好きなんだ。いや違う、好きというより、先生と時間を共有したい、と言ったほうがいいかな……」と蓮音は華音に告白した。

「冗談言っちゃ、ダメ。ほら、畑仕事しているおばあさんが、こっちを見ているじゃない。あとで噂になるわよ」

「さっき、女岩をバックに先生が立山連峰を眺めていたでしょう。そのときの情景、とっても印象深かった。絵に描いてもいい？」

「桜谷くん、あなた絵を描くの」

「あれ、知らなかったの……。てっきり、僕は知っていると思っていた。僕の絵は校内じゃ評判なんだよ。美術の西山萌絵《もえ》先生って知っているでしょう。通称〝モネ〟って生徒から、からかわれているけど……」

「勿論、知っているわよ。私より三年先輩で、東京の美術大学出て赴任したんでしょう。だけど、桜谷くん、絵が上手なの知らなかったわ」

「僕、美術部の部員じゃないんだけど、西山先生に時々教えて貰っているんだ。だって、僕の絵のセンス認めてくれて、コンテストに推薦してくれたんだもん。美術部の生徒を推すのはわかるんだけど、僕は好きで描いてるだけなのに、目をかけてくれるから不思議なんだよ。東京の美術大学に行くつもりなんだけど、両親は反対しているんだ。おばあちゃんだけが賛成なんだ」

「先生は賛成よ。桜谷くんが好きな道を歩くのって、大事なことだと思うの。ここで諦めると、あとで後悔すると思うから、絶対初志貫徹すべきよ。私、進学担当じゃないのに、こんなこと言うの変かな……」と華音は首を傾げた。

沈黙のまま歩いていると、蓮音の家の門の前に着いた。

文化財に指定されているだけあって、まるで砦のような門構えであった。

「先生、門の真ん中通っていいから……」

門の横に、教育委員会名で、この家の由来の説明書きの看板が立っていた。

「一体、桜谷くんの家系ってなんなの」

「おばあちゃんが良く知っていると思うけど、戦国武将の末裔らしい。教育委員会が調査してみたら、この家を最初に建てた人は、戦国時代、関東で名を馳せた武将だったが、戦うのが厭になって、この地に根をおろしたらしい。だから、門が砦みたいなんだ」

正面には華音が見たこともない、大きな茅葺の家が建っていた。

家の正面の前に、立派な松の木が植えられ、奇麗に剪定されていた。

「先生、中に入ってみる？」

家に入ると、夏だというのにひんやりとしていた。

ど真ん中に大広間があって、その部屋だけで三十畳ほどあり、見あげると黒ずんだ大木の横柱があった。障子を開けると仏間があり、奥に進むと茶の間があって、左の台所には大きな囲炉裏があった。その他華音が数えただけでも十畳くらいの座敷が六部屋くらい続いていた。さらに三十畳を超える〝ちゃのま〟には、囲炉裏の上に巨大な自在鉤《じざいかぎ》が吊下がっていた。障子戸を開けると、庭は杉の大木や竹林に囲まれ鬱蒼としていた。

「まるで、時代劇に出てくる武家屋敷ね」と華音が言うと蓮音はゲラゲラ笑って、

「先生、時代劇……。まさか先生の口から〝時代劇〟という言葉が出てくるとは思わなかった」

と呆気にとられていた。

「さあ、見物はこれくらいにして、おばあちゃんが待っているから行こう」と言って蓮音はスタスタと玄関を出て、生垣の塀を通り抜けて和風の家を指さした。

「あそこ、僕らが今住んでいる家だよ」

「立派なお家なのね。私の家とは段違いね」と華音が言うと「ただ広いだけで、使い勝手が悪いといつも母が嘆いています」と蓮音は謙遜した。

蓮音が家の戸を開けると大声で、

「おばあちゃん、おばあちゃん。早乙女先生連れてきたよ」と叫んだ。

第八章　流れ着いた遺体と人間の性《さが》

華音が玄関に入ると大きな虎の屏風の端から、

「これはこれは、ようこそいらっしゃいました。孫がいつもお世話になり、ありがとうございます。私、桜谷八重と申します」と言って両手をついて出迎えた。

華音は玄関で立ったまま一礼し、

「桜谷くんは、合唱部のキャプテンとして頼もしく、いつも感心しております」とぎこちなく挨拶した。

「さあさあ、あがってください」

「蓮音、ご案内して」

蓮音に連れられて入った部屋は、二十畳の和室であった。

その部屋から、ガラス窓越しに茅葺の家が見えるようになっていた。

「この部屋、誰の部屋……?」

「おばあちゃんの部屋だよ」

「こんな広い部屋、怖くないのかしら」

「おばあちゃんは、長く住んでいるから慣れているのさ」

「先生。お呼びたてしておいて、何もないのですが和菓子と緑茶を召しあがってください」と言って八重が年代物の座卓の上に置いた。「先生、コーヒーが良ければ、僕もってくるから」と言うと華音は「桜谷くん。私に気を遣わないで」と言った。

「ところで、おいくつになられたのですか」

「今年の十月で満九十歳になります」

「お生まれはどこなんですか」

「庭の向こうにある茅葺屋根の家で産まれました。私は、三男一女の四人兄弟の末娘です。兄三人は召集されて外地で亡くなったもんですから、今は亡き夫が桜谷姓を受け継ぐため、養子に入り私と結婚しました。夫・勝信は高岡の鋳物屋さんの三男で十五年前八十二歳で亡くなり、この家は長男の政信が継いでおります」と八重は訥々と語った。

「歴史ある家を継ぐことって、簡単じゃありませんね」

「いずれ、孫の蓮音がこの家を継ぐことになるのでしょうが、今の時代そんな古いこと言ったって栓なきことと考えております」

「おばあちゃんの言う通りだよ」

八重は蓮音を見ながら、

「孫には、孫のやりたいことがあるでしょうから、この家に縛るつもりはありません」と言った。

「おばあちゃんは理解してくれるんだけど、母がうるさくて……」と華音に言うと八重は、

「蓮音……。他人様の前で、親の悪口を言うもんじゃありません」と嗜めた。

「ごめんなさい。おばあちゃん」

華音はお茶を飲み、

「八重様」と言うと八重は「先生、八重と呼んでください」と言い返してきた。

「それじゃ、八重さんと呼ばせていただきます。早速ですが、桜谷くんから聞いたのですが、富山大空襲のことで、私に話したいことがあると伺っています。それでいいんでしょうか」と華音は改まって訪問した理由を質した。

「そうなんです。北国テレビで富山大空襲の特集番組があったとき、私も見ました。空襲の語り部の方が、先生のおばあ様であることを孫から聞きました。大変辛い思いをされたのが気になり、それとなく孫と話している最中、この村でもあったことを、話しておいたほうがいいと考えるようになりました。孫の話によると、どうも先生のおばあ様は入院中で、直接お会いすることが叶わないとのこと。お母様も看病でお忙しい様子ゆえ、それでは先生ご自身に私が経験し未だに後悔していることをお話しし、おばあ様にお伝えしていただくしか方法がないと孫が申すものですから、お越しいただいた次第です」

八重は言葉を選んでさらに次のように語った。

「忘れもしません。昭和二十年八月一日午後十時を過ぎたころ、村中空襲警報のサイレンが鳴りました。外に出て空を見あげると、B29爆撃機が大編隊を組んで飛んできました。私は国民学校六年生で、普段から空襲警報のサイレンが鳴ると、裏山の防空壕に逃げるようにと父からきつく言われていました。防空壕といっても名ばかりで、単に山肌をくりぬいただけでした。その日はサイレンが鳴ると同時に祖父母、両親と一緒に防空壕に逃げ込みました。大編隊が通り過ぎ午後十一時ごろサイレンが鳴りやみ、いったん家に戻り父がラジオに身を傾けていると、午前零時ごろＢ29爆撃機が富山めがけて戻ってくるとの情報が流れました。それを聞いていた父は、私たちに防空壕に戻るようにと叫びました。ほどなくして、富山市方面を見ると、ドーン、ドーンと遠くに雷のような音が聞こえ、小一時間もしないうちに赤い炎が空中燃えあがるように見えました。なんて表現していいのか適当な言葉が見当たりません。まるで、左義長《さぎちょう》を大きくしたように感じました。先生、〝左義長〟ご存知ですか」と八重は華音に聞いた。

「さぎちょう。どういう字を書くのでしょうか」

「ひだりの〝左〟、ぎりの〝義〟、ながいの〝長〟、と書いて左義長と言います。小正月の一月十五日、ここら辺では一月十四日夜、竹や木を三脚のように立て、その中にしめ縄、松飾りや門松を入れ火をつけ、餅や団子を焼いて食べると、病気にならないとか丈夫になると伝わっています。神事の一種で、一般的には〝どんど焼き〟と呼んでいるそうです。今でもこの火祭りを年間の神事として執り行っている神社があり、大勢の方々がお参りします」

「〝どんど焼き〟なら、聞いたことあります」と華音は頷いた。

「先生、この左義長の祭りは、火の勢いが物凄く強くて、私が子供のころには火が天まで届くように見えたもんです。怖かったのですが、団子やお餅が食べたくて良く見に行きました。富山大空襲のとき、私は子供でした。凄まじい爆撃機の爆音と爆弾の音が〝遠雷〟のように聞こえ、この雨晴からでも火焔と煙が空まで達するように燃えていたのを、今でもはっきりと覚えています。

それはそれは、恐ろしいとしか言いようがありませんでした。火焔が見えてから約二時間、B29爆撃機の大編隊がこの高岡の上空に戻ってくると覚悟し、家族全員防空壕の中で抱き合いました。ところがB29爆撃機がそのまま去って行き、どうしたんだろう？　それでサイレンが鳴りやむのを防空壕で待って家に戻りました。その日は興奮していてなかなか眠れず、あまりの怖さに震えながら母の身体にしがみついて寝たのを覚えています。私は今でも夢で、そのときの恐怖にうなされることがあります」と八重は身震いするような仕草をした。

「翌朝、村中の大人たちが外に出て『富山市内が空襲で全滅し、焼け野原になったらしい』と噂していました。私は、全滅という感覚がわからず、近所の友達と、普段通りの会話をしていました。当然ながら、親戚や友人が富山に住んでいる人も多く、安否を気遣う人たちが大勢いました。村中大騒ぎになり、区長さんや組長さんが集まり、炊き出しの準備や救援の段取りを話し合うために集会場に集まって話し合っているみたいでした。心の中では、内心大人も子供も空襲に遭わずにすんだこと、ホッとしていたんだと思います。先生のおばあ様には悪いんですが……」と話す八重が華音には良心の呵責に悩んでいるように見えた。

「空襲から数日くらい経ってからだったでしょうか、村の大人たちが寄り集まって『雨晴海岸に近い島尾の砂浜に、遺体が打ちあがっているらしい』と噂していました。私たち子供の間でも〝怖いもの見たさ〟っていうんですかねぇー、今考えると不遜な行為だったと反省しています。正直言って興味津々でした。父に『ついてくるな！』と怒鳴られましたが、大人たちのあとを追って、私は友人たちと遠くから海岸の砂浜を、防風林の木陰に隠れて見ていました。すると、十数体ほどの遺体が打ちあげられているのが、私たちにも見えました。その光景を見て、あまりの残酷さに目をそらし、泣きながらそれぞれの家に戻り、涙も枯れて母に抱きつきました。戻ってきた父から聞いた話ですが『遺体の中には、生まれたばかりの嬰児をしっかりと抱いた若い母、十二、三歳の姉と六、七歳の弟と手をしばりあわせた寝巻姿のいたいけな骸《なきがら》があった』と聞かされ『ふざけて見に行くとは何事だ。空襲で尊い命が失われたのを、八重はなんと思っているんだ。生死《しょうじ》は一度きりなんだぞ‼ 覚えておけ‼』と後にも先にも、こんな苦悶する父の顔を見たことがありません。その日以降、砂浜で見た光景が寝ても覚めても、頭から離れません」と八重はそのときの情景を思い出しながら涙を流した。

「十年前までは、私は慰霊祭に毎年参加していたのですが、足を悪くしてから行けなくなり、自宅のお仏壇で空襲の日の八月二日、お参りさせていただいております。今年の慰霊祭は終わりましたが、毎年八月十二日です。先生、来年お時間があるようでしたら、参加していただければと思っています」と八重は華音に伝えた。

だんまりを決め込んでいた蓮音は、

「おばあちゃん、毎月二日にお仏壇で『正信偈』を唱えているのは、そういうことなんだ。過去帳に記載されていないのに、何だろうと思っていたんだ」と不思議そうに語った。

「でもおばあちゃん、さあー。空襲したのはアメリカ軍なんだろう。供養するのは、なんとなくわかるんだけど直接手を下した訳じゃないし、どうして先生をわざわざ呼んで、七十数年前の昔の話をここでするのか僕には理解できない。どうして?」と蓮音は八重に質した。

「蓮音、今のあなたにはわからないかも知れないけれど、そんなもんじゃないの。砂浜に打ちあげられたご遺体の人たちには、将来こんなことをしたい、こんな人間になりたい、こんな生活を過ごしてみたい、といった望みや未来があったはずなの。それが理不尽にも、空襲という殺りくによって、一瞬のうちに夢が砕かれてしまった。戦後復興し、いろんな紆余曲折を経て七十数年『こうやって私たちが平和で過ごさせていただけるのも、尊い犠牲の上に成り立っていることに感謝し、片ときも忘れてはいけないし、その悲惨さを残された私たちが後世に伝える義務がある』とおばあちゃんは思っている。蓮音、そのことを真剣に考えてみたことある……⁉」と八重は厳しい顔で孫を正視した。

「もし、蓮音がそうされたら、どうする……？　おばあちゃんは、冗談半分で見に行ったことを悔やんでいると同時に孫のあなたにも、空襲のむごさを知ってほしかった。それと戦争は、二度と繰り返してはいけないことを若い人たちに伝え続けないと『同じ過ちを起こすのが人間の性《さが》だ』と肝に銘じて貰いたい。この前のテレビで、一之瀬さんが空襲の語り部として強調されておられたのは、そういうことだと理解したんです。先生如何でしょうか？」と八重は華音に向かって問いかけた。

「その通りだと思います。今の私には、それしか言いようがありません。八重さんのお気持ちを理解していますと言ったって、それは自分を偽っています。今の今まで、祖母がどうして空襲の語り部として、こんなにも長い期間、生涯をかけて続けてこられたのか、考えたこともありませんでした。今日のお話、もち帰って祖母に話しますが、八重さんに私は『尊い犠牲のもとに平和が保たれ、そのありがたさを今一度考えてみなさい』と教えていただきました。単に、祖母に伝えてほしいとのことだと思っていましたが、お話をお聞きするうち、自分自身の思慮の無さに気づかされました。このことを、どうしたら活かせるのか、自分なりの行動に結びつける努力をさせていただきます」と華音は八重の心の底からの叫びに圧倒され、真っ正面から自分を見つめ直す決意を心の中で誓った。

八重は穏やかな顔に戻って、

「先生、お呼びたてしておきながら偉そうなことを言って、申し訳ございません。おばあ様によろしくお伝えください」と言って丁寧に頭を下げた。

八重は蓮音のほうに向かって、

「先生のお茶冷めちゃったから、蓮音コーヒーをもってきなさい。先生、コーヒーでいいですか?」と八重は華音に確かめた。

「先生コーヒー好きだから、僕用意するよ」と立ち上がってその場を去った。

「先生に渡したいものがあるので……」と八重は襖を開け、お仏壇が見える仏間に行き、すぐに戻ってきた。

「先生、孫は可愛いですが、ちょっと調子がいいところがあります。厳しくしてやってください。私と話すとき、必ず先生のこと〝華音ちゃん〟と呼ぶんですよ、あの子。東京の美術大学を目指すと言っていますが、どうも息子の政信が反対しているので、どうなることやら……」と八重は心配そうな顔をした。

「ああ、そうそうこれ預かって貰えませんか」と八重は座卓の上に古い和紙でくるまれたものを出した。

「これ、大分前のものですよね」と華音は訝った。

「先生開けてみてください」

華音は恐る恐る和紙を開けると、中から出てきたのは二つの奇麗な色をした〝おはじき〟だった。

華音は八重に、

「これ、どうされたんですか」と聞いた。

「これは、父が島尾の砂浜に打ちあげられた十二、三歳の女の子と六、七歳の男の子が手を紐で縛った遺体を戸板で運んだとき、ポロリと落ちたので、もち帰ってきたものです。父が『八重、これはあの姉と弟が仲良しで、空襲にあっても肌身離さずもち歩いたに違いない。遺品として大切にしまっておきなさい』と言って私の手を力強く握って、渡してくれたものです。最初は、私の文机引き出しの奥にしまって、時々出しては布で磨いていました。両親が亡くなってからは、お仏壇の阿弥陀如来の下の引き出しにしまって、毎年八月二日に取り出し、香炉の横に置いて念仏を称えました」と八重は華音の手を握って懇願した。

華音は「八重さん、こんな大切なものいただく訳にはまいりません」と固辞したが八重は「あなたに預かっててほしいんです」と言いながら、おはじきを和紙で丸めて華音に渡した。

蓮音の足音が近づいてきたので、華音は慌てて和紙に包まれた〝おはじき〟をハンドバッグに仕舞い込んだ。

「先生、インスタントだけど、コーヒーもってきたから」と言って座卓の上に置いた。

「蓮音、砂糖とミルクもってこなかったの?」

「おばあちゃん、先生はブラックに決まっている。そうだよね」

「私、ブラックですので、このままいただきます」

「美味しいわよ。桜谷くん、インスタントとは思えないわ」

「僕がもってきたから、美味しいに決まっている」

「蓮音、調子に乗るんじゃない」

飲み終わった華音は八重に、

「本日は貴重なお話、誠にありがとうございました。祖母に伝え、私なりに空襲のことを勉強します。また、機会を見つけてお伺いしたいと思います」と言って立ち上がった。

八重は蓮音に向かって、

「先生を、駅までお送りして」と言った。

「勿論、おばあちゃん。わかっているって……」

玄関まで見送りにきた八重は華音に、

「先生ここで失礼します」と言って正座しながら床に手をついて挨拶した。

「こちらこそ、ありがとうございます」と華音は八重の手を握って別れを惜しんだ。

八重と華音の出遇い、これが最初にして最後だった。

外に出た二人は、もときた道を辿って駅に向かった。

華音は蓮音に、

「おばあちゃん、あのお歳でしっかりしていらっしゃるのね。感心したわ。普段の生活、規則正しいの？」

「そんなことないよ。今日のおばあちゃん、僕が知る限り、異常だったよ」

「異常ってどういうこと」

「あんなに興奮しているおばあちゃん、見たことない」

「どうして。私のせい？」

「そんなことないと思うけど、今日のおばあちゃん、ちょっと心配だな」

「心配って……」

「胸騒ぎっていうか、僕の知っているおばあちゃんじゃなかったから……」

華音は玄関で八重の手を握ったとき、握り返してきた手の力、あの歳にしては強かった感触が忘れられなかった。

華音は、蓮音の美術大学進学の件、西山と話してみることにした。

「先生、明日学校にくる？」

「明日は行くわよ」

「午後三時、音楽室で会えませんか」

蓮音は歩きながら突然、

「先生、『展覧会の絵』弾ける？」と言い出した。

「ムソルグスキーの……？」

「そうだよ。音楽史の中で『ロシア五人組』の存在って欠かせないよね。僕は『展覧会の絵』のさわり、授業で聴いたときピンときたんだ。なんで『展覧会の絵』ってタイトルがついているのか？　……と。不思議に思って調べてみたんだ。ムソルグスキーが『展覧会の絵』を作曲したのって一八七四年なんだよね。世界史の授業で、一八七〇年から一八七一年に普仏戦争と習ったの覚えていたんだ。僕の憶測なんだけど、このときの戦争が彼の心の奥底にあって、そんな社会状況をネタに作曲したいと温めていたんじゃないだろうか？　それとも偶然の一致かな⁉」

「凄い推理ね。ベートーヴェン、チャイコフスキー、ショスタコーヴィッチ、メシアンなんかも、戦争や革命に関連した曲があるから、あながち間違っていないかもね。ムソルグスキーのあの曲、すっごく難しくて、昔お母さんから習ったんだけど、途中でギブアップしたの」と言うと蓮音は「再チャレンジしてみない」とからかった。

「でも、どうして『展覧会の絵』なの？」

「僕、ムソルグスキーが好きで、ハルトマンの絵に関心をもったんだ」

「ハルトマン？　ムソルグスキーと親交のあった人ね。ムソルグスキーは彼の絵を展覧会で見て衝撃を受け、作曲したと言われているわね。だけど、桜谷くんがその人に興味あるの……。それって、意外ね⁉」と華音は首を傾げた。

「先生、ハルトマンの絵、見たことある？」

「見たことありません。残念ながら……」

「僕は、ムソルグスキーがハルトマンの絵に触発されて作曲したことは間違いないと思う。彼の絵には、今のポーランドがロシアや近隣諸国から内政干渉され、牛のように虐げられる様子が描かれていた。当時のロシアでは、貧しい農民たちが革命を起こそうとの機運が高まっていた。それに、さっき普仏戦争って言ったけど、ハルトマンの絵にはフランスのリモージュ広場やイタリアのカタコンベのローマ時代の墓などが描かれている。その時代の社会、政治情勢が凝縮されていて、その絵をみたムソルグスキーは、密かに抱いていた情熱が一気に噴き出し、標題音楽として二、三週間で仕上げた。こじつけかも知れないけど、〝富山大空襲〟の話って、ハルトマンやムソルグスキーが生きていた時代の差はあっても、〝戦争〟というキーワードは同じなんだよね。今度、ハルトマンの絵のコピー、先生に見せるから。それから『展覧会の絵』練習しておいてね。約束してください」と言って蓮音は手を出してきた。

　華音は、蓮音の手の甲をピシッと叩いた。

「いてぇ、いててて━。先生って優しいと思っていたら、案外〝手〟厳しいんだなぁ━……」と蓮音はわざとのけ反る振りをした。

「そうだ、あと七、八分で電車くるから先生急ごう。走って、先生走って……」蓮音は華音を急がせた。

「待って、待ってよ━」

「急がないと、間に合わないよ」

駅に着いた華音は、息が切れていた。

華音が切符を買って、遮断機のある左側の端の通路を走り、向かい側のホームの中央にようやく辿り着いた。

一分ほどしてホーム端の遮断機が下がり、電車が入ってきた。

「先生、走って良かったでしょう。僕はいつもこうなんだから……」と蓮音はホームの向こう側から大声で叫んだ。

「ハアー、ハアー。さー、さくらだにくーん。明日午後三時音楽室ねぇー」

「先生、明日またね」

電車の扉が開き、乗り込んだ華音は窓を開け蓮音を見た。

電車が動き始め、蓮音は華音に向かって手を振り続けた。

華音も同じ仕草をした。

電車には華音しか乗客がいなかった。

水平線に夕日が沈もうとしている刹那、タンカー船が太陽を横切った。

まるで、この世の風景とは思えないほど美しかった。

帰宅した華音は、すぐに自室に行って『展覧会の絵』のピアノ譜を探したが、見つからなかった。

華音は、なぜ蓮音が『展覧会の絵』を練習しておいて、と言ったのかわからなかったが、前から全曲弾けるようになりたかった。

しばらくして、瑠璃が帰ってきた。

「華音、華音いるの……」と瑠璃が階段下から呼びかけた。

「お母さんここにいるわよ」

「いるなら、下りてきなさい」

「今、そっちに行くから」

「全く物騒なんだから、鍵もかけないで……」と瑠璃はブツブツ囁いた。

リビングに下りてきた華音は、

「お母さん、お帰りなさい」と瑠璃に声をかけた。

「鍵ぐらいかけなさい、華音」

「ごめんなさい、二階で探し物していたから」

「探し物？　なに探していたの？」

「お母さん、『展覧会の絵』の楽譜知らない？」

「ムソルグスキーの……？　それなら音楽教室の書庫にあるわよ」

「どうして……？」

「お母さん、音楽教室にあるグランドピアノで練習しようと思って、華音の部屋からもって行ったの。黙ってて悪かったわね。練習しているうちに、おばあちゃんの入院でしょう。それどころじゃなくなったの。華音、あの曲弾くの。難しいわよ」

「練習したいだけなの……」と華音は瑠璃に悟られないように平静を装った。

華音が、挫折したことを瑠璃は知っていたからだ。

「練習したいのなら、楽譜、適当にもっていっていいから……」

「そうするわ」と華音が言うと瑠璃が「おばあちゃん、どうも具合がおかしいのよ」と絞り出すように語った。

華音は驚いて、不安そうな面持ちで瑠璃に聞いた。

「おばあちゃん、そんなに悪いの？　ねえ、お母さん。葬儀に参列してから……」

「どうもそうじゃないような気がするの。素人判断だけど、徐々に進行しているみたい」

「徐々にっていうことは、癌の転移が進んでいるってこと……」と華音は顔を曇らせた。

「明日、高瀬先生に聞いてみることにするわ。心配ばかりしてても仕方がないから、華音、晩ご飯の用意しましょう。あなた、手伝える？」

「すぐ着替えてくるから」と華音は祖母の心配をしつつも、その声にはつややかさがあった。

瑠璃はそんな華音を見て呟いた。

「今日の華音、いつもと違うわね。きっとなんかあったのね」と勘ぐった。

その日の晩ご飯、瑠璃は野菜の天ぷらに決め準備に取りかかった。

ほどなくして、真一が帰宅し晩ご飯を食べ、片付けを終えて三人はリビングのソファーに座った。

「真一さん、明日病院に行ったとき高瀬先生に相談してみるわ」

「そうか、そのほうがいいと思っていた。僕も葬儀のとき、お義母さんの疲れた様子を見て、気になって仕方がなかった」

華音は身を乗り出して、

「さっき、お母さんから話を聞いたんだけど、早く良くなってほしいな。そうじゃないと、空襲の話、しづらいし……」と口ごもった。

「なんだいそれは……？」と真一は華音に聞いた。

「なんのこと……？」と瑠璃も聞き返した。

華音はいたたまれず、

「お父さん、お母さん相談したいことあるの」と重い口を開いた。

「改まって、華音なんだい？　重要なことかい」と真一は質した。

「今日、桜谷くんの家に行ってきたの」と華音は切り出した。

「あの桜谷くん？　真一さんは知らないと思うけど合唱部のキャプテンで、とっても統率力があっていい生徒さんよ」と瑠璃は蓮音の印象を語った。

「どうしてまた？　華音は担任じゃないんだろう」

「お父さん違うのよ。彼のおばあちゃん、桜谷八重さんとおっしゃるんだけど、今年の誕生日で満九十歳になられるの。ご高齢なんだけど、記憶力も思考力も衰えを知らないというか、私思うに歳を取っても気力があると違うなと感じた。八重さんから、富山大空襲のとき、自分が体験したことを、おばあちゃんに伝えてほしい、との伝言を預かってきたの。今日聞いてきたんだけど、おばあちゃんに話していいもんやら、悩んでいるの。だって、そんなに具合が悪いんだったら、余計な心配かけたくないし……」と華音は二人の考えを伺うように聞いた。

二人ともしばらくの間考え込んだ。

瑠璃は考えた末に、

「華音、その話、明日高瀬先生におばあちゃんの病状を確かめてからにしてくれない？」と提案した。

真一は頷くように、

「それは、そのほうがいい」と言った。

「わかったわ。私もそのほうが気が楽になるから、お母さんの言う通りにするから」

翌日華音はいつも通りの時間に学校に行った。

職員室に入ると、美術の西山が席にいた。

華音が西山のところに駆け寄って、

「西山先生、おはようございます」と挨拶した。

「おはようございます。早乙女先生は夏休みなのに、いつもこんなに早いんですか」

「西山先生こそ、何かあるんですか」

「九月文化祭でしょう。その準備があるので……。結構、手間かかるんですよ」と西山は文化祭のポスターの下絵をめくりながら話した。

「そう、そうですね。私、すっかり忘れていました。そういえば、合唱部も何かしなくちゃね」

と華音は相槌をうった。

西山は華音に、

「合唱部といえば、来月の文化祭の実行委員長、合唱部の桜谷くんなの先生知っていました？」

と確認するように聞いてきた。

「そうでしたね」と華音は知ったかぶりを装った。

華音は自分の席に戻り、『展覧会の絵』の楽譜をもって音楽室に行った。

音楽室に入った華音は、ムッとする湿気を取り除くため窓を開けた。

華音は早速グランドピアノの屋根を少し開け突き上げ棒で固定し、譜面台を立て、鍵盤蓋を開けてペダルの具合を確かめた。

華音は、指を慣らすため〝ハノン〟を一時間ほど練習した。

そのあと、出だしの〝第一プロムナード〟を弾くと、華音は響きが気に入らずピアノの屋根を目一杯開けて固定した。続けて〝第一曲小人〟を弾き終えたとき、感覚が鈍っていることに気づき、あまりの情けなさに鍵盤の上に突っ伏した。

「この曲、弾けそうもない……」と華音は挫折したときの思いが込みあげてきた。

気を取り直し〝第二プロムナード〟を弾き、テンポを緩めて〝第二曲古城と第3プロムナード〟に挑戦した。今日は、ここまで弾けるようにしようと考え必死に取り組んだ。華音は、自分で作った昼食の弁当を食べるのも忘れて、練習に没頭した。気がつくと午後二時半を過ぎていた。

「そういえば、今日午後三時に桜谷くんがくるんだった」と呟き、急いで弁当を食べていると、

「先生、熱心に練習していましたね」と言って蓮音が音楽室に入ってきた。

華音は、思わず食べていた弁当箱の蓋を閉じようとした。

蓮音はそれを見て、

「先生、お弁当食べてください。それ自分で作ったんですか？」と茶々を入れた。

「当たり前でしょう」

「てっきり、お母さんに作って貰ったんだと思った」

「いい加減にしなさい」

「怒らなくてもいいでしょう」と蓮音はからかった。

「ところで、外で聴いていましたが、悪戦苦闘ですね」

「なに言ってんの、必ず弾けるようにして見せるから……。私のピアノのことはいいから、今日の相談ってなに⁉」

蓮音は、もってきたA四判の企画書を華音に渡した。

華音はそれに目を通した。

第九章　『展覧会の絵』の謎

企画書のタイトルは『第七十回高岡北高等学校文化祭特別イベント企画書』と銘うってあった。

一．目的：富山大空襲の悲惨さを知ることによって、平和の尊さを自ら考え、語り継ぐことの大切さを共有することを目的とする。

二．日時：二〇二二年九月十七日（土）　午後一時から四時

三．場所：高岡北高等学校　講堂

四．演題：富山大空襲と展覧会の絵

五．語り部：一之瀬文子（富山大空襲語り部の会　会員）

六．ピアノ演奏：早乙女華音（当校、音楽教員）

七．実施方法

『展覧会の絵』第一プロムナード、第一曲小人、第二プロムナード、第二曲古城、第三プロムナード、第三曲テュイルリーの庭―遊びのあとの子供たちの口げんか、第四曲牛車、第四プロムナード、第五曲卵の殻をつけた雛の踊り、第六曲サムエル・ゴールデンベルクとシュムイレ、第五プロムナード、第七曲リモージュの市場、第八曲カタコンベ（ローマ時代の墓）――死せる言葉による死者への呼びかけ、第九曲鶏の足の上に建つ小屋―バー

バ・ヤガー、第十曲キエフの大門
曲想に沿った体験記及び絵の投影によって富山大空襲の悲惨さを一之瀬文子氏より語って貰う。

八．体験記のシナリオ及び絵の制作
文化祭実行委員会委員が、富山大空襲体験記をもとにシナリオ及び即した絵を作成し、スクリーンに投影する。

九．参加者及び料金：自由、無料

十．主催：高岡北高等学校　文化祭実行委員会

この企画書を見た華音は、食べかけた弁当に蓋をした。

蓮音は自分で椅子をもってきて華音の横に座り、

「先生、昨日おばあちゃんの話を聞いて居ても立ってもおられず、僕はパソコンに向かって企画書を作成しました。実現可能かどうか、凄く悩みました。一番の難関は富山大空襲の体験記を手に入れ、内容に沿ったシナリオを作成し、先生のおばあちゃんに語って貰えるかどうかです。これが、昨日約束したヴィクトル・ハルトマンの描いた絵のコピーです」と言って机の上に置いた。

蓮音は、ハルトマンの自画像の絵に始まり、第一曲小人から第十曲キエフの大門まで一枚ずつ、自分がイメージした概略をこのように説明した。

「先生、まず断っておきますが、この絵は、ムソルグスキーが『展覧会の絵』を作曲するに当

たって、友人ハルトマンの膨大な絵の作品群から選んだとされるものです。ただ、作品が散逸しているものが多く、未だに学術的に確定されたものではありません。ハルトマンは一八七三年八月動脈瘤で急死して、一八七四年二月から三月まで母校のサンクトペテルブルクの美術アカデミーで四百点の遺作展が開催されています。その半年後一八七四年七月ムソルグスキーが『展覧会の絵』を作曲し完成させています。ムソルグスキーはハルトマンの友人で遺作展に貢献したスターソフに対し、興奮して二、三週間でこの曲を完成したと手紙に書いています。まず、これがハルトマンの自画像で、なで肩で優しそうだけど目が鋭くて少し怖いでしょう。第一曲の小人と題されているがロシアで子供たちに愛されている妖精〝グノーム〟のことをいうらしい。もともと、地の精霊とのこと。人に似させ実は地の底を守る妖精だそうで、顔は可愛い赤ん坊のように見えるが上半身が大人のようで、両腕が描かれていない。下半身を見ると、膝から下だけで、両足がバレリーナが椅子に腰かけているような姿で描かれているが、見ようによっては立ち姿のようだ。向かって左に豪奢な杖のようなものがある。この妖精は、錬金術師から崇められていたとのこと、全体のバランスが悪いのが、僕はかえって面白い。第二曲古城は、いかにも中世のヨーロッパの城を思わせる重厚な感じだけど、実在したのかどうかわからないそうだ。面白いのは、中央に黒く塗りつぶした人が立っている。右の階段を上っていく人々は、いかにも裕福な格好をしている。第三曲テュイルリーの庭―遊びのあとの子供たちの口げんかは、テュイルリーはパリのルーブル美術館のそばにあったらしい公園を指し、ここに宮殿があったとの説もある。ただ、公園や宮殿の絵が残っていなくて、子供たちが抱き合っている姿の二枚だけが現存している。もしかすると、散逸した遺作の中にあったのかも知れない。第四曲牛車は、ポーランド語では牛車という意味と〝ポーランドの反乱—家畜のように虐げられた人々〟という意味があるそうだ。多分絵から想像するに、ハルトマンは後者の意義を込めて描いたのではないかと思う。貧しそうな人々の後ろに、霞みがかったようにぼんやりと左に教会、右に絞首台らしき建物が描かれているのが何ともいえない。この時代のポーランドを象徴するかのような感覚に陥る。第五曲卵の殻をつけた雛の踊りは、第四曲までとは打って変わって、子供たちが卵の殻から手足を出していて、なんとも滑稽で思わずクスッと笑うよね。ハルトマンの想像力には驚嘆するしかない。第六曲サムエル・ゴールデンベルクとシュムイレは、いかにも金持ちで裕福なユダヤ人が一枚、貧しいユダヤ人の一枚がある。どちらもポーランドのサンドミルで描いたとされており、豊かなユダヤ人はまるで肖像画のようで、顔かたちがくっきりと描かれている。対する貧しいユダヤ人は、杖を突き俯き加減でしょんぼりしている。第七曲リモージュの市場は、ハルトマンが何度も訪れたフランスの都市の市場をデッサンした絵が何枚もあって、そこには市場で着飾ったり、踊ったり、いろんな人たちで賑わっている感じに見える。第八曲カタコンベ（ローマ時代の墓）は地下墓地だそうで、右側に骸骨がいっぱい並んでいて、中央にシルクハットをかぶった紳士風の二人の男性とカンテラをもった墓の管理者らしき人が見え、ゾッとする。第九曲鶏の足の上に建つ小屋—バーバ・ヤガーは、ロシアの妖精であるバーバ・ヤガーが、鶏の足の上に建つ奇妙な小屋の屋根に乗っかった形をした置時計。このデッサン風の置時計、思わず見入ったくらい緻密に描かれている。第十曲キエフの大門は、僕は最初パリの凱旋門のような大きな門をイメージしていたんだ。

だけど、この絵は意外にも小さく見える。トルコ風の丸い屋根の正教会が右にあり、その三つの窓には大きな釣鐘が吊り下がっている。中央の丸屋根付きの門、下に人が立っている高さと比べると、やはり大きな門だったに違いない」

「これが、ハルトマンの絵なんだ。ムソルグスキーは四百点の絵の中から、印象に残った絵を選んで作曲したんだろうね」と華音は呟いた。

「先生、この絵の中でどれに興味がある？」

「音楽の観点で見ると、やはり第十曲のキエフの大門かな。でも私が曲想から思い描いていた感じとずいぶん違う気がする」

「僕は、ハルトマンが描いた四百点の遺作の中からムソルグスキーが、どうしてこれらの絵に着目したのか、非常に興味があって想像を張り巡らして調べてみたんだ。僕が着目したのは、異彩を放っている〝第四曲の牛車、いうならポーランドの反乱―家畜のように虐げられた人々と第六曲サムエル・ゴールデンベルクとシュムイレ〟の絵の裕福なユダヤ人と貧しいユダヤ人だった。家畜のように虐げられた人々と貧しいユダヤ人が重なって見え、裕福なユダヤ人の絵を意識的に描いたのではないだろうか？　それ以外の絵は、妖精、滑稽な子供たちや城といった、比較的絵の題材として誰もが用いるモチーフだよね。だけど、今あげた絵には、ムソルグスキーにとって、その時代の経済、政治、社会情勢を批判するには、どうしても必要な題材だったんじゃないかな？　高校生の僕の勝手な思い込みかも知れないけれど、芸術家は、ときの権力者に気に入られるように作ったり、敢えて反発する人とに分かれること、ままありますよね、先生」

「そうね、そう言われてみるとそうかも知れない」

「僕は、特に〝裕福なユダヤ人即ち、サムエル・ゴールデンベルク〟なる人物が、気になって仕方なかったんだ。その絵だけが写実的で、顔の輪郭がはっきりと描かれている。人物が特定できると思いません？　これは、あくまで僕の推理で確証ではありません」

「確かにそうね。もしかして〝サムエル・ゴールデンベルク〟なる人物がハルトマンに自分の肖像画を依頼したのかも⁉」

「そうなんだよ。謎の人物だと思って調べてみたんだ。結論だけ言うと、推測の域を出ませんでした。だけど、絵のタイトルには〝ポーランドのサンドミルの豊かなユダヤ人〟とつけてある。察するに、普仏戦争の主役であったプロイセン王国の首相のビスマルクの側近で、彼の個人資産管理を任されていたゲルゾン・フォン・ブライヒレーダかその父親ではないだろうか？　ゲルゾンは、ビスマルクに毎日接見を許されていた唯一の人物で、ユダヤ人だった。それにゲルゾンの父親は、ザムエル・ブライヒレーダなんです。ザムエルはドイツ語読みで、ロシア語ではサムエル或いはサミュエルと呼ぶみたいで、サムエル・ゴールデンベルクは〝ザムエル・ブライヒレーダ或いはゲルゾン・フォン・ブライヒレーダ〟ではないのだろうか……？と推理しました。ムソルグスキーは、裕福なユダヤ人と貧しいユダヤ人や虐げられたポーランド人と対比し、富める人と貧しい人々の両極端に分け作曲した。その証として『展覧会の絵』の第六曲の最初は、重低音の音が続き、いかにもでっぷりとしたユダヤ人紳士がゆったりと歩いている様子のメロディーがしばらく続く。一転して、細やかなパッセージで貧弱でせせこましいメロディーに移る。そのあとは、両方が交錯する。戦争を現実的に捉えると、戦争には武器と軍人が必要で、巨額の資金が伴う。日本だって同じで、戦前軍閥と財閥が結託し、国威発揚と称して、実質的な徴兵制を敷かなければ戦争は成り立たなかった。徴兵は、明治初期から幾たびの制度改正が行われ、昭和の敗戦まで続いた。戦争は、いろんな背景で勃発するけれど、最後は富める国が最新鋭の武器開発によって、それを戦場に投入し優劣が決まると思う。勿論それだけじゃないです。もっと根底にあるのは、戦争は『悪』、平和は『善』である。しかし、自分が善人だと信じて疑わない為政者が、言葉巧みに人民を操り愛国心を煽り『軍隊』という巨大な組織体を形成し、若者たちを戦場に駆り出し、多くの人命が失われる。それは、今も昔も変わらず、武器技術や情報の伝達技術だけが進歩しただけであって、何ら根本的な要因は変わっていない。だから、今回の特別イベントで『展覧会の絵』を使って、ハルトマンの絵とムソルグスキーの曲を、富山大空襲の体験記と併せて聴衆に訴えかけたいと考えたんだ。極論かも知れないけれど、芸術家は、ときの権力者にすり寄る人と、そうでない人とに分かれると思う。ムソルグスキーやハルトマンは後者のような気がする。僕が好きなピカソの『ゲルニカ』は、ドイツの空軍によって、スペインが無差別爆撃される惨状を描いた。ハルトマンも厳しい情報統制下にあっても、戦争によってもたらせられる人民の分断を象徴的に描きたかったに違いないと思う。先生、間違えていますか？」

「凄いわね、というより、そこまで調べ想像して企画したなんて思いもしなかったわ。私も、ムソルグスキーやハルトマンは、反骨心のある人だったような気がする。また、そうであってほしい。真偽や歴史的事実はどうであれ〝展覧会の絵の曲とハルトマンの絵〟を使って、富山大空襲の体験記を語って貰うことに賛成するわ」

「ああ、良かった。先生さえ理解して貰えれば、さっき話したことは、聴かれる方々に詳しく説明する必要がないと思います。ですから、推測の件は、先生と僕だけにしておいてください」

「桜谷くん、昨日の八重おばあ様のお話、強烈でした。電車に乗っているとき、歩いている間、自宅に戻ってからも頭から離れません。どうしてだろう？　それほど感化された理由を紐解こうと思って必死に考え辿り着いたのが、おばあ様の『戦争は、二度と繰り返してはいけない。同じ過ちを起こすのが人間の性だ』という言葉でした」

「先生、僕も同じ。だから、ここで踏ん張らないと、僕の高校生活ってなんだったんだろう、……と。生涯、悔やむんじゃないかと思うと、必死に企画を練っていました」と蓮音は目をこすった。

「そう、そうだったんだ。祖母に頼めば、語り部の会会報に書いてあるだろう空襲の体験記は、手に入ると思う。その会報をもとにシナリオ作成、私のピアノ、ここまでは私たちでなんとか頑張ればできること。ただ一つだけ気がかりなのは、祖母の体調なの」と華音は目を閉じながら、不安そうな顔をした。

「先生、そんなにおばあちゃん、具合悪いんですか」

「昨晩、お母さんが病院でおばあちゃんの病状が心配だから、今日担当医の先生に進行度合いを聞くことになっているの」とつい華音は口にしてしまった。

「進行度合いって……。もしかして、癌!?」と蓮音は絶句した。

「他の人に絶対言っちゃダメよ、桜谷くん。この企画書、私に預らしてくれない？」

「どうして？　先生どうして……」

「お母さんが今日病院から戻ってきたら、担当医の先生がどう判断しているのか、聞いてみるから。それまで待ってて……」と華音が言うと蓮音は「先生、今日は疲れました。帰って寝ます」とトボトボと音楽室を出て行った。

華音は、なんとか蓮音の意向を叶えたい気持ちと、自分も実現したいとの思いが錯綜した。

華音は、ピアノの練習を切りあげ職員室に戻った。

職員室には誰もいなかった。

帰り支度をしながらも、華音は家路を急ぐ心が早って仕方がなかった。

おばあちゃん、どうしているんだろうな。悪くなっていなければいいけど。こういうときって、どうしても悲観的になるから……。

自宅に着いた華音は鍵を開け、すぐさま普段着に着替えた。

母はいつも六時半ごろには帰宅するだろうから、晩ご飯は華音が作ることにした。

昨日は天ぷらだったので、今日はあっさり系がいいと考えた華音は冷蔵庫を開け、食材に何があるのかを確認した。カマスとイボダイが冷凍されていたので解凍し塩焼きにして、野菜サラダとかまぼこにした。

準備をしていると、インターフォンが鳴った。

華音は誰だろうと思って玄関に行き鍵を開けた。

ドアを開けると、瑠璃が疲れた様子で立っていた。

「あら、お母さん。お疲れ……」と華音が声をかけた。

「今日のお昼、病院で高瀬先生に会ってきたの」と言いながら靴を脱いだ。

「華音、晩ご飯、何か用意している？」

「お魚に、サラダにしようと思って……」と華音は応えた。

「それじゃ、物足りないけど、まあーいいか。折角、華音が作ってくれるんだろうから、私着替えてくる」と瑠璃は言って二階に行った。

下りてきた瑠璃は、すぐにリビングのソファーに座った。

「華音、今日は早かったのね。ピアノ、練習した？」

「練習したけど、あの曲無理かも……」と華音が心もとない返事をすると瑠璃は「ちょっとさらっただけで、弾ける曲じゃないからね。お母さんだって、あの曲演奏しようと思ったら、必死になって何もかも忘れて練習しないと、ムソルグスキーに失礼よ」と尊敬の念を込めて言い放った。

「お母さん、おばあちゃんの具合どうだったの？」

「そうそう、そのことね。お父さんが帰ってきたら、きちんと話すけどあまり良くないの……」

「そう、そうなの。それじゃ、お父さんが帰ってきたら詳しく聞くことにする。すぐに晩ご飯作っていい」

「もうすぐ、お父さん帰ってくると思うから、用意していいんじゃない」

「わかった。お母さん休んでて……」と華音が振り向いて瑠璃を見ると、既にソファーで横になってうたた寝をしているようだった。

お母さん、よっぽど疲れているんだ。

華音は、炊飯のボタンを押し、サラダを作り終えるとボールにラップをかけ、冷蔵庫に入れた。

華音が魚を焼き始めようとしたとき、インターフォンが鳴った。

「お父さんだわ……」

「お帰りなさい」と言いながらドアを開けると「華音!?　お母さん帰っていないんだ」と真一が言った。

華音は唇に手をあて、

「お母さん、疲れてソファーで寝ているから、静かにあがって……」と囁いた。

「そうか、わかった。二階で着替えてくるから」

華音は魚に塩をまぶし、グリルに入れボタンを押した。

真一が着替えをすませ、キッチンにきた。

「華音、お母さんいつから寝ているんだ」

「三十分ほど前かな。帰ってくるなり着替えてすぐよ」

「それじゃ、もう少しそのままにしておこう」

「それがいいわ」

「お父さん、何か手伝おうか」

「手伝ってくれるの。助かるわ。それじゃ、お味噌汁作ってくれない」と華音は冷蔵庫から豆腐とワカメを取り出した。

「お父さん、ワカメをお水に少し浸して切ってくれない。豆腐は手でもって、包丁で適当なサイズでお願いします」

「まるで、お母さんみたいだな」と真一は苦笑いしながらも楽しそうだった。

真一は、華音が思ったより手際が良かった。

「これでどうですか、お母さん？」と真一は華音をからかった。

「ダシは面倒なので、だしの素使うから。あとお魚焼けたから、私器に盛るね」と華音は言いながら、お皿を三枚もってきて盛りつけた。

「華音、沸騰したので、ダシとお味噌を入れたけどいいんだよね。それから、豆腐とワカメ入ればいいんだな」

「違う違う。お父さん先にお味噌入れっちゃたの……」

「ああ、お父さんもう知らないから……」

「うん、うまい。旨い」と真一は味見をしながら、ワカメと豆腐を鍋の中に無造作に入れた。

それを見ていた華音は、

「お父さんって、存外大雑把なのね」とあきれ返った。

「味噌汁は、うまけりゃいいんだ」

「二人して、楽しそうに何してるの」と瑠璃がいつのまにか起きてきた。

「お母さん、ご飯もうすぐ炊きあがるから座って……」

「まあ、ご丁寧なこと。娘からこんな風にされるなんて、初めてね。少し疲れが取れたわ」

「あれ、お父さん。お味噌汁作っていたの」と真一がキッチンで悪戦苦闘しているのを見て瑠璃は、

「前代未聞ね」と言いながら目を凝らした。

「ご飯炊けたから、私、仏様にお供えしてくるね」と華音は仏間に行った。

華音は戻ってくる間に、瑠璃が炊きあがったご飯を茶碗に盛り並べていた。

「お母さん、私かまぼこ切るから」と華音は言って、冷蔵庫から取り出し素早く切ってお皿に盛りつけた。

「ずいぶん、上手になったわね」

真一はお味噌汁を食卓に出して、

「今日は、僕が作ったんだよ。瑠璃、きっと美味しいはずだよ」と胸を張った。

「いただきます」と三人は声をそろえて食べ始めた。

真一は味噌汁の味が気になったらしく、

「どう、味どう……」と二人に確かめた。

瑠璃はにこやかな顔をして、

「お父さんが作ったんだから、美味しいに決まっています」と決めつけると真一が「美味しくないんだ。自分では、まずくはないと思うけど、瑠璃の味と違うのわかる」と言うと三人大笑いし

た。

晩ご飯を終えた三人は、リビングのソファーに座って瑠璃の病院での話を聞くことにした。

「今日、例によって昼食のとき、無理言って高瀬先生の部屋にお邪魔したの。先生がおっしゃるには『私としては、自己回復力に期待するしかない』とのことでした」と瑠璃は沈痛な面持ちで報告した。

「やはりそうか……」

「おばあちゃんって頑固だから……」と華音が口にすると瑠璃が「頑固じゃないのよ。そういう人生観なのよ」と瑠璃は反論した。

華音が二人の顔を見て、

「お父さん、お母さん。私から提案していい」と言って華音はサイドボードの上に裏返しにして置いてあった『第七十回高岡北高等学校文化祭特別イベント企画書』を見せた。

二人は企画書を見て、

「これ、華音が作ったの」

「違うの、今日学校に行ったら、桜谷くんが昨晩作って、音楽室にもってきたの」

「あの桜谷くん。どうして……?」と瑠璃が聞いた。

「ほら、この前の八重さんの話、おばあちゃんに話していいもんやら悩んでいるって言ったでしょう。彼も、空襲の件を伝える必要性を感じていたみたい。それで、彼がこの企画書を作ってきたの。でも、話して良いのか、二人に相談しづらかったの」と華音は正直に打ち明けた。

瑠璃は真一の様子を見ながら、

「あなた、この企画書お母さんに見て貰ったらどう？」と瑠璃は吹っ切れたように言った。

「そうだな、お義母さんにとって、この企画は生涯のテーマだ。生きる気力につながるかも知れないね」と真一は瑠璃の提案に賛同した。

二人の意見が一致したのを見て華音が、

「お母さん、私明日時間があるから、病院一緒に行っていい？」と詰め寄った。

「いいわよ」

「お父さん午後二時ごろだったら病院に行けるから、この話それまで待っててくれないか。三人で話したほうが、説得力あると思うんだがどうだろう」

「そのほうがいいに決まっているけど、あなた大学のお仕事大丈夫なの？」と瑠璃が心配そうに聞いた。

「大学のほうは、大丈夫だから心配しないでくれ」

「それじゃ、私と華音で先に行って午後二時にあなたがいらっしゃるまで、この話、お母さんにはしませんから」

翌日瑠璃と華音は朝九時に病院に着いた。

華音を見た文子は、

「華音、元気だったかい」と言って手を握った。

「おばあちゃん、ごめんね。これなくて……」と華音が言うと「当たり前じゃない。学校があるんだから無理しなくていいよ」と労をねぎらった。

午前中は世間話で盛りあがり、なんとか文化祭の企画に触れずに乗り切った。昼食が配膳されたので、瑠璃と華音は地下の食堂に向かった。

二人は昼食を食べながら、

「お父さんがくるまで、なんとかもたせなくちゃね」と華音が言うと、

「そうね、そうするしか方法がないわね」と瑠璃が同調した。

昼食を食べ終えた二人は、早々と病室に戻った。

文子は二人が病室に戻ってきたのを見て、

「あら、早いわね。まだ、食べている最中なの」と言ったが、文子は明らかに食欲がないようだった。

瑠璃はそれでも、

「お母さん、昨日よりは食べているから、大丈夫よ」と文子を励ました。

「そう、そうかね。ところで、真一さんは?」

二人は一瞬〝ドキッ〟としたが華音はすぐに話題を変えた。

「おばあちゃん、雨晴海岸の〝女岩〟って知っている?」

「知っているわよ。義経と弁慶の言い伝えの岩の先に見える岩でしょう」

「この前、行ってきたの。あの岩の背後に見える立山連峰、本当に美しいわね。今は観光スポットになっていて、大勢の人が見にきては写真を撮るのよ。でも、義経は奥州の藤原家に行くのに、

本当にあそこを通ったのかな」と華音はわざとらしく言うと文子は「伝承は伝承でいいのよ。それじゃいけないという学者もいるけど私はそうは思わない」と持論を展開した。

「そうね、私もそう思う」と華音が頷いているところに真一が入ってきた。

　文子が真一を見つけて、

「あら、真一さん……」と言った。

「お義母さん、具合はどうですか」

「真一さん、大丈夫です。おかげさまで、高瀬先生には毎日回診して貰って、ありがたくて、感謝しています。真一さんからも、先生のお兄様によろしくお伝えください」と言って文子は軽くお辞儀した。

「わかりました。高瀬くんに礼言っておきますので、任せてください」

　瑠璃がころ合いをみて、話を切り出した。

「お母さん、折り入って、華音が頼みたいことがあるんですって……」

　華音は、肚をくくり文子に『第七十回高岡北高等学校文化祭特別イベント企画書』のコピーを渡した。

　文子は、ゆっくりと企画書に目を通し華音に質問した。

「華音、いくつか質問したいんだけどいい⁉　この企画は誰の発案？」

「この企画者は、合唱部のキャプテンの桜谷蓮音くんで、文化祭の実行委員長でもあるの。是非おばあちゃんに頼みたいということで、昨日私に提案してきたの」と華音はことの次第だけ伝えた。

「生徒さんだけで思いつく内容じゃないわね。華音、どうしてこうなったのか、いきさつを聞かせてちょうだい」

「実を言うと、桜谷くんの家に行って彼のおばあちゃん、桜谷八重さんというんだけど、先日お会いしてきました。北国テレビを見ていた八重さんが、富山大空襲で亡くなられたご遺体が、島尾海岸に漂着してきた話を私は聞きました。八重さんは、国民学校六年生のときで、友人たちと面白半分で見に行ったことを九十歳近くになるまで悔み、ここ十年前まで慰霊祭に参列していたそうです。尊い命の犠牲によって今日の平和があるのに、八重さんは富山大空襲の語り部の会の存在を知らなかった。八重さんは、平和のありがたさを次の世代に引き継いでいくべきだと思っていた。桜谷くんも同席していたので、おばあちゃんの意向を聞いてほしいと提案してきたの。それで、昨晩お父さんとお母さんに相談して、家族全員でおばあちゃんに話してみようということになった」と華音は概略を説明した。

真一は、文子の顔が段々険しくなるのを見て、

「今、華音が言ったことは、その通りなんです。だけど、お義母さんの体調が一番ですので、無理でしたら断るようにします」と助け舟を出した。

瑠璃も真一の考えに同調し、

「お母さん、私も真一さんと同じ考えなの」と言った。

それでも華音が意を決したかのように、

「おばあちゃん、八重さんが言われた言葉の中で桜谷くんや私が最も感銘したのは『戦争は、二度と繰り返してはいけない。同じ過ちを起こすのが人間の性だ』と言われたとき、二人とも身震いした。なぜなら人間、誰しもそうかも知れないけれど、自分の身に危険や脅威が降りかかってくるまで、物事を楽観的に捉え回避するといった〝楽観バイアス〟の心理が働くと思うの。桜谷くんと話し合った結果、二人ともそうだったの。おばあちゃんが空襲体験者として、その悲惨さや残酷さを訴え、私たち若い者が戦争は二度と起こしてはならない、起こさせてはいけない。平和の尊さを繰り返し伝え続けることが、私たちに課せられた義務じゃないかと決心し、文化祭特別イベントとして計画してみた。おばあちゃんの体調が良くないこと、私は十分わかっています。開催するには、どうしても空襲に遭われた方々の体験の内容が必要なの」と文子に懇願した。

文子は必死に訴える華音の姿を見て、

「華音、わかったわ。会報は私の部屋の書棚にあるわ。会報の中に、いろんな方々から寄せられた空襲体験記が掲載されています。それを参考にすれば、シナリオを作ることができるはずです。下書きを作ったら見せてくださいい。それに合わせた絵も見たいので、ここにもってきてくれる？文化祭、来月の十七日でしょう、あまり時間がないから急いでね。高瀬先生には、私の身体がそれまで何とかもつよう相談してみるから……。真一さん、瑠璃、最後の私のわがまま、許してくださいい」と頼んだ。

真一と瑠璃は、

「お義母さんには、敵わないな」と二人は口をそろえて言った。

華音は深々と頭を下げ、

「おばあちゃん、無理言ってごめんなさい。でも、ありがとう」と言った。

「皆さん、家族そろって楽しそうですね」と純二郎と高崎が病室に入ってきた。

高崎が体温計を出して、

「一之瀬さん、体温測ります」と言って体温計を渡した。

文子は体温計を脇の下に挟みながら、

「先生、九月十七日まで私の身体もちますか？　もたせてください」といきなりお願いした。

純二郎は文子の物言いに圧倒されたが穏やかに、

「一之瀬さん、大丈夫ですよ。九月と言わず、その先は長いですよ」とはぐらかした。

〝ピッピッ〟と音が鳴り、文子は高崎に体温計を渡した。

「一之瀬さん、三十六度四分です。先生、いつもと変わりません」と高崎は高瀬に告げカルテに書き込んだ。

「ところで、なんで九月十七日なんですか」と純二郎は文子に尋ねた。

「孫の華音の学校で文化祭があって、私が空襲体験を語ることになったんです。必要ならどんな苦しい治療でも耐えてみせます」と文子は純二郎に哀願した。

「一之瀬さん、わかりました。一之瀬さんの意向が叶うような治療方針を提案します」と純二郎が作り笑いをした。

高瀬は文子の身体の胸、腹部や腰に聴診器をあて診察し、

「一之瀬さん、終わりました」と告げた。

純二郎と高崎が病室を出ようとすると、真一、瑠璃、華音が追いかけるように廊下に出て行った。

真一が慌てて、

「先生、義母が失礼なこと言って、申し訳ございません」と謝った。

瑠璃と華音も同時に頭を下げた。

すると純二郎は、

「謝るのは私のほうです。廊下で皆さんが深刻そうに話されているのを盗み聞きしてしまいました。事情は良くわかりましたので、一之瀬さんの希望が叶う治療に注力します。真一さん、一連の経過を今晩兄に話してよろしいでしょうか？　本当は患者さんのプライバシーに係わることなので、してはいけないこと、十分承知しています」と三人に了解を求めた。

真一は瑠璃と華音の顔を見て、

「お願いします。明日、私が大学に行ったとき、高瀬くんに会ってきます」と応えた。

「それでは失礼します」と言って純二郎と高崎は隣の病室に行った。

三人は病室に戻って文子のベッドの見ると、寝てしまっていた。

瑠璃は掛け布団の上に「明日、いつもの時間にきますから帰ります」とメモを置き、三人は廊下に出て帰宅した。

帰宅した華音は、すぐに蓮音の家に電話した。

電話に出たのは、八重だった。

「もしもし、私先日お邪魔しました早乙女華音です。その節は、いろんなお話をお聞かせいただき、誠にありがとうございました。今日、祖母に会ってきて、八重さんのご意向をお伝えしました。それでお願いなんですが、明日九時に学校の音楽室に私がいますので、桜谷くんにくるよう伝言していただけないでしょうか」と丁重に頼んだ。

すると八重は華音に、

「おばあさまの具合は大丈夫なんですか？　孫が文化祭の企画書を私のところにもってきて、説明してくれました。本当にできるかどうかは一之瀬さんの容体にかかっていると申したんです」と語った。

「祖母は、喜んでさせていただきます、とのことなので、お力添えのほど、よろしくお願いします」と華音は伝えた。

「わかりました。明日九時、学校の音楽室ですね。孫には必ず行くように伝えます」と八重は言って電話を切った。

翌日、真一は大学に行き、早速高瀬純一郎に電話した。

「ああ、早乙女くん。私の部屋で待っているよ」

真一が純一郎の部屋に入ると早速、

「昨晩、弟から一之瀬さんの病状や今後の治療方針を電話で詳しく聞いた。冷たいと思うかも知れないけれど、俺は担当医ではないので、アドバイスできる立場にない。早乙女くん、弟の考え理解してやってくれないか……」と立ったまま話しかけてきた。

「弟さんにはお世話になり、申し訳ない」とお辞儀すると「俺じゃない。弟が一番わかっているんだから……」と言って純一郎は天を仰いだ。

「ありがとう。じゃあね……」と真一は言って部屋を出た。

一方、華音は翌日朝八時半に音楽室に入り、ハノンを練習していた。

九時ごろ蓮音は音楽室に入ってきて、

「先生、企画書の件ありがとう」と言った。

「これが、語り部の会の会報よ」と手渡した。

蓮音はその分量を見て、

「こんなにあるんだ。先生、これ五日間預からせてください。空襲体験記の中から、曲に合わせたシナリオを僕が作り絵を描きます」と言ってそそくさと音楽室を出た。

「全く、せっかちなんだから……。お父さんに、そっくりね……」

華音は毎日学校に行き、必死に『展覧会の絵』の練習に取り組んだ。

それから六日目の朝九時、華音が音楽室にいると蓮音が入ってきた。

「先生、できたよ」と蓮音は疲れた様子だったが、イキイキとしていた。

蓮音が、おもむろに紙袋から絵とシナリオを取り出し机の上に置いた。

「先生、説明するから、こっちにきて……」

まず、華音は絵から見ることにした。

どの絵も本格的な油絵で、その出来栄えに華音は驚愕した。

「あれ、桜谷くん、曲の区切りでいうと確か十枚でいいんじゃない？」

「先生何言ってんの。ハルトマンの自画像を追加して描いたんだ。この前見せた絵を僕なりに描き直してみたんだ。それでシナリオの概略説明するから、先生は絵を見て曲想に合っているかどうか確かめてくれない」

第一曲小人から蓮音は説明し、最後の第十曲キエフの大門のところで、なぜかやめた。

「先生、ここをどうするのか迷っているんだ。ここに先生のおばあちゃんの空襲体験記をもってきたいんだけど、あまりにむごくて、切なくて、僕としてはシナリオ書いていない。絵も途中段階なんだ。わかる？　要するに書けないし、絵も完成しないんだ。先生のおばあちゃんに、直接確かめたいんだけど……。病院に行って、相談していいのか迷っているんだ。何しろ残酷さのままで終わるか、一縷の光明を書き、描き加えるのかによって、何を訴えたいのか決まると思う。戦争は二度と繰り返してはいけない。これは不変の原則だが、そんなに人間って単純な生き物だろうか？　今だって、世界あっちこっちで、戦っているだろう。これが、うちのおばあちゃんが言う〝人間の性〟っていうものなんじゃないだろうか」

「私もそう思う。明日、病院に一緒に行かない？」と華音は蓮音を誘った。

「先生、行きます。文化祭までそんなに時間がないので、早く仕上げスタッフや段取りを決めないと間に合わないと思います」

「そうね、確かに時間がないわね」

「あす十時高岡セントラル病院一階で待っているから、この絵とシナリオ桜谷くんもってきて」

「わかりました、先生」

「それじゃ、先生明日十時病院に行きます。これから帰って、絵を仕上げるようにします」と蓮音は絵とシナリオを紙袋に入れ音楽室を出た。

華音は、午後もピアノの練習に励んだ。

職員室に戻った華音は、美術部顧問の西山を見つけそばに行き、

「先生、ちょっとお時間よろしいですか。合唱部の桜谷くんの件ですけど、彼の絵ってどうなんでしょうか？」と聞いた。

いきなり尋ねられた西山は唖然として、

「桜谷くん？　彼は美術部の部員じゃないんです。ですが、ちょくちょくデッサン会のときにきては、自分で描いた絵を私に見せにくるんです」と華音がなんで蓮音のことを聞きたいのか、わからないといった顔をした。

「先ほど彼の絵を見て、あまりにもリアリスティックに描かれているので驚いたんです」と華音は蓮音の絵を見たときの感想を話した。

「リアリスティックですか？　私にもってくるときの絵は、かなり抽象的というか、どちらかと言えば〝キュビズム〟に近いんですけど」と華音には西山の話してる意味がわからなかった。

「桜谷くんに文化祭の特別イベントで、いろいろ手伝ってほしいことがあって、今日彼の絵を何点か見たんです。素人の私でも、上手だなと感心し、先生のご意見を伺いたい思ってきました」

と華音は事情を説明した。

するとと西山は両手を叩いて、

「そういうことですか。彼の絵は天性ですね。生まれもった才能の塊っていうんでしょうか。秀いでた才を伸ばしていただける先生との出遇いが、彼の運命を決めるんじゃないでしょうか。美術大学に行って基礎を習得し、彼独自の世界を切り開いていければ、とアドバイスしています」

とべた褒めだった。

「先生、お引き留めして申し訳ございませんでした」と華音は席に戻り帰り支度をして自宅に向かった。

自宅に着くと既に食事の用意が整っていた。

「華音、今日は二人で食べましょう」と瑠璃が言ったので「お父さん待たなくていいの？」と華音は聞いた。

「お父さん、今晩はゼミのコンパで食べてくるそうだから、遅くなるみたい」

「そうなんだ。それじゃ着替えてくるから……」

瑠璃と華音は食事をしながら、

「明日、お母さんと一緒に病院行きたいんだけどいい？」と聞いた。

「いいわよ」

「それと、朝十時に桜谷くんが文化祭の特別イベントのシナリオと絵をもってくることになって、おばあちゃんに相談したいんだけど大丈夫かな？」と華音は瑠璃の顔色を窺った。

「そうね、文化祭の件ね。おばあちゃんはやる気満々だから、いいんじゃない」と瑠璃はあっさりとオーケーのサインを出した。

「良かった。桜谷くんには明日朝十時に高岡セントラル病院一階にくるよう約束してしまったもんだから……」と華音は言い訳がましく瑠璃の顔を見つめると「顔に書いてあるわよ」と瑠璃は笑った。

翌朝、真一は昨晩遅かったせいで、なかなか起きてこなかった。

瑠璃と華音は二人で朝ご飯を食べ、真一の食事にラップをかけ、メモ書きを残して病院に向かった。

病室に着いた二人は文子の容体を気にしながら瑠璃は、

「お母さん、今日十時に桜谷くんが、ここにくるそうよ。華音、おばあちゃんに説明しなさい」と華音の脇腹をつっついた。

「おばあちゃん、文化祭の特別イベントのシナリオと絵を桜谷くんが作ったの。私、昨日一通りシナリオを読み、絵を見たんだけど、どうしても語り部である本人の確認がないと、最後の文と絵が完成せず、困っているの」と華音は文子に事情を明かした。

文子は事情が呑み込めず、

「何が何だかわかんないんだけど、最後の文と絵ってなーに？」と華音に質問してきた。

「この前の企画書ここにある？」

「あるわよ」と文子がベッド脇の子机の引き出しを指し「二段目にあるから、華音とってくれる？」と言った。

華音は引き出しから企画書のコピーを取り出し文子に渡した。

「企画書七．実施方法の最後の第十曲キエフの大門があるでしょう。そこのところを、おばあちゃんの空襲体験記をもとにシナリオと絵を描きたいらしい。こればっかりは、おばあちゃんの意見を聞かないと完成しないと彼が私に相談しにきたの」と華音は文子に事情を説明した。

「わかったわ。とにかく時間があまりないようだから、今日じっくり相談にのるわ」と文子は快諾した。

「十時には少し早いけど、桜谷くんを一階ロビーまで迎えに行ってくるから」と華音は言って病室を出た。

華音が一階のロビーに行くと、

「先生、先生」と呼びかけながら蓮音が近づいてきた。

「桜谷くん、大声、禁物よ……」と華音が嗜めた。

二人は病室に入ると瑠璃が「桜谷くん、久しぶりね」と言い、蓮音は「お母さん、お元気でしたか」と応えた。

「あなたに〝お母さん〟と呼ばれるとこそばゆいわね」

「なんて、お呼びしたらいいんですか」と蓮音は戸惑っていると華音が「お母さん、でいいんじゃない……」と言った。

「それじゃ、お母さんと呼ばせていただきます」と蓮音は改めて言った。

そのやり取りを聞いていた文子はベッドから起き上がりスリッパを履いて、

「私が、一之瀬文子です」と立って挨拶した。

蓮音は恐縮した様子で、

「僕、いや私、桜谷蓮音と申します。ハスの〝蓮〟、音楽の〝音〟と書いてレノンです」と自己紹介した。

「レノン？　……さんね」と文子は首を傾げた。

華音はパイプ椅子をもう一脚もってきて、蓮音に座るよう促した。

「それじゃ遠慮なく、座らせていただきます」

蓮音は、もってきた紙袋からシナリオと絵を出し文子に渡した。

瑠璃と華音には、シナリオと絵のコピーを渡した。

蓮音が説明しようとすると文子が、

「蓮音さん、説明の前にシナリオを先に読みますので、少しお時間ください」と制した。

瑠璃もシナリオを読み始めた。

華音と蓮音は、黙って二人が読み終えるのを待った。

文子は読み終わったらしく蓮音に向かって、

「蓮音さん、良くできているわ。短期間のうち語り部の会の会誌を読み、シナリオを書きあげるなんて、誰にでもできるもんじゃないわ。それで、絵なんだけど説明してくださる」と感想を述べた。

蓮音は、ハルトマンの自画像に始まって、第一曲小人から最後の第十曲キエフの大門の途中まで、内容と意図について一通り説明した。

文子は絵の原画を見ながら、

「ハルトマンさん、どういう位置づけ？　ムソルグスキーの『展覧会の絵』をもってきたのはなぜ？」と鋭い質問を投げかけてきた。

「ムソルグスキーが画家ハルトマンの絵に触発されて、ピアノ組曲『展覧会の絵』を作曲しました」と蓮音が文子に説明した。

「そうすると、主題は、なに……？　ハルトマンの絵なの、それともムソルグスキーのピアノ曲なの。富山大空襲はどこに行ったの？」と文子は問いかけた。

文子の的を得た質問に二人は返答に窮した。

文子は追い打ちをかけるかのように、

「富山大空襲の語り部の私は、ハルトマンの絵に触発され作曲したムソルグスキーの『展覧会の絵』に乗っかった付け足しになるわよね。そうならない？　確かに、シナリオ、絵は素晴らしく良くできているわ。申し分ないのよ。私のような音楽や絵の素養のない者にとって、シナリオはすらすらと読め、絵も単独で取りあげるとすれば、多分それはそれで立派だと思う。私は、『展覧会の絵』がダメだって言っているんじゃないの。むしろ語り部の私だけでは、この企画はしんどいし、高校の文化祭で実施するには、このやり方のほうが相応しいと思っているの。ただ、私が生涯かけて取り組んできたのは、富山大空襲で亡くなられた多くの市民や軍人、被災された方々の犠牲の上に、今日まで富山の地で生きてこられたと思っている。戦争はどんな理屈をつけようと、残虐で醜いものであることは誰でもわかっている。なのに、なくならないわよね。してはいけない、させてはいけないということを自ら考え、平和の尊さを実感し、継続してもち続けることの大切さを訴えること。このことが、空襲を体験した私の語り部としての義務であって役割なの。目的と手段を二人は取り違えていない？」と身を乗り出して二人に伝えた。

文子が二人にあまりにも厳しくあたるのを見ていた瑠璃が、

「お母さん、若い人たちに、そこまで理解しろたってできないと思う。私だって、そうなんだから……」と割って入った。

文子は強い口調で、こう言ってのけた。

「違うのよ瑠璃。二人は一生懸命考え、ここまで私の最後の望みを叶えてくれようとしている。あと一歩なの。涙が出るくらい私は嬉しいの。何かのテレビでの戦争に関する特集を見たんだけど、日本を除いて、イギリス、フランス、イタリアなどのヨーロッパでは第一次世界大戦のほうが第二次世界大戦より戦死者が多い。第一次世界大戦はいうなら、歩兵を中心にした地上戦が主で、砲撃戦での戦死やスペイン風邪、皮膚病などの流行からの病死が多かったとの報道でした。ところが第二次世界大戦になると、格段に飛行技術が進歩し、爆撃機での攻撃が加わり、私なりの極論だけど戦争が〝民間人への無差別大量殺戮〟に変化したと考えている。戦争を終わらせるには、民間人を巻き込んだ大虐殺が、為政者にとって最終手段だと……。戦争は、最初軍人同士が戦い、中盤から終盤になって所構わず爆撃し、多くの一般人が犠牲者となって民衆の心が折れる。その惨状に恐れを成し、為政者が白旗をあげる。勝ったほうは勝利宣言をし、負けた側はギブアップして国際裁判にかけられる。生き残った人たちの多くは、犠牲者の尊い命の上に生かされていることを、時間が経つにつれつい忘れてしまう。忘れることは、人が生きていく上で大切よ。だけど、私は忘れてはいけないことがあると思っている。戦争が、なぜ起こったのか。無関心をいいことに、忘れてしまったとき、何が起こりますか？　また戦争ですよ。これが、大きな過ちの連鎖なの。戦争の一手段として空襲があり、大都市圏の東京、大阪、愛知、地方でも多くの空襲があったし、富山大空襲もその一つなの。私は経験した光景は『B29爆撃機の大編隊が、富山上空に轟音をあげて飛んできた。照明弾が空中で〝ピカッ〟とひかり周りが明るくなったかと思うと、空中でクラスター爆弾が炸裂し、まるで空から星が降ってくるかのように無数の焼夷弾が襲いかかってきた。母が焼夷弾をまともに受け、亡くなった。父と私が燃え盛る火の手の中逃げ回り、やっとの思いで家に戻ったとき、母たちの遺体は軍隊が神通川の河原に移送したと聞いて、私はその場にひざまずくしかなかった』これが、無差別大量殺戮なの。このようなことが起きないよう、起こさせないようにすることが、残された私たちの義務で、今回の主題であり目的だと思う」と文子は力説した。

文子の勢いに圧倒された三人は、返す言葉がなかった。

しばらく経って蓮音は文子に理路整然と問いかけた。

「確かに、おばあちゃんのおっしゃる通りです。演奏会でもなければ、絵の鑑賞会、ましてや朗読会でもありません。あくまでも、それらはツールであって目的ではありません。戦争しない、させない世界をどうやって作るのか、富山大空襲を通じて参加者に自覚していただくのかが本来の趣旨です。あまりにも私は、手段に併せた体験記をピックアップしてしまいました。第一プロムナードに入る前、この企画を文化祭で行う趣旨・目的を明確に参加される方々に伝わるように書き直します。それで、私からの提案なんですが、最初に富山が空襲されるまでの経緯を時系列的に説明する。それから、実際体験された方々の生々しい実態を語っていただく。重要なのは、特別イベントを開催するにあたって、高校生である我々が語り部の会に寄せられた多くの体験記の中から、空襲そのものによって何が起き、どのように感じ、どうしたら平和な世界を築けるのかをそれぞれの年代の方々に考え、実感して貰い、関心をもっていただくことです。ここで迷うのは、一連のストーリーとしてまとめようとすると、個々の体験記の時間軸が合わなくなってしまうということです。果たして聴く側が違和感を覚えないのか？　という疑問です」

文子は蓮音の質問にこのように応えた。

「蓮音さん、あなたそこまで会誌を読み込んだのね。偉いわね。当然空襲に対する考え方は人それぞれです。物語として辻褄が合わなかったとしても、空襲に遭遇し、場合によっては空襲そのものに遭っていなくても、見聞きしたことが会誌に寄せられています。参加者の方々は、自分の身に置き換えて判断し、記憶に留める人とそうでない人とに分かれると思います。私は、それでいいと思っている。というのは、聴衆の大半は空襲を経験していない方々だからです。参加された人たちが、体験談に共有感をもち得なかったとしても、空襲の悲惨さ残酷さを知る機会があって、戦争しない、させないにはどうしたら良いのかを考えることが重要だと思っています。語り部の私の考え方に全て同調することのほうが、私はかえって危険だし、そうあってほしくないと思っている。なぜなら、戦前の教育は、一億総玉砕、そうでなければ非国民扱いされ、言論統制、異論が許されない歪なものだったからです。そうした苦い経験から、賛否両論があるのが自然だと思っている。聴かれる人によって温度差があっていいし、そのほうが健全だと思っています。それと、最後の私の空襲体験は、会報に掲載できなかった心情を語るつもりです。蓮音さん、迷っているようだけど自由に絵を描いてください」

「おばあちゃん、もう三日間ほど時間ください。桜谷くんと一緒にシナリオを作り直すようにします。私も、会誌を読み直し、趣旨や目的に沿った形で整理します」と華音は文子に伝えた。

文子は二人を見つめ、

「どっちが先生だか生徒さんだか、わかんなくなっちゃった。二人とも大変だろうけど、力を合わせて作りあげてください。よろしくお願いします」と冗談交じりにお願いした。

瑠璃は華音と蓮音に、

「今日はこれくらいにしないと、お母さん疲れてしまうから、二人は帰って早速作業に取りかかるといいと思う」とアドバイスした。

「そうね、これ以上ここにいると、おばあちゃんの身体が心配だから失礼するわ」と華音は言った。

「おばあちゃん、大変勉強になりました。これで失礼します」と言って二人はお辞儀した。

沈黙のまま病室を出た二人は病院の玄関先で、

「先生、明日午後二時学校の音楽室で、シナリオの突合せをしませんか」と言うと華音は「わかったわ。あなたにばかり負担をかけて、私は先生として反省しているの」と謝った。

蓮音は華音を勇気づけるかのように、

「先生のおばあちゃん、お元気で良かったです。あれだけ聡明で、理論立てて説明できるんだから、大丈夫ですよ」と言った。

「生徒に励まされるなんて、思ってもみなかったわ」と華音は笑った。

「じゃあ、明日午後二時音楽室で……」と蓮音は手を振りながら病院をあとにした。

華音は急いで自宅に戻り、シナリオを作成することにした。

病室にいる瑠璃は、

「お母さん、元気ね。あんなエネルギーどこにあるの。娘の私から見てて、ハラハラドキドキしたわ。だってあの二人が、やり込められるの見ていられなかったもの」と文子に言った。

「いやーねー、やり込めてなんかいないわよ。私は二人に感謝しているの。だって、桜谷くんの絵見たぁー。あの子の鬼気迫る絵、ただもんじゃないわよ。きっと彼は、将来を嘱望される画家になると私は確信したわ。だから、これくらいのこと言ったって、なんてことないわよ。シナリオだって完ぺきに近いのに、私のわがままを聞き入れる器の大きさ、高校生とは思えないくらいしっかりした意見をもっているのに驚いたわ。将来、彼は何かを成す人よ。瑠璃どう思う」と文子は胸のうちを明かした。

瑠璃は文子の言葉に安心し、

「お母さん、それならそれで、正直に今話したことをそのまま言えばいいのに、どうして……？」と尋ねた。

「彼は、磨けば磨くほど光る石なの。私はそう思う。全く反対に、しょげちゃう人がいるけど、彼は逆境に出合うと、乗り越えるだけの素養が備わっていると直感したからあんな風に言ったんだけど、華音のほうが心配ね。華音は、考え込んでしまうタイプだから、瑠璃、帰ったらフォローしないと危ないわよ」と文子は二人の性格の違いを、しっかりと見抜いていた。

廊下から夕食の配膳車の音がしたので瑠璃は、

「もうすぐ夕食になるから、お母さんこれで帰るから。さっきの華音の件は、自宅に戻って様子を見るから安心して……」と文子に言い残して病室をあとにした。

自宅に着いた瑠璃は、晩ご飯の用意をした。

華音は、二階の自室ででシナリオ作成に没頭しているらしく、瑠璃が帰ってきたのも気づかないようだった。

ほどなくして真一が帰宅したが、瑠璃が真一に先にお風呂に入るように催促した。

「何かあったのか？」と真一が問いかけてきたが「あとで話しますから」と瑠璃が言った。

真一が、お風呂からあがったのを見計らって瑠璃が階段下から、

「華音、晩ご飯できたから下りてきなさい」と呼んだ。

「ハーイ、すぐに行きます」と言って下りてきて食卓の椅子に座った。

三人は、いつも通り晩ご飯を食べ始めた。

瑠璃は華音に向かって、

「シナリオの修正、どう⁉」と聞いた。

真一は何のことやらわからず、

「シナリオってなんだい？」と二人に尋ねた。

瑠璃が真一に病院での一部始終を説明すると、

「そういうことか。九月十七日の文化祭の特別イベント、僕も参加していいかい？」と華音に聞いた。

「勿論よ、おばあちゃんが主役なんだから。お父さんも出席すると、喜ぶと思うわ」と華音はハキハキと応えた。

「シナリオも大切だけど、『展覧会の絵』弾けるの？」

「お母さん、明日の夜から晩ご飯終わったら、私を特訓してくれない。本当に難しくて、正直言うと、アップアップしているの。ダメ……？」と瑠璃の顔色を窺った。

「当たり前よ、あの曲はプロだっておじけづくんだから……。作曲したムソルグスキーだって、弾けなかったそうよ」

「へぇー、そうなんだ」

「明日から猛特訓するからね」

「ああ、怖い。お母さん、ピアノのこととなると容赦しないから」と華音は身震いして見せた。

翌日華音はいつも通り家を出て、学校に向かった。午前中は音楽室でピアノを練習し弁当を食べ、午後再開しているとき蓮音が入ってきた。

蓮音はスッキリした顔で、

「先生、昨晩は寝れましたか？　眠れなかったんでしょう」と華音をからかった。

「失礼ね、ちゃんとシナリオ書いてもってきたわよ」

「こういっちゃなんだが、先生のおばあちゃん、うちのおばあちゃんと良く似ているね。僕は、うちのおばあちゃんに鍛えられているから、昨日のことくらい、なんてことないのさ。あれだけヒント貰えば、趣旨や目的に歴史的事実を会誌から読み取って、すぐに書いちゃった。先生できた？」

「先生の書いたシナリオ見せて」と蓮音は急かすと「桜谷くんのを見てから渡すから」とためらった。

「〝いっせいのせ〟で机の上に置きません⁉」と蓮音がけしかけてきた。

「わかったわ。それじゃ〝いっせいのせ〟」と二人が声を出し机の上にシナリオを置いた。

読み終えた二人は、それぞれの感想を述べた。

初めに蓮音が、

「先生、良く考えましたね」と減らず口を叩いた。

「桜谷くんこそ、上手だわ」

華音は蓮音が書いた趣旨や目的を読みながら、

「桜谷くん、ここはあなたの文章を採用したほうがいいと思う。私、歴史的観点から、だらだらと書いてしまいました。あなたのほうが、聴衆にとって理解しやすい思う。どう……」と投げかけた。

　すると蓮音は頷きながら、

「先生のと僕との抱き合わせで、文章作ろうか」と提案してきた。

「賛成、でもおばあちゃんこれで納得するかしら」と華音が不安そうに言うと「大丈夫だよ。昨日二人で『力を合わせて……』と先生のおばあちゃん言っていたでしょう」とあっさりと応えた。

「それじゃそうしましょう」

　蓮音は頭を抱えながら、

「先生、会誌に掲載されている空襲体験記の中で、どれをピックアップするかだね。八月一日の富山上空を通過し長岡から戻ってきて八月二日を迎え大空襲に至る経過をまず説明し、それぞれの体験記をいろんな角度から知って貰うのどうだろう」と華音に提案した。

　華音は少し考え込み間をおいて、

「私はあなたの提案に賛成。この前病院でも話し合ったけど、一つのストーリーに成っていないけど、共通しているのは〝空襲〟というキーワードなの。かえってそのほうが、受け手側の価値観や歩んできた道のりの違いによって、記憶に刻み込まれるんじゃない」と蓮音に賛意を示した。

「それでいこうよ、先生」

「そうね。でも絵のほう大丈夫？」と華音が聞くと「まかしといて」と蓮音は胸を張った。

「先生、それじゃ体験記のほう選んで、決めちゃおう」と蓮音は机の上に会報を並べ付箋をつけた。

「先生、これで良ければ、明日この時間に、パソコンに打ち込んだの印刷してもってくるから、先生音楽室にいますか？」

「いるわよ」

「先生とこうやって毎日会えるなんて、今年の夏休みは最高だ。それじゃ先生、僕帰るから」と蓮音は飛び跳ねるように音楽室を出て行った。

「桜谷くんったら……」と華音は思わず微笑んだ。

音楽室の戸締りをして、自宅に帰った華音がドアを開けると、中からチーズの香りが玄関まで匂ってきた。

既に真一は食卓の椅子に座って、

「華音、ここに座って」と勧めた。

テーブルには、チーズフォンデュの食材が所狭しと並んでいた。

その日は華音が生まれたときの話や小さいころ、やんちゃだったことで話が盛りあがった。瑠璃と華音は、後片付けをしてグランドピアノがある別棟の音楽教室に向かった。

その日、華音は第一プロムナードから最後の第十曲キエフの大門まで、約四十分弱弾き切った。

聴いていた瑠璃は、

「華音、最初の出だしのメロディーの音色、大丈夫。中間部のパッセージは何度も繰り返し練習するしかないわね。とにかく、この曲に感動するのは、最初のプロムナードに始まって、途中の滑稽な踊りの軽快さ、おどろおどろした低音の響き、そしてなんと言っても最後のキエフの大門の和音の豪快さと間なの。特に不協和音は力強く叩きつけるように弾き〝残響〟が聴かせどころなの。そこが一番の勝負よ」と強調した。

「わかっているんだけど、指の力がもたないの……」と華音が弱音を吐くと瑠璃が「私が弾くから聴いていなさい！」と言って、ピアノの椅子に座り最後のキエフの大門を鍵盤を叩きつけるように弾いた。

「お母さん、さすがね。尊敬するわ」

瑠璃は華音に、

「とにかく、この曲感情表現が命なの。ムソルグスキーの魂が乗り移ったように弾くしかない。自分は、ムソルグスキーの代弁者なんだ。これでもか、これでもかと思わせるダイナミズムと繊細さが要求される。妥協した時点で、弾く資格がないと思ったほうがいいわよ」と気合をかけた。

「お母さん、今日は寝てください。今、体調を崩されたら困るから……」

「それじゃ、華音頑張ってね。私寝るから」と瑠璃は音楽教室の部屋を出た。

残った華音は、瑠璃が弾いたキエフの大門を、椅子から腰が浮くような力で何度も練習した。額から汗が吹き出したが、なぜか気にならなかった。

翌日、華音はいつも通り家を出て学校に行き、すぐに音楽室に向かい、何度も練習を繰り返した。

解釈に戸惑っていたのは、プロムナードであった。

プロムナード、即ち散歩。第一プロムナードから第五プロムナードの拍子が変拍子の連続である。華音は、音楽室の中で楽譜をもちながら、アクセントに気をつけて歩いてみることにした。拍子と長の組み合わせで表情を微妙に変えているのではないか？　その変化を感じとることによって、次はどんな曲になるんだろう。そうすることによって、聴衆を惹きつけ意識し、インスピレーションをはたらかして作曲したのでは……。これで、一つの謎が解けたような気がした。

それで、華音はピアノに戻って、楽譜を譜面台に置き、メロディーを口ずさみ、第一プロムナードから第五プロムナードまで拍子に沿ってテンポ通り手を振ってみた。これって、一つの主題を変奏曲風に配置したのではないか？　それで、拍子と調の組み合わせを微妙に変化させ、次の曲に繋げるために主題を暗示させる手法を取った。華音は、プロムナードだけ続けて弾いてみることにした。アクセントに注意すべき個所を赤鉛筆で記し、弾き直してみた。

華音は『これだ‼』と直感した。

華音は、立っては拍子に合わせて指揮を振り、座ってはピアノを弾いた。

そんな華音の様子を、蓮音は音楽室のガラス窓越しに見ていた。

しばらくの間、蓮音は華音を面白がって見ていたが、しびれを切らし静かに音楽室の扉を開けて中に入った。

蓮音が入ってきたのに気づいた華音は、

「いやぁーね。変なところ見られたわ」と気恥ずかしそうに言うと「先生、僕はそんなところが、何ともいえないのさ……」と見つめていた。

「先生、お昼食べません？」と蓮音はバッグから弁当と水筒を出し机の上に置いた。

「もう、お昼なの」と華音が言うと「先生、あまりにも熱中していてわかんなかったんでしょう」とゲラゲラ笑った。

「そうよね、もうお昼なんだ」と華音は机に近づきバッグから弁当を出した。

「先生、お茶もってきていないの？」

「忘れちゃったのよ」

「それじゃ僕の飲めばいい」

「コップないから、桜谷くん飲んで」

「一緒に飲めば。毒なんか入ってないよ」と蓮音がけしかけると華音は「私の口紅がつくと悪いから」と言った。

　蓮音はあっけらかんと、

「先生、先生の口紅がついているほうがいいのさ」とクスッと笑った。

　弁当を食べ終えた蓮音は長い机をもってきて絵を並べた。

　華音は並べられた絵を見て驚いた。

　明らかに、前の絵とは画風が違っていた。前に見せて貰ったハルトマンの内容を踏襲しつつも独自の解釈を加え、遠近法を利用し立体的な描き方のように映った。題材はハルトマンであったが、蓮音独自の絵画と言っても過言ではなく感動した
　これが〈西山先生の言っていた『キュビズム』か……!?〉と華音は思わず唸った。

華音は蓮音に、

「この絵、素晴らしいわ。おばあちゃん、間違いなく喜ぶわ。桜谷くん、この絵全部、一晩で描きあげたの？」

「先生、一晩に決まっているじゃない。僕、上手に描こうと思っていやしないんだ。絵って勢いが必要なんだ。乗り気がしなけりゃ、何も描けない。僕はね……」

「へえー、絵ってそういうもんなんだ」

「先生それから、これシナリオ……」

華音は静かに読み終え、

「完璧、完璧ね。凄いわね、まるで脚本家みたい」と心底そう思った。

「明日病院に私もって行って、おばあちゃんに確認して貰うけど、桜谷くんどうする？」

「明日、先生一人で確認して貰えませんか？　僕寝不足で、家で一日中寝ていたいんだけどダメですか。それと、うちのおばあちゃん……」と言いかけて口ごもった。

「あら、そう。残念だけど、ゆっくり休んで英気を養ってね。明日、お母さんと一緒に病院に行って、おばあちゃんの了解貰ってくるから」

「先生、お願いします。僕これで帰ります」と寂しそうに音楽室を出て行った。

華音はそんな蓮音を見て不安になったが、絵とシナリオを束ねて紙袋に入れ、長い机を片付けた。

華音はピアノの椅子に戻り、午前中のプロムナードのおさらいをして全体を通してみた。

華音にとって満足のいくものではなかったが、弾き通す自信がついた。

華音は音楽室の戸締りをして、そのまま自宅に帰った。

翌朝、瑠璃と華音は朝ご飯を二人で食べた。

「お父さん、どうしたの？」

「お父さん、昨晩遅くまで論文を書いていたの。お父さんの分、ラップかけとくから」

「それじゃ華音、行きましょう」

二人は、真一に声をかけないまま家を出て病院に向かった。

病室に着くと、文子は朝食を食べ終えたところだった。

二人は、文子の調子を聞くと、

「文化祭の件があって、生きる元気が出てきたような気がするの。変かしら……」と笑いかけた。

二人は、そんな文子を見て安心した。

華音が紙袋から文化祭のシナリオと絵を取り出して、

「おばあちゃん、早速で悪いんだけど、昨日桜谷くんがこれをもってきて、おばあちゃんの了解を取ってほしいと預かってきたの」と言って渡した。

「今日は蓮音さん、こないの？」

「シナリオと絵を一晩でやり遂げたそうで、今日は一日中寝るそうです」と華音が言うと文子は
「早乙女華音先生。生徒さんにそんなに頼っていいですか？　……先生さま」とおちょくった。

華音は癪に障ったのか、

「おばあちゃん、それ皮肉？」と文子に食ってかかった。

「華音、一緒に考えなさい！　と言ったでしょう。あなたは教員として責任があるの……」と文子にやり返された。

「わかっているわ。だけど、桜谷くんの絵、シナリオ、悔しいけれど私のセンスじゃどうしようもないの。これが正直な気持ち……」

「そうね、華音の言う通りかも知れないね。教員という職業は、生徒さんの特長を活かして、才能を育てるのが一番の仕事かもね。私謝るわ。ごめんなさい、華音」

そんな二人のやり取りを見ていた瑠璃は、

「お母さん、今日は随分殊勝ね」と呟いた。

文子は華音から渡されたシナリオを読み絵をじっくり見て、

「華音、完璧。完璧というより、独創的と表現したほうがいいかも知れないわね。とりわけ絵は凄い。素晴らしい。まるで、一つひとつの絵が躍動しているっていうのかしら。まるで私の目に、シーンが飛び込んでくるような感覚に陥ったわ。私が空襲体験記を語らなくても、絵で感じ取れるように描かれている。これは、凄いことよ‼　彼の才能、計り知れないわね」

「おばあちゃんもそう思う。私も昨日、その絵を見たとき圧倒され、二の句が継げなかった。とにかく、美術の西山先生も言っていた。彼の才能は天性のものだと……」

「美術の先生が、そうおっしゃるのなら本物ね」

「これで完成ね。あとは本番まで語り部として、私が話さなくちゃいけない部分、練習しておくから」

「おばあちゃん、お願いします。でもあんまり、根詰めないでね」

「最後の御奉公だから……」と文子は張り切っていた。

心配そうに見ていた瑠璃は、

「お母さん、華音の言う通りよ。高瀬先生の指示だけは守ってくださいね」

ほどなくして華音のスマートフォンが鳴った。

「ごめん、ごめんなさい」と言って華音は廊下に出た。

電話の相手は、真一だった。

「お父さん。華音です」

「華音か、大変だ。桜谷くんっていう生徒さんから家に電話があって、伝言を頼まれた。彼のおばあちゃん、八重さんとおっしゃる方が急に心不全で亡くなられたそうだ。そのことだけを華音に伝えてほしいとの連絡があったんだが、それだけでわかるかい？」

「お父さん、桜谷くんのおばあちゃん、八重さんっていうんだけど、九十歳近いご高齢なの。先日彼の家で、空襲のお話を伺ってきたばかりなのに……」と華音はうろたえた。

「とにかく、華音にそれだけ伝えてくれと頼まれたもんだから、何が何やらわからず電話した。あとは自分で判断してくれ」と言って真一は電話を切った。

華音は病室の扉を開け、瑠璃に目配せして廊下に誘った。

廊下に出てきた瑠璃に華音は、

「今、お父さんから電話があって、ついさっき桜谷八重さんが心不全でお亡くなりになられたとのこと。このこと、おばあちゃんに言ったほうがいいかしら⁉　お母さんどう……」と確かめた。

「難しいわね。でも、伝えるしかないわね。黙っていたって、いずれわかることなんだから、今すぐ言いましょう」と決断は早かった。

病室に戻った二人は文子に八重の臨終の報《しらせ》を伝えた。

文子は目を閉じ、

「人は、必ず死ぬの。いつお迎えがきても、自分の人生が納得できるんであれば、それはそれでいいし、そうならない人だって沢山いる訳だから、生かされていることに感謝し、あとは仏様にお任せするしかないと思う」と言って手を合わせた。

華音は文子と瑠璃に、

「昨日学校で桜谷くんが音楽室にシナリオと絵を持参したとき、一見元気そうだったんだけど、なんか変だったのよ。彼なりに〝虫の知らせ〟っていうのか、何か感じることがあったみたい。現に、彼が帰り間際『うちのおばあちゃんが……』とポロっともらしたの。八重さんが、彼の一番の理解者で支援者だった。おばあちゃんの死、彼にとってショックだろうな」と語った。

文子は華音を見て、

「華音、そういうときは、いの一番に駆けつけるもんよ！　誰がなんと言おうと、華音の可愛い生徒さんのおばあちゃんなんだから……。世間体がどうであれ、大事なことは寄り添ってあげること。それと、私が蓮音さんのシナリオや絵のこと大層喜んでいた、と伝えてね。華音、こっちのことは、なんとでもなるんだから、とにかく急ぎなさい」とせき立てた。

「おばあちゃん、お母さん。今から彼の家に行くから……」と言って病室を出て行った。

蓮音の家に着いた華音は、あまりにも大勢の人たちが集まっているのに驚いた。

蓮音が華音を見つけるやいなや、近寄ってきた。

「先生、今日は病院じゃなかったんですか？」

「お父さんから連絡が入って、慌ててきたの」

「うちのおばあちゃん。昨晩僕が絵を描いているとき、なぜか部屋に入ってきて無言で見ていたんだ。先生、不思議なことに、朝学校に行く前、絵を全部おばあちゃんに見せたんだ。そしたら『蓮音、あなたの絵はあなたしか描けないことを自覚しなさい。何かあったら、早乙女先生と相談するんだよ。あなたにとって、いずれかけがえのない人になるんだから……』と言って、自分の部屋に戻って行ったんだ。今思うと、遺言だったのかな……」と蓮音は華音に告げた。

「そうだったの。八重おばあさん、あなたの将来が気になって仕方がないと言っていた。だから、心配で心配でしょうがなかったんじゃない。だから、最後に、気力を振り絞って伝えにきたんだと思う。あなたの絵の才能の一番の理解者だったから……」

「先生、おばあちゃんの顔見てやってください」と蓮音は華音を仏間に案内した。

そこには、蓮音の父・桜谷政信と母・敬子が八重の遺体のそばにいた。

「学校の合唱部の顧問で、音楽の先生の早乙女先生です」と言って蓮音が両親に紹介した。

政信はどうして音楽の先生が、ここにいるんだろうという目で見ながら、

「失礼ですけど、母・八重とはどういう関係でしょうか？」と聞いてきた。

華音は一礼して、

「大変ぶしつけに、お参りさせていただき失礼いたしました。八重様とは、先日富山大空襲の件で、空襲で島尾の浜辺に打ちあげられたご遺体の件を、詳しくお聞きしました。空襲の語り部である祖母にお伝えしてほしいとのことで、この家に先般お邪魔したばかりです。そうしましたところ、桜谷くんから、八重様が急逝されたとの連絡を頂戴したものですから、取るものもとりあえず参った次第です」と説明した。

政信は華音の話を聞いて、

「そうでしたか。それはそれは、失礼なことをしてしまいました。それでは母の顔を見てやってください」と言って政信と敬子は一歩下がり、座布団を華音に差し出した。

華音は丁重に座布団を差し戻し、八重の顔を見て、遺体越しに菩提寺の住職が吊るした大きな阿弥陀如来の絵像に向かって、合掌し念仏を称えた。

華音は振り返って政信と敬子に一礼し、大勢の親戚やご近所の方々にお辞儀し、襖を取っ払って大広間になっている廊下に近い末席に座った。

その行動を見ていた蓮音が華音の近くにきて座った。

「先生、ありがとうございます。先生のスマートフォンの番号知らなかったので、自宅に電話してしまいました。先生のお父さんに伝言を頼み、申し訳ありませんでした」と蓮音が言うと、華音はハンドバッグからメモ用紙を取り出し、自分のスマートフォンの電話番号を走り書きして渡した。

　華音は蓮音に、

「これから、何かあったら直接連絡して構わないわ」と囁いた。

　興勝寺住職の読経のあと、政信から明日午後六時自宅で通夜、翌々日十四時から本堂で葬儀を執り行うことが告げられた。

　帰り際見送りにきた蓮音に、今日、病院で文化祭の特別イベントのシナリオと絵を祖母に見せ、大変褒めていた旨をそれとなく伝えた。

　駅まで歩く間、華音は八重に言われたことを思い出し、改めて平和の尊さを訴える必要性を感じながら自宅に着いた。

　翌日、翌々日とも、華音はピアノの練習しながらも八重の通夜、葬儀に参列した。

第十章　星降る焦土にひざまずけ

長かった夏休みも終わり、九月一日新学期に入った。

生徒たちは、夏休みの思い出や、進学、就職とこれからの進路について、各自の希望の話題に余念がなかった。

蓮音は新学期早々、文化祭実行委員会を招集し、生徒会室で話し合った。

委員は各学年正副代表、各部活の代表から選出されており、それぞれから提出された催し物のパンフレットを副委員長の立川が集め、冊子として印刷することになった。

そこまでは例年通りだったが、今年は『富山大空襲―平和への誓い』と題した特別イベントを開催する旨の企画書（案）を蓮音は提案した。

すると二年生の代表・堀川里美から、次のような異議が提示された。

「委員長、前回の委員会ではこのような企画はなかったはずです。どうしていきなり、もちあがってきたんですか？」との質問があった。

蓮音は立ち上がってこのように説明した。

「確かに堀川さんの言う通り、前回提案していません。突然、議題にしましたこと、お詫びいたします。富山大空襲について我々高校生がどのように考えているのか、私は夏休み中悩んでいました。皆さんもご覧になったかも知れませんが、北国テレビで、富山大空襲の特集番組が放映され私は見ました。この中で、番組を視聴された方いますか？」と蓮音は委員全員に問いかけた。

蓮音が見回すと、立川以外、誰も手をあげなかった。

「そうすると、私と立川さんだけということになりますね。それでは、富山市が七十数年前、正確には七十七年前、八月一日未明百七十数機のB29爆撃機が遠いサイパンから飛んできて、富山市上空を通り過ぎ長岡方面に向かった。翌日の八月二日〇時半ごろ戻ってきて富山市市街地に約五十万個の焼夷弾が投下され、約二七〇〇人以上死亡、負傷者約七千人、罹災者十一万人の大惨事に見舞われたこと知っていますか」と蓮音は力説した。

蓮音の紅潮した顔を見て、生徒会室がざわついた。

そんな中、生徒会長の境健太郎が立ち上がって、

「委員長の思いはわかりました。一体全体、文化祭と空襲、何か関係あるんですか？　私は学校の授業や課外授業で勉強するのが本筋だと考えます」と極めて優等生的意見を述べた。

華道部部長の藤川春佳は座ったまま、

「境くんの意見はもっともよ。第一教科書には広島と長崎の原爆は書いてあるけど、空襲なんて東京と大阪くらいしか載ってないし、それもほんの数行よ。授業で詳しく聞いたことないし、受験に何か関係ある？」と興味のない返事をした。

それを聞いていた委員の多くの、

「そうだ、そうだ」の連呼が生徒会室に響いた。

黙って聞いていた応援部団長の大林が机を叩いた。

「お前ら、ふざけるのもいい加減にしろ！　俺は、委員長の提案に賛成だ。俺のばあちゃんが小杉生まれなんやけど、富山方面は空まで届くほどの火柱が立ち上り、物凄い勢いで燃えているのを見たと言っていた。うちのばあちゃん小さかったが、忘れられない記憶として、今でも頭にこびりついていると話してくれたの思い出したがやぜ。確かに授業や教科書に沿って習うのが、もっともらしく聞こえるけど、文化祭の主催はこの実行委員会じゃないがかい。教科書に書いてないのに、先生が授業で教えるもんか？　もし、戦争が起きてこの高岡が空襲されたら、文化祭なんて吹っ飛ぶぜ。だったら、この機会を利用して、富山大空襲が、どれほど酷いものであったのかを高校生の俺たちが知ること、何が悪いがぁけー。知りたくない奴は、参加しなきゃいいが。俺は聞きたいから、委員として何でもやりゃいいんだろう。オイ、桜谷、俺に何でも命令するが、いいちゃ……」と途中から富山弁交じりでかぶいた。

蓮音は、一本とられた、と心の中で思った。が、大林の弁は説得力をもっていた。チャンスと考えた蓮音は、委員の顔を見回した。大林の顔色を窺っている大半の委員は、苦々しく思っているようだった。

蓮音は間髪入れず、

「それでは、賛成の方は挙手願います」と告げた。

真っ先に大林が手をあげ、蓮音と立川が続き他の委員たちが大林の睨みつけるような目を気にし、ビクビクしながら手をあげた。

「それでは、全員一致ということで、特別イベントを開催することにします」と蓮音は全員に告げた。

　大林はそれでも気にくわなかったのか、

「委員長、企画書案を見ると、ＭＣは桜谷、司会は立川さん、ピアノは早乙女先生が『展覧会の絵』の演奏、絵の制作・投影は桜谷、語り部は一之瀬文子となっているが、会場設営・誘導は空白になっているぞ。誰がやるんだ？」と確かめてきた。

「ごめん、ごめん」と蓮音は謝った。

「会場設営と誘導は大林くん、君にお願いできないかな？」と桜谷は大林に媚びを売った。

「俺でいいのか？　会場設営は俺に任してくれ」

「それじゃ会場の設営は大林くん中心に実行委員会全員でお願いします」

　大林は待ってましたとばかりに、

「会場設営は、応援部と団員できっちり力仕事やるから任してくれ。誘導、受付のリーダーは藤川さんが最もふさわしいと思うよ。どうですか、藤川さーん……」と柄にもなく甘ったるい声で誘った。

　振られた藤川は、満更でもないようだった。

　蓮音は、大林の眼力に恐れ入った。

「生徒会長として、一言開催の趣旨や目的を言わなくていいのか。委員長」とついさっきまで消極的だった境がしゃしゃり出た。

　大林が何か言いたそうだったが蓮音は制した。

「そう、そうだったね。生徒会長が何かしゃべらないとサマにならないね。僕のシナリオに開催趣旨と目的が書いてあるから、君にあとで原稿渡すよ。ただし、原稿通り読みあげてほしいんだ。ここは大切で、一之瀬さんの意見が相当入っているから、間違っても自分の意見は入れないで貰いたい」と蓮音は境をもちあげつつも急所を押さえた。

「それでは、今日の文化祭実行委員会を終了します」

実行委員会が終了したあと、蓮音は大林に近寄り握手を求めた。

大林は蓮音の手を払いのけ、

「俺はさあ、お前に協力したがじゃないがやぜ。早乙女先生のピアノ演奏と書いてあったんで、こりゃ何かあるぞと思っていたが。合唱コンクールのとき、俺は出たくて出たくてしょうがなかったが。でも、先生の手前、そんな格好悪いこと、俺の性に合わないと思っとったが。これで、先生と話す機会ができたがやぜ。俺に感謝しろよ、なあ桜谷くーん。夏休み中、先生とお前、音楽室で一緒に弁当まで食べやがって、羨ましくて仕方がなかったけど、割り込む度胸俺にはなかったが。先生の顔、つぶすなよな。一之瀬さんは、先生のおばあちゃんだし……」と勝ち誇ったような仕草をした。

九月に入り、文子の容体は芳しくなかった。

心配になった瑠璃は純二郎に相談し、

「先生、はっきり言ってください。母の容体は……」と迫った。

純二郎は瑠璃に、このように提案した。

「当院の緩和ケア内科の竹内主任部長に、私から一之瀬さんの現在の容体をこと細かく説明し、最善の治療法について話し合いました。私と竹内くんで一致したのは、その状態であれば、残された時間をどうやって過ごし、医者として患者さんの心に寄り添い、生きる喜びを感じ取っていただくしか方法がないとの結論に至りました。明日の回診に、竹内くんを同行させます」とやや俯き加減で言った。

瑠璃は自宅に帰って、真一と華音にありのままを伝えた。

真一は意を決したかのように華音に向かって、

「華音、おばあちゃん最後の舞台になるかも知れない。手を抜くなよ」と激励した。

「わかったわ。どうして、こんなことになったのかしら……」と華音は目を覆った。

瑠璃は、いつも通り病院に行き、午後の回診を待った。

純二郎が言った通り竹内が同行し、このような提案をした。

「私、緩和ケア内科の竹内と申します。一之瀬さんの病状、容体について高瀬から相談を受け、二人で治療方針について十分話し合いました。私からの提案ですが、ご希望でしたら緩和ケア病棟に移って貰い、様々な痛みや精神的な苦痛を、ともに共有しあえる患者さんたちとお過ごしになれるようにします。しかし、今のまま高瀬の診察を継続したいのであれば、高瀬と私で緊密に連絡を取り合い、最善の治療法を提案したいと考えております。いかがでしょうか」

文子は即座に、

「竹内先生、わざわざ私のために足を運んでいただき、感謝いたします。誠にありがとうございいます。今の提案ですが、高瀬先生の診察を希望します」と言ってお辞儀した。

高瀬は文子に向かって、

「ご意向は承知しました。私が主治医として継続するにあたって、一つだけお願いします。多分、現在でも倦怠感、痛みや眠れないことがあると思います。どんな少しの異変でも構いません。愚痴や悩みでも結構ですので、私を呼んでください。一之瀬さん、我慢はこの病気に禁物ですよ。納得していただけますか」と釘を刺した。

「先生、わかりました。耐え忍ぶ癖が未だに抜けません。これからは、先生の指示通り、何かあれば、すぐにナースコールを押すようにします」と文子はまるで人が変わったように低姿勢だった。

瑠璃は帰宅し、真一と華音に、午後の回診時の様子を伝えた。

すると真一は、

「お義母さん、よほど高瀬先生のこと信頼しているんだね。中々、こんな巡り会わせないと思う。だけど高瀬先生、苦しいだろうな。なにせ、お兄さんにまで、相談したんだから……」としみいる声で呟いた。

華音は無言のまま、目が潤んでいた。

九月十四日の授業が終わって、文化祭実行委員会全員が講堂に集合し予行練習を行うことになった。

「あと、本番含めて四日しかありません。まず、開催の趣旨・目的を生徒会長の境くん、しゃべってくれない」と蓮音は境を指さした。

「その前に、司会の立川さん、境くんを紹介してください」

指名された境は、特別イベント開催趣旨と目的を原稿片手に話した。

蓮音は、それを聞いて、

「境くん、生徒会の演説じゃないんだから、もっと感情込めてしゃべってくれない」と注文をつけた。

「わかった。もっと抑揚をつけろってことか……」

「境くんの挨拶のあと、一之瀬さんが講堂の入口から入ってくる。そのとき、藤川さんが会場の様子を見て一之瀬さんを案内してください。一之瀬さんが、藤川さんに誘導されゆっくり歩き席に着く。一之瀬さんが席に着き椅子に座ったのを見計らって、僕がパソコンでプロジェクターを使って『展覧会の絵』のモチーフとなったハルトマンの自画像を投影する。それで、早乙女先生がピアノで『展覧会の絵』の第一プロムナードと第一曲小人を弾く。立川さんが、台本通り曲の印象を朗読する」と蓮音はまるで映画監督になったように進行予定を説明した。

さらに蓮音は立川に、

「ムソルグスキーの『展覧会の絵』のピアノ演奏のあと朗読が続く。立川さん、注意してください。ラヴェルの『展覧会の絵』オーケストラ版は絶対に聴かないでください。あまりにもラヴェルの編曲は有名で、『展覧会の絵』といえばラヴェルが作曲したと思ってる人が多い。オーケストラとピアノでは受ける印象が全く違います。台本はピアノ版の印象をもとに書いたので、ピアノ演奏を聴いて台本の言葉に抑揚をつけてください」と台本の位置づけを説明した。

すると立川は、

「あーあー、今の今まで『展覧会の絵』を作曲したのはラヴェルだと思っていたわ。知らないって怖いわね」と恥ずかしそうに肩をすぼめた。

「それで、最後に〝キエフの大門〟、一之瀬さんの空襲体験記をそのものですから、それが終われば、一之瀬さんは退場していただきます。立川さんが聴衆に向かって〝平和の尊さを持続的にとらえることの大切さ〟を訴えて幕は閉じます」と蓮音が説明した。

大林は感銘したらしく、

「オイ、桜谷。短期間で良くここまで仕上げたな！　俺、お前を見直した。同級生ながら〝あっぱれ〟と言うしかないがやぜ」と手を叩きながら褒めた。

つられて、委員全員が蓮音に向かって拍手した。

「それで、明日と明後日の授業のあと、早乙女先生にピアノ演奏して貰って、本番前のリハーサルを行いますので、ここに集まってください」と蓮音は告げ解散した。

蓮音が職員室に向かうため廊下を歩いていると、美術部長の斎藤美絵が追いかけてきた。

「桜谷くん、さくらだにくーん。待ってぇー。文化祭のポスターとパンフレット、修正したから最終確認してくれない？　西山先生は、実行委員長の桜谷くんに確認して印刷にかけてください、と言ってチラッと見ただけなのよ」と息を切らして走ってきた斎藤が嘆いた。

蓮音はポスターとパンフレットの原画を見て、

「この前と違って、ハルトマンの自画像が立体的になっていて、インパクトがあり大丈夫だと思うよ。これで、僕はいいと思うけど……」と応えた。

斎藤は大喜びして、

「桜谷くんが太鼓判押してくれれば、みんなで修正したかいがあったわ。早速今日印刷して、明日各クラスや各部活に配るけど、特別イベント聞きにきてくれるかな？」と心配そうな顔をした。

「大丈夫だよ。このポスターなら目につくし、文化祭に来場した人なら、人づてで噂が広まるんじゃない。学校のホームページ、西山先生に頼んでアップすると違うと思うよ」と蓮音は斎藤にアドバイスした。

「その手があったわよね。早速、西山先生に頼みに職員室に行くけど、桜谷くんはどこに行くの」

「僕も職員室に行く。一緒に行く？」

「一緒に行く、いくー」とスキップした。

「桜谷くん、進学どうするの？」

「まだ決めていないよ」

「そうなの。みんな、彼は東京の美術大学に進学するんじゃない、って噂でもち切りよ。私も、桜谷くんの才能にあやかりたいけど、無理ね。でもさあー私、東京へ桜谷くんについて行こうかしら。ダメ……？」と上目遣いで蓮音を見た。

職員室に入った二人は、それぞれお目当ての先生を見つけるため見回した。

斎藤は西山を見つけ、

「桜谷くん、西山先生にあそこにいるから行くね」と言って近づいて行った。

蓮音は席に座っている華音のそばに行き、

「先生、お話ししたいことがあるので、音楽室まできていただけませんか」と尋ねた。

「私も、桜谷くんに報告したいことがあるので、ちょうど良かったわ。それじゃ行きましょう」

と華音は蓮音を誘った。

二人が廊下を歩くと、生徒たちがジロジロ見ていた。

二人は構わず無言のまま歩いた。

音楽室に入った二人は遠慮し合った。

業を煮やした蓮音は、

「先生、まずはうちのおばあちゃんのお通夜、葬儀に参列いただき本当にありがとうございました。両親からもお礼を言っとくようにと、申しつかりました」と言って頭を下げた。

「いいえ、どういたしまして。八重おばあ様には、大切なことを教わり感謝しております。ご両親に、至らぬ教員で申し訳ありません、とお伝えください」

「先生〝至らぬ〟とはこっちのセリフです。だから、頭下げないでください。うちのおばあちゃんは、一度しかお会いしていないのに、いたく先生に親近感を抱いていました。おばあちゃんが生きているとき、僕にこう言ったのです。『蓮音、気づいていないかも知れないけれど、早乙女先生はあなたにとって大切な人よ』と口酸っぱく諭されました。その意味良くわからなかった。

でも、おばあちゃんが亡くなって、両親はいるけど僕は一人ぼっちになり、大切な人ってどういう意味だろうと考えるようになりました。先生のことを想うと胸が絞めつけられ、もって行き場のないモヤモヤした感覚になります。先生は教員、僕は生徒。今の僕ではどうしようもありません」と蓮音は華音に告白した。

「桜谷くん、私にもそういう時期ありました。ここは冷静になって考えてみましょう。一つだけはっきりしているのは、私は、あなたの才能の邪魔にならないように見守りたいと思っている。これは、教員とか生徒とかの関係じゃなくてよ」と華音は自分の感情を押し殺した。

　華音の言葉を聞いた蓮音は、吹っ切れたのか話題を変えた。

「先生、今日実行委員会全員講堂に集まって打ち合わせをしました。明日と明後日、先生のピアノ演奏を入れて最終的なリハーサルをしたいと思っています。授業が終わってから、お時間ありますか」

「私なら大丈夫よ。そうそう桜谷くんに大事なこと、報告しないといけないの」

「大事なことって、なんですか？」

「実は、うちのおばあちゃん。容体、良くないの……」

　蓮音はその言葉にうろたえ、二人の間に沈黙が支配した。

　しばらく経って華音が、

「高瀬先生がおっしゃるには、もって二週間と言われています。緩和ケア内科の先生と話し合って、最善を尽くすと言っておられます。こればっかりは、誰にもわかりません。今日帰ったらお母さんに、おばあちゃんの容体確かめるようにします。万が一、ドクターストップがかかったら、すぐに連絡するから……」と極めて冷静に伝えた。

蓮音は華音の説明に驚き、

「一之瀬さん、そんなに悪いのですか。この前、病院にお伺いしたときは、頭脳明晰で僕のシナリオや絵について感想をいただきました。先生、文化祭の特別イベント三日後に控えていますが、今日自宅に戻られたら、お母さんに一之瀬さんの容体を聞いて貰って、中止にするか立川さんに事情を説明して代読で朗読して貰うか考えます。今晩、遅くなっても構いませんので、先生からの連絡を待っています」と苦渋の選択を提案した。

「わかったわ。今晩必ず連絡するから」

「お願いします」と言って二人は音楽室を出た。

その日の授業を終えた華音は、足早に帰宅した。

既に瑠璃は自宅に帰ってきており、ソファーで真一と善後策を話し合っていた。

瑠璃は、改めて華音に純二郎の治療方針を説明した。

華音は瑠璃に、

「お母さんから見て、おばあちゃんの容体どんな感じ?」と確かめた。

「私は、高瀬先生の意見に従うしかないんだけど、ことここに至っては、お母さんの生きがいを尊重するしか方法がないと思っている。体力は明らかに落ちている。言い方良くないけど、時間の問題だと思っている。なんとか語り部として文化祭には出てほしいと願ってはいるんだけど、途中で何が起こるかわからない。さっきまで二人で、そのことについて話し合っていたの。華音はどう思う」と意見を求めてきた。

華音はしばらく目を閉じ口を開いた。

「お父さん、お母さん。桜谷くんの八重おばあちゃんが亡くなられたとき思ったんだけど、人って人生の最期を迎えるにあたって、し残したことを誰かに託したくなるんじゃない。事故や事件で突然予期しなくてこの世を去るときは避けられないとしても、うちのおばあちゃんの場合、高瀬先生という立派なお医者さんがついている。患者さんの生きる意思に、最大限配慮して貰っているわよね。だとすれば、医学的に生きるということと、本人が満足してこの世を去ることを、どう考えるかだと思う。八重さんのときのことを考えると、私に教えてくださったのは『孫の成長を見届け叱咤激励してやってください。それができるのは、あなただけです』と言われたのが今でも忘れません。そのことを、うちのおばあちゃんにあてはめると『富山大空襲は、無差別の大量殺戮であること。こんな大きな過ちを繰り返しては絶対いけない』ということを訴え、後世の人たちに託すことなんじゃないかと思う。だとすれば、おばあちゃん、医学的には何日間か何週間かわからないけれど命が延びたとしても、伝えられなかった苦しみのほうが大きい気がする。私の考え方間違っている？」

華音の話を聞いていた真一は頷きながら、

「お父さんも、華音が帰ってくるまで同じような話をしていたんだ。人はこの世に生を授かり、臨終を迎えるそのときまで、自分が生きてきたこと、いうなら生かされてきたことの意義を自分自身に向かって問いかける。多くの人は悔恨《かいこん》の情に苛まれる。幸い、お義母さんの場合、華音が今言った、長い人生の中で〝誰かに託す〟ことを今一番望んでいるのかも知れない。そうであれば、家族がその意を叶えてあげるのが、我々の今成すべき重要な判断ではないだろうか。そのことを確認するしかない」としんみりと語った。

瑠璃が真一の言葉を受けて、

「そうね、今それが一番重要なことかも……」と言った。

華音は自室から蓮音の家に電話した。

蓮音は待っていたかのように受話器を取った。

「先生、どうなりましたか?」

「桜谷くん、両親がおばあちゃんの容体を見て、おばあちゃん自身が文化祭に出たいのかどうか確認することになりました。こんなこと、あなたに言うべきじゃないのかも知れないけれど、八重おばあさまのときのこと話しました。酷なようだけど与えられた命を、禍根を残さないには何をやり残したのかを、おばあちゃんに確かめることだと……」と端的に説明した。

「そうですか、そういうことですか」

「私思うのよ。おばあちゃんの人生は、いくら家族といえども、ましてお医者さんであっても、死期を決めるなんて叶わないと思っている。生涯を振り返って、自分が歩いてきた道が満足できるんであれば、それはそれで仏様は許してくださるんじゃない。そんな気持ちになったの。八重さんから教わったような気がする」と告げた。

蓮音は、受話器をもちながら泣いているようだった。

「先生、ありがとう。明日の結果を聞いて、立川さんには説得するようにします。それまで、他の人は伏せておきますので回答を待っています」と蓮音は電話を切った。

翌朝、真一と瑠璃は早めの朝ご飯を食べて病院に向かった、

華音は、いつも通りの時間、朝ご飯を一人で食べ学校に向かった。

午前中の授業を終えた華音は、職員室で弁当を食べ両親の連絡を待った。

スマートフォンが鳴ったので、慌てて華音は廊下に出た。

電話の相手は真一だった。

真一は華音に、

「おばあちゃん、今朝からなぜか元気なんだよ。ところで、文化祭の話をしたら『絶対出て話す！』って言うんだよ。瑠璃もあきれ返って本当に大丈夫、と聞いたら『これは私の責任であって、全うするしかない』と言い張るもんだから、お父さんたち出る幕なかった」

「そうなんだ。それは良かった。だけど、無理しているんじゃないのか心配ね、お父さん」

「お父さんもそう思う。でも、あそこまで言うとは、正直言って予想していなかった。華音、こうなったら、おばあちゃんの意思を尊重するしかないからね。それじゃ切るよ」

華音は昼休みの間に蓮音に伝えなくてはと考え、彼のクラスに急いで向かった。

三階にある三年C組に着いた華音は蓮音を探した。

蓮音は華音を見つけ、急いで廊下に出てそばに行った。

クラスの生徒たちは、何事が起きたのか二人の行動に目が注がれた。

「おばあちゃん、出るって……」と蓮音に告げると「ありがとうございます」と言って思わず華音の手を握った。

そんな二人の様子を、ガラス窓に顔をつけて眺めていたクラスの生徒たちは、訳もわからず手を叩いて祝福していた。

華音はそんな場の雰囲気に耐えられず、早足に職員室に戻った。

授業終了後、華音は講堂に向かった。

既に講堂には、文化祭実行委員会のメンバー全員が集まっていた。

蓮音が華音を見て、

「早乙女先生がこられたので、リハーサルやるよ」と全員に言うと「ハーイ」と威勢のいい声が講堂にこだました。

グランドピアノの椅子に座った華音は、蓮音に向って手をあげオーケーのサインを出した。

蓮音がリハーサルのあと、

「立川さん、大分感情がこもった朗読になりました。それから、絵の投影なんだけど、早乙女先生のピアノの区切りがついたとこで映すのがいいのか、それとも立川さんの朗読が終わったあとのほうが効果的なのか。先生どう思います?」と華音の意見を質した。

「そのときって、この講堂真っ暗なの?」

「真っ暗です」

「だったら、私がピアノを演奏し始めたら桜谷くんがころ合いを見て絵を映し出し、その絵を見て私の演奏を聴きながら、立川さんが朗読したほうがより効果的だと思うんだけど。どう……」と華音が提案した。

「それじゃそうします」と蓮音が同意した。

「ところで、照明は誰がやるの」と華音が聞いた。

「失敗、大失敗！　先生決めていなかった」と蓮音が大林に目を向けると彼は何も言わずに首を振った。

「先生、スポットライトそのものは、講堂二階の映写室に設備があります。台本通り、間違いなくその人にスポットライトをあてられるかどうかなんだけど、困ったな。本当に困った」と蓮音は頭を抱え込んだ。

「委員長、私がやります」と堀川が手をあげた。

　びっくりした蓮音は、

「ありがたいんだけど、大変だよ」と言った。

「私、放送部に所属していて普段はアナウンス専門なんだけど、ときどきライトもやっているの。色変えなくていいんでしょう？　だったら、単純だから大丈夫です」と堀川は胸を張った。

　胸をなでおろした蓮音は、

「それじゃ、今から映写室の鍵を職員室に行って借りてきて、実際にやってみて」と堀川に頼んだ。

堀川は「オーケー」と言って、飛び跳ねるように職員室に向かった。

「それじゃ、絵のほうは先生の提案通りに映すようにします。それと椅子の件だけど、どれくらい集まるのかわかんないんだけど、誰か提案ありますか」と蓮音が聞いた。

「委員長、最初は四百席にして、うしろの倉庫に椅子を百脚残しておいて、受付の藤川さんと連絡を密にして増やすかどうか決めるつもりなんだけど、藤川さんどう」と大林は藤川の考えを聞いた。

「大林くん、そんなに集まると思う？　私は三百席にして受付のはけ度合いを見て、補充したほうが無難だと思うけど」と藤川が提案すると大林はあっけなく「それじゃそうしよう」と言った。

そこへ堀川が鍵をもって戻ってきた。

「悪いけど、みんなでカーテンを引いて暗くしよう」と蓮音が声をかけると大林が二階に駆け上がって行った。

暗転になったところで、もう一度リハーサルをした。

会場全体が暗くなると、雰囲気が一変した。

堀川のスポットライトも、上々のできだった。

翌日も、最後のリハーサルを終え、いよいよ本番を迎えることになった。

『富山大空襲―平和への誓い』
二〇二二年九月十七日（土）　十四時から十六時（講堂）
主催：高岡北高等学校　文化祭実行委員会
語り部：一之瀬　文子（富山大空襲語り部の会　会員）

講堂の前に、白地に黒で大きく書かれた看板が立っていた。

午前九時に実行委員会委員が全員集まり、大林を中心に講堂に横十縦三十列計三百席の椅子を並べた。

会場の設営には、応援部員も駆けつけた。

大林は並べてみて気づいた。横に大分間があると感じた大林は、横を五列五列に分け椅子と椅子との間隔を少し広げた。もし、三百人以上の来場があるとすれば、即座に用意できるように講堂の後ろに約百脚立てかけ、もう百脚は倉庫にしまった。

蓮音はステージに向かって前方左端に机を置き、パソコンを設置した。プロジェクターは、中央演台の後ろに設置した机の上に置き、壇上のスクリーンに投影してみた。あとは音響だが、既に堀川が司会者兼朗読者の位置と中央にある文子の座る椅子の前の机の上にマイクを設置していた。

映写室にいる堀川が、

「桜谷さん、一之瀬さんの席に座ってください。それから、立川さん、司会者のマイクの前に立ってください」とまるでアナウンサーのような声で呼びかけた。

二人は、指定された位置につくと、

「立川さん、何かしゃべってください」と堀川がアナウンスした。

立川が朗読し始めると、

「桜谷さーん、どうですか。音量の具合大丈夫ですか?」と堀川がアナウンスし確かめた。

蓮音は、両腕で丸を描きオーケーのサインを出した。

「桜谷さーん。一之瀬さんの席から、なんでもいいですから、しゃべってください」

「もしもし、ああー、うーうー」と蓮音がもそもそしていると、映写室の中から堀川の笑いこける声が講堂一杯に響いた。

集まっていた委員たちが一斉に、

「しっかりしろよ。委員長」と大爆笑に包まれた。

そこへ、華音が入ってきた。

蓮音は照れながら華音に、

「先生ここに座って、一之瀬さんのようにしゃべってください」と逃げるようにしてパソコンの席に戻った。

映写室から堀川が、

「先生、悪いんですが、声量を調整したいので、何でもいいですから一之瀬さんの席に座って、しゃべって貰えませんか」と華音に頼んだ。

華音は堀川のあまりにも透き通った声に感心した。

華音は席に座り、

「本日は　富山大空襲　平和への誓い　と題した文化祭特別イベントにお招きいただき　光栄に存じます。富山大空襲　語り部の会　会員の　一之瀬　文子です」と間をとりながらしゃべった。

堀川は映写室から、

「桜谷さーん、それから委員の皆さん、声量はどうですか？」と聞くと全員オーケーのサインを出した。

「先生、ピアノの席に座ってください」と堀川が華音に指示した。

華音は慌ててグランドピアノに向かい椅子に座った。

「先生、第一プロムナード、弾いて貰えませんか」と堀川の頼みを受け入れ弾いた。

「スタンドマイク必要ですか？」と堀川が言うと華音は両腕をあげて×印のサインをした。

華音は司会者のマイクで、

「今日の主役は、一之瀬さんですから、ピアノ演奏は脇役です」とマイクを通して話した。

映写室で堀川は、両腕を頭上にあげ○印のサインをした。

これで準備万端整い蓮音は安堵した。

一方、病院で文子の容体を見ていた真一と瑠璃は、高瀬純二郎と話し合っていた。

その結果、純二郎は外出を許可するには、次のような要件全てを満たすことを二人に提案した。

一、移動は、高岡セントラル病院専用の車を使用すること
二、移動にあたって高瀬、高崎が同乗し万一の場合に備えること
三、移動中、文子の容体が急変するようであれば、その段階で病院に戻り、実行委員会にその旨連絡し対応を協議すること
以上の要件が整わなければ、外出を許可できない旨、純二郎は伝えた。

当然ながら、高瀬の指示に従うしかなかった。

早速、真一は華音に外出許可の要件を電話で伝え、万一の場合に備えて代替策に移れるよう促した。

心配になった華音は、蓮音にだけ外出許可の要件を伝えた。蓮音は、最悪の場合、語り部の部分を立川が受けもってくれるよう依頼した。

華音は居ても立ってもおられず、午後一時ごろから講堂の前で待機した。

講堂の前では、午後一時過ぎたころから藤川が受付の準備をするため、入口前に机を置きスタンバイしていた。

整理券と簡単なプログラムのみ配ることになり、なるべく前列から座って貰うよう列の番号を付した整理券を用意していた。整理券は一番から三十番まで十枚ずつあったが予備として、空白の紙片を二百枚用意してあった。

講堂の前には、各クラス、各部活の催しものを見終えた家族連れが、少しずつ集まり始めた。

藤川は不安になった。果たして、三百枚で足りるだろうか、……と。

午後一時四十分になり、文化祭実行委員は所定の位置についた。

午後一時四十五分ごろ、高岡セントラル病院専用の車が、講堂に横付けされた。

華音は車に駆け寄り、文子が降りてくるのを待った。

なんと初めに降りてきたのは、看護師の高崎だった。

高崎は華音を見つけ、

「一之瀬さん、今朝は良くなかったのですが、高瀬先生の診察・治療で少し回復されましたので、外出許可が下りました」と応えた。

高崎は車のバックドアを開け、車椅子を出しステップの前に置いた。

車中には点滴をつけた文子、純二郎、真一と瑠璃が同乗していた。高崎は文子を支えながら車椅子に座らせ、点滴が外れないよう点滴棒を純二郎がもちながら降りてきた。

続いて真一と瑠璃が降りてきて華音に、

「なんとか間に合って良かった。二時間大丈夫かな……？」と二人は不安そうだった。

高瀬は華音に、

「早乙女さん、おばあちゃんは気がしっかりしているのですが、心配なので私もついてきました」とだけ伝えた。

華音は、真一から純二郎と高崎が同乗してくると聞かされていたが改めて、

「先生、ご迷惑ばかりおかけし、誠に申し訳ございません。もし、祖母の容体が急変するようでしたら、語り部のところを司会者が朗読するよう指示しました」と言って頭を深々と下げた。

高岡セントラル病院の車の周りに、大勢の人が集まってきた。

驚いた藤川は華音のそばに駆け寄り、

「先生、おばあちゃんの具合大丈夫でしょうか⁉」と聞いてきた。

「大丈夫みたい」とだけ華音は藤川に伝えた。

受付に戻った藤川は大林を呼び、整理券がもう少しで三百枚に達するので、後部と両端に椅子をつけ足すよう指示した。

大林は慌てて駆け戻り、応援団員総出で、とりあえず百席設営した。予備にとってあった百脚を倉庫から出してきて講堂の後部に立てかけた。

そんな様子を察した司会の立川が、

「本日はお忙しいところお集まりいただき、誠にありがとうございます。会場の整理がつくまで、開始時間を十分ほど遅れますことをお詫びいたします」とアナウンスした。

大林たちが補充した百席も一杯になり、あとは後部に順次設営することにした。

真一と瑠璃が、どこに座っていいのか迷っている姿を見た大林は、すかさず二人に近寄り、

「設営を担当しています大林です。只今席をご用意しますので、私についてきてください」と言ってグランドピアノのそばに椅子二脚をもって誘導した。

十四時十分に開演することになり、立川がスタンドマイクの前に立った。

「本日は、高岡北高等学校文化祭特別イベント、富山大空襲―平和への誓いにお集まりいただき、誠にありがとうございます。本日の進行役と朗読を担当します実行委員会副委員長の立川紗那絵

です。まず初めに、お手元のプログラムにありますように、生徒会長の境が、本日の趣旨と目的について、挨拶を兼ねて説明させていただきます」

境が立ち上がり、スタンドマイクの前に立ち、次のように述べた。

「本日は、多数の方々にお集まりいただき感謝しております。生徒会長の境健太郎です。早速、本日開催の趣旨と目的について、簡潔に説明させていただきます。富山大空襲があったのは、今から七十七年前、一九四五年八月二日〇時三十六分のことです。米軍B29爆撃機一七四機が富山上空に来襲し、二時二十七分までの約二時間、クラスター爆弾が空中で炸裂し、約五十万発の焼夷弾が富山市街に投下されました。死者約二七〇〇人、負傷者約七千人と、いまだに正確な数が確定されていません。罹災者約十一万人、破壊面積率については一般的な資料では九十九・五％となっています。よく調べると米軍資料では破壊面積約四・八四平方キロメートルとなっていますが、富山市での調査では十三・七七平方キロメートルとなっており、約二八〇％となります。どちらを取っても、富山市街は全滅しました。大前提として、こういった数値を皆様に知って貰うことが今回の目的ではありません。後ほど空襲体験記の一部を一之瀬文子さんに語っていただきますが、ここにお集まりの皆様方の大多数は空襲体験者ではないと思います。私ども文化祭実行委員会で、このような特別イベントを開催すべきかどうか議論しました。中には、そんな昔のことほじくり返してどうなるの、なぜ高校生の私たち自らこのような企画を実施するのか、といった否定的な意見もありました。しかしながら一つだけ一致したのは、多くの犠牲者や苦しまれた人たちによって、今日の平和が保たれており、戦争を繰り返してはならないとのことでした。

平和への誓いを明確にすること、持続するためには私たち個人個人が戦争を起こさない、起こさせない努力を惜しんではならないということでした。その目的を共有することの大切さをこの場で考え、感じ取っていただきたく、実施に踏み切った次第です。どうか、そのことをご理解いただき、挨拶に代えさせていただきます」

続いて立川がスタンドマイクの前に立った瞬間、講堂の照明が消された。スポットライトによって、立川だけが浮かびあがった。それを見計らって、桜谷が描いたハルトマンの自画像がスクリーンに映し出された。

立川は進行について、次のように話した。

「本日お配りしたプログラムには、お話しする予定の富山大空襲体験記のタイトルのみ掲載することにしました。この原文は、語り部の会からお借りした会報に掲載されていた多くの空襲体験記の中から勝手に選び、寄稿された方々のお名前は割愛させていただきました。その理由は、体験記の内容によって、個人或いは関係者が特定されてしまう恐れがあると考えたからです。また、視聴覚的に感じ取っていただきたく、絵を実行委員会委員長の桜谷蓮音が、同時にピアノ演奏を当校音楽教員の早乙女華音が担当することになっています。今映し出されている絵は、ロシアの画家ヴィクトル・ハルトマンの自画像を桜谷なりに描いたものです。ハルトマンと親交のあったロシアの作曲家モデスト・ムソルグスキーは、彼の絵に触発されて作曲したとされるのが、有名なピアノ組曲『展覧会の絵』です。ご存知かと思いますが、フランスのモーリス・ラヴェルがオーケストラ曲としてこの曲を編曲し、一躍世界で演奏されるようになりました。なぜ富山大空襲と『展覧会の絵』なのかと、疑問をおもちの方がおられると思います。ムソルグスキーがこの曲を作曲したのが、一八七四年七月です。その前年、一八七三年八月ハルトマンは急死しました。彼らの絵や音楽が、一八七〇年七月から翌年の一八七一年五月、当時のプロイセンとフランスの戦争である『普仏戦争』の影響を、色濃く受けているのではないかと考えました。我々、高校生の憶測ですので、絵画史や音楽史の中で学術的な裏づけはありません。しかし、各曲のタイトルを見ていただければわかりますように、当時の複雑な社会、政治、経済情勢が絵や曲に反映していると考え〝富山大空襲〟を語る上で、視聴覚的に捉えていただくのに最もふさわしいと思った次第です。絵と音楽の印象を私が朗読します。それでは、絵を担当しました桜谷、ピアノを演奏します早乙女を紹介します」

　最初に蓮音が立ち、続いて華音が立ってお辞儀した。

　堀川のスポットライトは、二人にハマった。

「それでは、本日お招きしました富山大空襲語り部の会会員・一之瀬文子様を、ご紹介します」

と立川がアナウンスした。

　文子は点滴スタンド付き車椅子に座り、うしろから高崎が押しながら入場してきた。

　その姿を目にした聴衆が驚き、ゆっくりと車椅子が通路を通るたび文子に同情を寄せるような視線が注がれた。

　高崎はそのような光景をものともせず、通路を淡々と車椅子を押し、中央の演台の机に向かった。車椅子の後ろから、白衣を着た純二郎が付き添っていた。

その様子を見た大林が、慌てて演台の机を一つ増やし、椅子を設置した。

「それでは、改めて一之瀬文子様をご紹介します」と立川が案内した。

すると文子は立ち上がろうとしたが、即座に高崎がそれを制した。

高崎は立ち上がり、車椅子を机に近づけ、スタンドマイクを文子の手前に移動させた。

その様子を見ていた堀川は、文子のスタンドマイクのボリュームが調整できるようスタンバイした。

「早乙女先生、桜谷さん。演奏と次の絵の投影少し待ってください」と文子はスポットライトが眩しいのか、目をつむった。

即座に堀川は、ライトの光量を下げ、文子のマイクだけボリュームをあげた。

しばらく経って文子は目を見開き、気力を振り絞ってゆっくりとしゃべった。

「皆さん、こんにちは。本日こんな格好でお話しすることをお許しください。ここにいらっしゃる高瀬先生に無理をお願いして外出許可をたまわり、ここにこさせていただきました。また看護師の高崎さんには、車椅子を押していただき感謝いたします。話の途中で、途切れることがあるかも知れません。お許しください。先ほど本日の開催趣旨と目的、進行について説明がございました。私から補足させていただきます。この場は、富山大空襲がいかに悲惨で残酷であったのかを語るだけではありません。戦後七十数年間、世界を見渡してみますと、あちらこちらで戦争や紛争が起きています。私にはどれが戦争で、どれが紛争なのか、言葉の定義はわかりません。確実に言えることは、大規模な殺し合いが絶えないということです。戦争は人が起こすもので天災とは違います。皆さん、どうして繰り返し、繰り返し、このような大きな過ちを人は起こすのでしょうか？　私には信じられません。信じたくもありません。もし、私たちの国この日本で、戦争がひとたび起きるとすれば、皆さん当たり前の日常生活そのものが、根底から崩れる恐ろしさを考えたことがあるでしょうか？　私は富山大空襲に遭遇するまで、予想だにしませんでした。これからお話しする体験記の一端を通して、平和のありがたさを実感していただき継続して実現していく努力を、一人ひとりが胸に刻み込み、お互い共有していただくことが大事なことだと思っております。それと、本日お話しする内容は、全てが私が体験したものではありません。できる限り多くの体験者の皆さんになったつもりで、ご紹介させていただきます。前置きが長くなりましたので、立川さんにマイクを譲ります」

立川はスタンドマイクの前に立って、

「それでは、始めさせていただきます」と開会を宣言した。

立川のアナウンスが終わるやいなや、華音が『展覧会の絵』のモチーフである【第一プロムナード・変ロ長調】を弾き始めた。

続けて【第一曲小人・変ホ短調】を奏で、蓮音がスクリーンに《野原を走り回って遊んでいる子供たちの背後に、奇妙な格好をした妖精が、豪華な装飾を施した魔法使いの杖のようなものをもって、子供たちを眺めている姿を遠近法によって描いた》絵を映し出した。

聴衆の目が、蓮音が描いた絵に注がれた。

立川は絵を見、ピアノの印象を交えて朗読した。

「子供たちが何の変哲もない野原で遊んでいるさなか、一人の少年がつまずき転んで泣き出す。少年が振り返ってみると、遊んでいる子供たちの背後に、可愛らしい顔の妖精・グノームが子どもたちを見つめていた。妖精が杖で土をドスンと突き刺した瞬間、大きな音が鳴り響き、野原一面にきれいな花が出現した。子供たちは手を繋ぎ、グノームを囲んで輪になって踊り始めた」


文子は立川に促されて語り始めた。

「『富山大空襲は明白なジェノサイド』について、お話しします。当時二十歳。市内総曲輪《そうがわ》に住んでいた。空襲前日に米軍機から撒かれたビラに『近く富山を空襲する』とあり、『拾うな』と警察から言われ隠し持っていたが、戦後失くしてしまった。滑川に住む医者のいとこの所に荷物を疎開することにし、八月一日夜八時頃に、鉄輪のついた小さな荷車を夜だけ借り、積めるだけの僅かな家財を積んで、父と出発した。殆ど鋪装されていない道を通って常願寺川の橋を渡り堤防の道を進んでいた時、空襲警報が鳴り、日本の飛行機が一機飛んできたがすぐ姿を消し、これでは追撃など無理だと心細く思った。やがて、轟々と爆音をたてながら、黒い物体としか見えない爆撃機が上空を東のほうへ通過して行った（後で聞くと、これは長岡を空襲した群団だった）。それが通り過ぎてホッとし、また荷車を引いて北陸線の線路近くまで来た時に、今度は空襲警報が聞こえぬうちに、轟音が聞こえてきた。最初は富山駅周辺、二発目は南富山辺りに投下されたように見えた」

ここで文子は、机の上にあるコップの水を一口飲み話を続けた。

「市街地の周辺に落とし周りを炎上させ、逃げ場をなくした上で中心部に猛烈な勢いでいたるところに落としたように思われた。焼夷弾が空中で散らばり、富山市内があっという間に火の海となった。非戦闘員を殺さないのが国際的な約束なのに、米軍は『ジェノサイド（皆殺し）』を実行した。途中で左の方に（立山町利田の辺）に爆弾が落ち閃光が閃き青白い見事な花が咲いた。美しいと思った。あれは黄燐焼夷弾だったのか。人の命を奪う、『悪魔の徒花《あだばな》』だった。家族の安否が心配になり、荷物をどこかに預けて焼け跡に戻ろうと水橋の町に入った途端、自警団につかまり『空襲のさなか車を引いて逃げ惑うとは何事か』と怒鳴られ、『疎開の途中だ。荷物を預けたらすぐ引き返す』と怒鳴り返し、荷物を近くのお寺に預け、富山に引き返すべく地鉄の新庄駅に向った。駅に着くと、富山行きは不通だと言われ、徒歩でなんとか不二越の叔父の家に行った。富山市は全滅だと聞いたが、ともかく市内に入ると瓦礫の山ならぬ灰の山だった。途中変圧器を載せた鉄柱がグニャッと曲がっていたので、熱を避けて広い道を選び、少し遠回りして日赤病院の構内を通ると、何十本もの松が無事で、異次元の世界に見えた。松の幹に白い布がかかっているのを見て、近づいてみると病衣を着た女性が木にもたれて息絶えていた。いたち川の水に漬かったまま、こと切れている人々が多数いた。茫然と返事もせず、座り込んだままうつろな目をしている人もいた。道に転がる焼死体はポンポンに腫れ、焼けたトタンをかぶせた遺体もあった。ようやく自宅跡に着くと、焼け残ってくすぶっている電柱のところで、家族が暖をとっていた。この暑いのにと聞くと、富山城のお堀の石橋の下に漬かっていたと言う。近所の主婦が焼夷弾の直撃で、赤子を抱いて即死した姿を見たが、私は涙すら出なかった。富山大空襲は『ジェノサイド』明らかに無差別の大量殺戮であった」

一話を終えたところで華音は、すかさず【第二プロムナード変イ長調、第二曲古城・嬰ト短調】を弾き、蓮音が《一見、中世ヨーロッパ風の重厚なお城だが、右がとんがった教会風、左が丸い屋根をしたトルコ風。中央に黒く塗りつぶした怪しげな老人が立っている。その老人の背後に、霞んだもう一つの城らしき建物が高くそびえ、ぼやけて見える》絵を映し出した。

立川が絵を見ながらピアノの演奏に合わせて、

「古いお城に着いた子供たちは、口々に、こわい、怖い、と叫ぶ。大人たちが子供たちを連れて、右と左に分かれて上り始めた。大丈夫、大丈夫だから、私たちについてきなさい、と言って城内の階段を上った。後から子供たちが、そろり、そろり、と手を繋いでなんとか一番上まで辿りついた。大人たちは、ほら見てごらん、美しい町並みだろう、と窓から眺めながら言い合った。しかし子供たちの目には、廃墟としか映らなかった」と表現した。

文子は正面に向き直り、富山大空襲記念講演の中でK氏が語ったときの驚きを話し始めた。

「『模擬原爆は富山にも落とされた』のK氏の記念講演から、その概略を紹介します。私は、愛知県の中学校教師となり、赴任した中学校が一九四五年八月十四日に空襲に遭い、若い女性が無残な死に方をしたという話を聞きました。その翌日には敗戦になるのに、アメリカは本当にその前日に爆撃をする必要があったのだろうかという疑問が湧きました。それで、郷土研究部の生徒たちとあちこちと聞き取り調査に行きました。その中で、その日にきた飛行機は、とんでもない飛行機だったことが分かってきました。つまりその調査から、広島・長崎に投下された原子爆弾投下に辿り着いたのです。つまりその爆弾は、『模擬原子爆弾（通称・パンプキン＝かぼちゃ）』。長崎に投下されたファットマン型原爆と同型だったのです。米軍は、マリアナ基地から日本に対して一九四四年十一月以降三三一回作戦を行ったことになっていますが、その中には八月十四日に愛知県を攻撃したという記録はありません。しかし現実にそこで家が燃え七人の人が死んでいるのです。十五日の玉音放送を聞いていた時まだ家が燻っていて、『もう一日早く戦争が終わっていたら……』という話が証言として残っているのです。この疑問を解き明かそうというのが、私たちの活動のきっかけでした。実は、新潟や京都が原爆投下候補地にあげられていました。京都に空襲がなかったのは、『文化財を守るため』などではなく、原爆投下用に『キープ』されていたわけです。富山が候補地になっていたのではなく、原爆投下には高度の技術が必要なので、新潟に原爆を投下するために、富山などで投下訓練をしたわけです。日本全体で五十発のパンプキン爆弾がB29によって投下されたが、その内富山には、七月二〇日（三発）と二十六日（一発）、計四発が落とされました。二十六日は二十日の訓練が不成功だったのでやり直しに来たのですが、この時の六機（投下は一機）の中には『エノラ・ゲイ（広島原爆投下機）・ボックスカー（長崎原爆投下機）』が含まれています。原爆投下機はわずか十五機だけ作られていました（マリアナ基地全体で一千機近いB29が配備されていました）。この十五機が、『五〇九混成群団』と呼ばれる、原爆投下専門部隊だったのです。こういうことが、国会図書館に行って調べる内に分かってきました。米軍はそうした資料をすべて残しているのです。その中からパンプキン投下訓練計画表が見つかりました。一九九一年のことでした。そこには春日井も記録されていたのですが、その他の地域にも、実際に落とされた事実について問い合わせをしたり、現地に赴いたりして、追跡調査をしていきました。その結果、投下された模擬原爆五十発のうち三十数か所が確認できました。それに基づいて『一万ポンド軽筒爆弾被弾地一覧表』を作りました。私たちの調査では、死者合計三三〇人にのぼります。舞鶴では一発で九十人以上が亡くなっています」と語ったところで文子はハンカチで目を覆った。

「皆さん、K氏の講演内容の一部を紹介しました。どう思われたでしょうか？　毎年、広島で平和記念式典、長崎で平和祈念式典が開催されています。原爆投下にあたって、こんなにも用意周到な調査、準備や訓練が行われていた事実、お知りでしたでしょうか？　私も恥ずかしながら、この講演を聞くまで知らなかったのです。つまり、模擬原爆で訓練したのち、一九四五年八月六日午前八時十五分、エノラ・ゲイ爆撃機によってウラン型原子爆弾が広島に投下されました。また、八月九日午前十一時二分、ボックスカー爆撃機によってプルトニウム型原爆が長崎に投下され、直接、その後の後遺症含めて三十数万人以上の方々が亡くなられたと推測されています。未だに、確定されておりません。事実を知ることは大切で、知らなければ正確な判断や行動ができません。このような真実を、後世の方々に語り継ぐことの意義をわかっていただきたく紹介した次第です」と文子は会場に向かって力強く訴えた。

文子の手の震えを見逃さなかった純二郎は立ち上がり、

「皆さん、医者の高瀬です。一之瀬さんの容体を考慮し、一旦ここで休憩させてください」と会場に向かって呼びかけた。

聴衆は、心配そうな雰囲気に包まれたが、誰一人席を立つ人はいなかった。

実行委員は、蓮音のもとに集まったが純二郎の指示を待つしかなかった。

瑠璃は心配になって、文子のもとに行こうと席を立とうとしたが、真一は必死に止めた。

「瑠璃、ここは高瀬先生にお任せするしかない‼」と言った。

華音はそんな様子を見て、自分も自制するしかなかった。

十分ほどして純二郎が進行の立川のもとに行き、再開していい旨伝えた。

「高瀬先生のお許しをいただきましたので再開いたします」と立川が告げた。


華音が【第三プロムナード・ロ長調、第三曲テュイルリーの庭―遊びの後の子供たちの口げんか・ロ長調】を弾き、蓮音が《パリの豪華な宮殿と庭が描かれていた。芝生の庭の中央に大きな池があり、真ん中から噴水の水が勢い良く水しぶきをあげていた。子供たちは、楽しそうに池の周りで踊ったり抱き合ったりしていた》絵を投影した。

立川が、絵に描かれている宮殿、庭や池のそばで遊んでいる子供たちを見て演奏に合わせるように、身振り手振りを交えて朗読した。

「素敵な宮殿、広いお庭それに噴水。こんな場所に私も行ってみたいわ。なんて美しいんだろう。子供たちの踊りは軽やかで、抱き合っている姿、なんて可愛いの。私も行きたいな……」

「申し訳ありません。話が途中で途切れてしまいました『模擬原爆は富山にも落とされた』の続きをお話しさせていただきます」と言って文子は話し始めた。

「原爆を正確に目標に落とすためには、白昼、晴天下で、目視による投下が条件になります。そのために、練習が必要だったわけです。八月九日、初めに小倉に投下の予定だったのですが、雲が多かったので、長崎に向かったのでした。もっともこの『雲が多かった』というのは、天候のせいではなく、前日の八幡空襲の煙が流れ、小倉の空に雲がたなびいていたというのが真相のようですが……。長崎にも雲があって、落とさずに帰投しようかと思った時、雲の切れ目が見つかったので、落としたのだということです。だから目標の中心をはずれたのでした。ついでに言うと、このB29は燃料切れになり、沖縄の基地へ臨時に着陸をしています。最近、スミソニアン博物館の原爆展が葬られことから分かるように、アメリカは、『原爆投下は正当だった』と考えています。『原爆が百万人の命を救った』とまで言っています。原爆が完成したのは、一九四五年七月十六日でした。そして、七月二十日以降日本にパンプキンを落とし始め、八月六日に広島に原爆を落としました。急ピッチです。最初は、ドイツに落とすつもりで開発したのですが、そのドイツが降伏してしまったので、日本に落とすことにしたのです。日本の降伏の前に……と急いで投下準備の訓練をやったことがうかがえます。米軍は早くから、攻撃目標について入念な調査と分析を行っていました。写真や地図に加えて、各目標ごとに目標としての価値・意義などを記した資料が残っています。富山の目標地（不二越東岩瀬工場、日満アルミ、日本曽達）についても風景写真や目標にする理由など詳細な資料が作られています。不二越富山工場も目標になっていました。その資料もあります。ですから、八月の大空襲で不二越富山工場に被害がなかったのは、決して間違えたのではありません、黒部川や神通川の発電所やダムも目標にされていました。アメリカは、戦前に膨大な資料を入手し、たとえば地図にしても日本の二万五千分の一、五万分の一の地図にアルファベットで地名を打ち込み再利用しているのです。富山については、『七月二十日、五〇九混成群団の一機が、パンプキン五トンを不二越、日満アルミ、日本曽達へ落とした。二十六日に富山の市街地へ落とした』という記録があり、地図も作られています。ただ、富山では四発とも目標の工場には命中せず、かなり離れた場所に着弾しています。七月二十六日の場合は、富山に落とす予定だったのですが一発を除いては落とせなかったので、帰途に焼津、島田、浜松、名古屋、大阪に落としました。日本列島離脱の際に、帰投コースに近い海岸線の都市に落としたのです。七月二十六日富山市豊田に落ちたところにはS氏の建立した『平和祈願之碑』の慰霊碑があります。これらの事実の延長戦上に、『広島・長崎』があったということを考えると、やはりきちんと記録を残していくことが、必要なことだと考えています」

文子は少し落ち着いたのか、記念講演会のときの記録を頼りにして静かに語った。

華音が【第四曲ビドロ（牛車）・嬰ト短調】を弾き、蓮音が《牛のように虐げられた人々の遺体が、牛車に無造作に乗せられ列をなし、山の麓めがけて運ばれて行った》絵を投影すると、聴衆の中には目を背ける人がいた。

立川も絵を見て思わず息をのんだが、ピアノ演奏のリズムに合わせ、自分に言い聞かせるように、

「牛車に多くの遺体が威儀もなく積まれ、いくつもの列をなし多くの人たちの目の前を無言のまま通り過ぎた。それを目にした子供が『お父さん、この人たち痛いんだろうね。苦しいのかなあ……』と聞いてきた。返答に困った大人たちはヒソヒソと『空襲で焼け焦げた人たちに違いない』と言い合った。おびただしい死体を前に成す術もなく、ただただ手を合わせるしかなかった」と気丈に朗読した。

立川の口調に文子は合わせるかのように、次の空襲体験記を話した。

「『蛆《うじ》の湧いた祖父の遺体を荼毘《だび》に』の体験記をお話しします。当時私は国民学校二年生で現大手町で、祖父、両親、妹の五人で住んでいた。父は七月中旬富山連隊に入隊し、五十七歳の祖父は警防団員で町内の世話をしていた。空襲の前に祖父の判断で、母と妹の三人で、地鉄電車で母の実家である上市町泉へ行った。この時の祖父の指示がなかったら、自宅の庭につくってあった防空壕で焼け死んでいたであろう。Fさんという農家に落ち着き、休んでいると、空襲警報のサイレンが鳴り、米軍機の轟音が通り過ぎたが、二回目の来襲で富山の町が真っ赤な火の海になったのが見えた。家の裏の畑に逃げたが、落下する焼夷弾が、上空四、五十メートルでまるで花火

が〝パッパッ〟と開いた光景が今でも脳裏に焼きついている。翌朝母が、富山に残った祖父を探しに行ったが、電車が稲荷町どまりで、そこから歩こうとしたが路上がまだ熱く、自宅まで辿りつけなかった。生きておれば、ここにくるだろうと思いながら探し続けたが、一週間経っても音沙汰がなかった。一週間ほどして、富山市内でばったり出会った丸の内の八百屋さんから『神通河原にT氏と書いた布製カバンをつけた人が並べられている』という話を母が聞いてきた。翌朝母方の祖母と母と私の三人で神通河原に行ってみると、犠牲になった遺体が何百と並べられており、黒焦げになったのや蛆が湧いているものなど、この世の地獄だった。その中に祖父の遺体があった。上半身に焼夷弾を受けたらしく、顔もわからぬほど焼けただれ蛆虫だらけになっていた。下半身はほとんど無傷で、その上にTと書かれたカバンがあり、中には印鑑と貴重品が入ったままだった。腹巻の中には巻物の仏様が入っていた。警防団の仕事しているさなか直撃を受け河原へ運ばれてきたのだろう。身元のわからない遺体はまとめて荼毘にふされていたが、祖父とわかったので三人で河原に三十センチメートルの穴を掘り、私が集めて来た柴木を敷き、その上に遺体を置いて、柴木に火をつけた。なかなか焼けず、不遜にも内臓を木切れでつついたりしながら丸一日かかって焼いた。翌日、骨を拾い骨壺に収めることができた。家族の手で荼毘にできたのがせめてものもの慰めであった。一夜にして多くの犠牲者を出し、焦土化したあの空襲を忘れることができない。去年祖父の五十回忌法要を行ったが、今の私は祖父が犠牲になったときと同じ五十七歳である。我々が体験したことが、少しでも子供たちに受け継がれ平和の大切さを考えて貰う、よすがとなればと願っている」

華音は文子の様子を窺いながら【第四プロムナード・二短調、第五曲卵の殻をつけた雛の踊り・ヘ長調】を弾いた。それに合わせて蓮音は《森の中から、何羽もの雛鳥が出てきては、殻をつけたまま腕と足を出し変な踊りを踊っている様子》の絵を映し出した。

立川はそんな滑稽な絵を見、軽やかなピアノのパッセージの音にのせて、

「雛たちは『どうせ俺たちは、いずれ大きくなったら卵を産むか、首を絞められ人間に食べられるのさ。だったら、ここは楽しく踊ろうぜ』と鳴きながら踊り始めた」とせせら笑うかのように話した。

文子は喉が渇いたのかコップの水を飲み、次の体験記を話し始めた。

「『滑川の浜に流れ着いた無残な遺体』の体験です。当時私は国民学校三年で、滑川に住んでいました。両親、姉、私、妹、弟の六人家族で、父は自営業を営みながら警防団幹部。母は警防団婦人部委員として、毎日防火訓練や救急訓練に明け暮れていました。八月二日未明空襲警報が流れ体が震えた。明かりを消し、隣からきた祖母に連れられ、私たち四人は家を出て田園の一本道を近所の人たちと逃げた。富山のほうを見ると真っ赤な火柱が立ち、上空にB29爆撃機の大編隊が飛んで行った。弟が泣き『子供を泣かすな、聞こえるぞ』と罵声が飛んだ。雑木林で身を休めている間、とても不安だった。やがて母がきた。B29爆撃機が見えなくなり、富山のほうには黒煙があがっていた。朝になって父が家に戻ってきた。父は、『富山は全滅だ。母の言うこと聞く

んだぞ』と言い残して富山市に向かって救援活動に出かけた。そんなことも知らず、私は近所の子供たちと遊びほうけていた。海岸沿いの旧八号線には、髪の毛が抜けた人、皮膚がただれた人、着衣が焦げた人、上半身裸の人、荷車に乗せられた目をつぶっている人を目の当たりにして、昨夜の空襲のひどさを知った。海岸に行くと、遺体がいくつも流れ着いた。ブヨブヨに膨れ上がり人間とは思えない恐ろしい姿を、大人たちの間から、そっと見ていた。軍服を着た人、紺のもんぺを履いた人もいた。片手、片足がもげ、目玉も髪の毛もなくなった同じ年ごろの子の遺体を見たとき、身の毛がよだつ程、震えたのを今でも忘れることができません。胸の名札に、Nと書いてあった。役場の人が、桶に遺体を入れてどこかに運んで行ったと聞いた。その夏、滑川では鰯が大量で、大きな鉄釜で煮て、避難してくる人たちに振舞ったという話も聞いた。同じ世代に生きた者として、六十年たった今でもありありと思い出され、涙が出てくる。本当に戦争はいやだ。何の罪もない幼い子供たちの命までも巻き添えにした。私には当時の私と同じくらいの孫がいる。時々孫に話すと、『おばあちゃん、どうして話し合いしなかったの』と聞いてくる。そんな子供たちのためにも、戦争はいけない、戦争は恐ろしいことを後世の人たちに伝え、二度と繰り返さないことに微力を尽くしたい」

華音は【第六曲サムエル・ゴールデンベルクとシュムイレ・変ロ短調】を弾き、蓮音は《左に太っていかにも裕福そうな人、右には椅子に座って俯いている貧しそうな人が対照的に描かれていた》絵を映した。

立川はその絵に目を、ピアノの低音と中音のユニゾンに合わせ、「俺は、有り余るほどの金をもってるのさ。戦争は金になるぜ。虐げられ、いかにも貧しそうな人はこう叫んだ。『戦争で儲けるなんて、ずるいぜ。戦争なんてまっぴらごめんだ。誰が、こんな戦争をおっぱじめたんだ』」と低い声で言い放った。

「『台風のような火風《ひかぜ》が吹いた』の空襲体験を話します。私は戦時中、三回召集された。一回目は昭和十二年八月二十四日富山連隊に入営するとすぐに北支・現在の中国北部に派遣された。支那事変が始まってすぐのときだった。二回目は、昭和十六年十二月に召集されたが八ヶ月後解除になった。昭和二十年六月三日三回目の召集を受けた。私の家は農家で丁度田植えの真っ最中だった。加越部隊の第三大隊本部に編入され、当時の旧制富山中学の校舎に入り、富山大空襲を迎えた。これはえらいことになった。大事《おおごと》だと思い校舎の二階にあがり様子を見ると、富山駅から神通川が明るくなっていたが、これは大したことないなと思い、下におりると、装具を全部校庭の壍壕に入れ、命令を待て、と指示が出たので、その通りにして壕に蓋をして校庭にいた。その途端、南富山から堀川を経て富山駅方面まで広範囲にB29爆撃機が焼夷弾を雨が降るように落とし、火の海となった。その夜は、全く風がなく静かな空だったが、やがて台風のような物凄い火風が吹き荒れたのをハッキリと覚えている。学校の南に広田用水があり、それに沿って道路があった。とんでもない大きい声で、子供の名前を呼ぶ声が聞こえた。何だろう？　と思って駆け寄ると、焼夷弾を逃れて離れ離れになった大勢の人たちが、用水に飛び込み、わが子を呼んでいた。丁度そのとき、暗い中で後ろからおばあちゃんが『兵隊さん、助けてくれぇー』と泣きながら私の足にしがみつき離さない。このままではどうしようもないので、私はおばあちゃんと子供を引きあげ、手を引いて二百メートル連れて行き、『何とかしてあげたいが、自分には任務があるので、これ以上は行けない。この道を南に逃げなさい』と言って別れようとすると、おばあちゃんが泣きながら『南無阿弥陀仏』と手を合わせた。二、三日後部隊は入善に疎開することになった。そして、戦争は終わった。現在、八十四歳になるが、決してそのときのこと今でも忘れることができない」

華音は文子の容体が気になり、蓮音に人差し指と中指で二曲弾くとサインを送り【第五プロムナード・変ロ長調、第七曲リモージュの市場・変ホ長調、第八曲カタコンベ－ローマ時代の墓・イ短調、死せる言葉による死者への呼びかけ】をまとめて弾いた。蓮音は華音のサインに気づき《フランスの市場で、忙しそうに買い物をしたり大人の男女が踊っている様子の絵。何百もの骸骨がむき出しのまま、木の板一枚で積み上げられ、何列もの続く道の前を素知らぬ顔で行きかう人々の姿》の二枚の絵を横並びで投影した。

察した立川は、もっていた台本の台詞を大幅にカットし、

「リモージュの市場は、いつも通りの賑わいでごった返していた。パリにあるカタコンベのお墓は、道を行きかう人々は多くの骸骨に目もくれず、無関心を装って歩いた」と早口で朗読した。

聴衆は驚いたが、演台にいる文子の容体に気を取られているようだった。

文子はあともう少しと心の中で呟き、高崎の方に目をやると優しそうな顔で頷いた。

「それでは『神通河原で焼かれた遺骨の行方』についてお話しします。今年お墓参りに行ったとき、管理人さんと空襲のときの話をした。『安野屋方面に大勢の人たちが死んでおられたね。俺たちは軍の命令で、遺体を神通川の河原へ運んだ。最初は、七十体、二回目は三十体を運び並べた』そのあとどうされましたか？　と聞くと『あとは知らん』と言われた。帰宅後三人の友達に電話したら、『一人目が、今の中部高校に沢山の遺体があった。二人目は、護国神社に大勢の新兵さんが亡くなっていた。それで神通川の河原のほうに行って見ると、多くの遺体がきちんと並べてあり、煙があがっているのが見えた』とのことだった。三人目は『僕は疎開していたので詳しくわからない。空襲直後安野屋に住み続けている人に聞いてみるといい』と進言され、後日神通川右岸堤防下の住宅を訪ねた。最初の家で『いやあ、百体どころか富山駅方面から護国神社の辺まで沢山の死者がいて、その遺体を全部神通川の河原に運んだ。それを全部積みあげて河原で焼いたが、あとはどうしたのか知らない』とのことだった。それで、市内のお寺も全部焼けているので、軍の命令で呉羽山に運ぶしかないだろうということになった。それでS寺に電話してみた。お寺の若奥さんに聞いてみると『空襲後遺体を探して多くの方がこられ、観音像を寺の向かいに建立しようと土を掘ったところ、大変な数の白骨が出てきた。いつ、誰が、どこから運んできたのかわからない』とのことだった。私は、それが神通川河原から運ばれたに違いないと確信したが、ある人に確かめると『遺体をゴッソリ埋めたが、場所は教えられない』と逃げられた。

お寺の奥さんは『そんなに沢山の遺骨を、ここに埋めたとは考えられない』とのことだが、私は遺体ならともかく遺骨は収まるだろうと思っている。空襲で亡くなられた方々の遺骨は、いまだに行方が知れずのままである。これが戦争、これが空襲の末路であることを伝えたい」

華音は必死に自分の心に言い聞かせ、蓮音に先ほどと同様のサインを送って弾き始めた。【第九曲鶏の足の上に建つ小屋―バーバ・ヤガー・イ短調とキエフの大門・変ホ長調】を続けて弾き、ピアノ演奏を終え額の汗を拭った。蓮音は華音のサインを見届け《鶏の足の上に立つ奇妙な形の小屋の置時計。置時計の屋根には、風変わりな形の動物が二匹と網目の塔が立っている。もう一枚は、右に大きな丸い屋根の正教会。その下には三つの大きな窓があり、大きな釣鐘が今にも振り鳴らされそうに吊り下がっている。中央の門の屋根は丸い屋根、真ん中は空洞の門になっており、その下を多くのくたびれた人たちが、トボトボと歩いていた。先頭にいる人が屋根のはるか上のたなびく雲にまで達し、多くの人がまるで蟻が一本の糸のように、よじれながら隊列を組んでいる》絵を横並びで投影した。

立川は、文子の疲れ切った様子を見て、ここは自分が長く話を続けるしかないと思った。台本に目もくれず絵を見、ピアノの激しくなる音を聴きながら、その場で創作して語り始めた。
「魔法使いがやってきたのを見た亡霊たちが、口々に『逃げろ、逃げよう！』と叫んだ。そんな困惑ぶりを横目に、亡霊たちは『俺たちはどうせ死人さ。魔法使いなんかきたって、痛くもかゆくもない。ほっぱれー』と怒鳴り返した。『亡霊がしゃべるはずがない。錯覚だろう』と亡霊たちが思った瞬間、大きな門が遠くに霞んで見えた。魔法使いが呪文をとなえた。『死に人よ、哀れな死人ども。あの門をくぐれ！　亡霊から人間に戻れ!!』と杖でキエフの大門を指した。するど、見る見るうちに門が歪み、歪みながら迫ってきた。亡霊たちは、我先にと大きな門をくぐろうとした。歪んで、くぐることが叶わなかった亡霊たちが門に向かって大声で叫んだ。『俺たちは、好きで死人から亡霊になったんじゃない。くぐらせろ。くぐらせろ！　くぐらせろ!!』の大合唱が轟いた。それを見ていた魔法使いは、せせら笑いながら『どうせ、お前らは餓鬼、畜生以下の地獄界の亡霊なのに、人間界に戻ろうなんて、バカバカしいたらありゃしない。この愚か者め！』と罵った。魔法使いに反抗した亡霊たちは口々に『おーい魔法使いさんよ。死人に口なしっていうけど、亡霊となった今、後生だから言わせてくれ。俺たち、この地獄で亡霊のままおとなしくしてろっていうことか!?』と叫んだ。魔法使いは哀れに思ったのか『門の先の青い空に、一筋の道をつくってやるから、どこまでも歩いて消え失せろ！』と呪文を唱えた。しぶしぶ、亡霊たちは歪んだキエフの大門をくぐりぬけ、無言のまま、白い雲を目指して、どこまでもどこまでも歩き、見えなくなってしまった」

立川は、自分で朗読しておきながら辻褄が合わず、何を語ったのかさえ忘れるくらい興奮していた。

文子は、そんな様子の立川を見逃さなかった。

「最後の空襲体験記『母は背に、焼夷弾をまともに受けた……、らしい‼』この話は、私自身の空襲体験です。立川さん、私の容体を気遣って、原稿にはなかった台詞、自分の判断で上手に語ってくれてありがとう。本当にやさしいのね、あなた。早乙女先生、キエフの大門の不協和音、私の胸がえぐられるようでした。最近、新聞やテレビでは、政治的事情なのかどうかわかりませんが、キエフのことを『キーウ』と拝見することが多くなりました。音楽は世界共通の言語です。ムソルグスキーが作曲した〝展覧会の絵第十曲をキーウの大門〟と呼ぶようにするんでしょうかね⁉　もし、音楽までそうなったら、私には戦前の言論統制を思い出し、甚だ疑問です。桜谷さん、あなたの絵には、魂の叫びが乗り移ったかのように私には感じました。唯一無二の才能、自分では気づいていないかも知れません。出遇いは大切です。私の経験では自ら求めない限り、それはありません。授かった才能におごらず、焦らず、ひけらかさず、大切に伸ばしてください」

そんな文子の発言を聞いた堀川は、慌ててスポットライトを立川にあてると、彼女はスタンドマイクの後ろでしゃがみ込んで泣いていた。

今度は華音に向けると、暗がりの中グランドピアノの閉じた鍵盤蓋に突っ伏していた。

続いて蓮音を照らすと、スクリーンに映し出された絵を茫然と眺めていた。

文子は横にいる二人に向かってお辞儀し、

「残された命は長くはないと感じております。高瀬先生、感謝いたしております。先生の必死の治療、高崎さんの手厚い看護によって、なんとか今まで生かされてきました。誠にありがとうございます」としばらくの間、頭《こうべ》を垂れたままであった。

純二郎と高崎は、心配になって文子の顔を覗き込むと、スッと聴衆の正面に向き直って語り始めた。

「私は、小中学校課外授業や社会人学習の場で、幾たびとなく私自身の空襲体験を語ってきました。これが最後になるでしょうから、ありのままを皆様にお伝えします。会報に寄稿した空襲体験記には、私の心の内面の葛藤を、あえて書きませんでした。正確に言いますと、心の整理がつかず書くのをためらったのです。なぜなら、私自身、自分で自分を責めることに戸惑い、怖さに怯えていたんだと思います。富山大空襲のとき、私は国民学校四年生でした。鉄砲町に祖母、両親、私、五歳の弟と生まれて三ヶ月の弟の六人で住んでいました。祖母・浅野ハツ六十歳、父・浅野宗助は役所勤め、母・菜津子は国民学校、今でいうところの小学校の教員でした。五歳の圭一は活発な弟でした。生後三ヶ月の弟・光雄は嬰児でした。母方の実家は富山駅に近く代々呉服商を営んでおり、家や庭も広かったのを記憶しております。良く母方の実家に帰っては、おばさんたちに勉強を教えて貰いました。おば二人とも、母同様国民学校の教員でした。実家には、母の両親とおば夫婦とその息子や娘たちが同居していました。かくれんぼ、かるた取り、おはじき、夜になると蚊帳の中に採ってきた蛍を飛ばし、幻想的な光の陰影に目を奪われたものです。今となっては、懐かしい思い出です。さて、八月一日深夜、私たち家族は、鉄砲町の自宅にいました。最初の空襲警報のサイレンで飛び起き、全員外に出て磯部の堤に向かいました。ところが、途中で空襲警報のサイレンがやんだので、全員自宅に帰りました。八月二日〇時半ごろ再び、けたたましい空襲警報のサイレンが鳴り続け、父が真っ先に家族全員に向かって『外に出ろ！　早くしろ‼』と叫ぶ声がしました。私は父の言う通り家を出ると、既に玄関前の道には火の手が回っておりました。父が咄嗟に横の板塀を足で蹴り破り、塀の外に出ました。塀の外から父が、私の手を引っ張り『文子そこから出ろ！』と言われるがまま、私はもってきた布団をかついで出ました。そのとき祖母は二階に上がり、お仏壇のご本尊と両脇掛けを風呂敷にくるみ、体に巻きつけて下りてきました。その間、母は祖母を待っているようでした。私は空を見上げると、Ｂ29爆撃機から焼夷弾がまるで星が降ってくるように襲いかかってきました。塀の外にいた父は、なぜか私だけを連れて護国神社から磯部の堤に向かいました。未だに、父が、どうして母たちを待って一緒に逃げなかったのか、私にはわかりません。私は、母たちが追いかけてくるものだと思い込んでいました。事実、おびただしい焼夷弾の爆撃に恐れをなし、父と私は母たちを待つ余裕など考えも及ばなかったのかも知れません。それほどの恐怖にさらされ、おののきながら磯部の堤に向かいました。今でも、どうして待つことができなかったのか、私は心の中で悔やんでいます。この悔恨の情が、空襲体験記に書けなかったことです。私たち二人は堤を超え松川に飛び込み、私がもってきた布団に水を含ませ、神通川の土手まで駆けあがり、草むらに突っ伏して布団を身体にかぶせ、Ｂ29爆撃機が去るのを待ちました。布団の隙間から富山市内の中心部である富山城付近を見ると、火柱が至る所から立ち昇るのを見て、私は手を合わせるしかありませんでした。やがて、Ｂ29爆撃機が去り、火の手が収まりかけ、ころ合いを見計らって、父と私は自宅のある鉄砲町に向かいました。家や電柱が焼け焦げ、道路が熱くて思うように進めません。ところどころに遺体がありました。途中、負傷している人たちを見かけましたが、私たちは虚脱感からか、無言のまま熱い道を避けなんとか自宅を目指して歩きました。道すがら、母たちに遇えると必死に探しましたが見つかりません。ようやく自宅付近に着くと、家や板塀は跡形もありません。ふと自宅の裏にあった石垣を見ると、両手の跡だけが残っている黒焦げた石を見つけました。すると、近所の人たちが駆け寄ってきて、私たち二人にこう告げました。『菜津子さんが、おばあちゃんと息子さん二人を守って、覆いかぶさるように石垣に両手をついたところ、背に焼夷弾が落ちてきて、お亡くなりになられた。朝方、女学校に駐屯していた兵隊さんたちが、遺体を片付けて神通川の河原にもって行ってしまった』……と。その話を聞いた私は、なぜ、どうして、そんなこと……⁉　憤り、怒り、悔しさ、憤まんやり方のない感情を抑えきれず、私は焦土にひざまずくしかなかったのです。その石垣の石に手の跡、下には焦げてボロボロになった嬰児用さらしだけが残っていました。未だに遺骨はどこにあるのかわからず、お墓の骨壺には、このときかき集めた焦げた布切れだけが収められています。『どうして、お母さんたちを待っててくれなかったの⁉』……、と。私は、父を責め〝思い切り蹴っ飛ばしたい‼〟と何度も思いました。後日、母方の祖母から『宗助、お前は菜津子、母、息子二人を見殺しにした。どうして、一緒に逃げなかったんだ‼』と問い詰められ、父は黙りこんだままでした。父はそれ以来、母方の家には一度も訪れたことがありません。私は八十七歳になった今、冷静に考えると、父を責めた自分だけがここにいる。娘に責められた父はいない。祖母や弟二人に覆いかぶさり守ろうとして殺された母たちも、ここにはいません。母はどんなに辛く、悔しかっただろう……、と。周りが猛火の中、母が弟をおんぶし、嬰児を腕の中に抱き、祖母を待って家の前に立っている姿が、未だに夢に現れる。私は、悔恨の情に苛まれ、片ときも母たちのこと、忘れていません。否、忘れてはいけないのです。『父と私は、母たちを棄てた。棄てさせられたのです‼　国家の野望や野心のための戦争によって、私たち家族の〝縁《えにし》〟は引き裂かれ、私は国家の大望《たいもう》そのものを棄てさせた。これが戦争、これが空襲です‼』と私は訴えたい。まがりなりにも戦後七十数年間、日本は戦争に巻き込まれていません。それは多くの犠牲のもと、紙一重で平和が保たれてきた、と私は思っています。将来、いつ何時〝戦争〟という人間として最もしてはいけない、させてはいけない〝蛮行‼〟に及ぶとも限りません。私見ですが、今の日本を取り巻く国内外の政治・社会情勢は、戦前前夜と酷似していると考えるのは早計でしょうか？　平和への誓いをもち続け、そのありがたさを実感できる社会。その実現・継続に向かって努力することが、一人ひとりに課せられた義務だと思います。私は〝もし、空襲に遭わなかったら、別な人生があったはずなのに……〟と常に考え悩みました。しかし、今は違います。歩んできた人生を、ありのままの自分として受け入れ、その縁を慶びたいと願っております。母たちを含む富山大空襲や戦争で犠牲になられた多くの方々に対し『私は一生懸命生きてきたような気がします』とご報告したいと願っているからです。なぜなら〝お浄土に仏となっておられる戦争の犠牲者、罹災者や多くの方々に対し、おかげさまでこの世に生を授かり、生かさせていただき、ありがとうございました〟と感謝することが叶わないからです。改めて訴えたい。『戦争を憎んで、人を憎まず‼』……と。これが、私の空襲体験です。最後までお聴きいただき、感謝いたします。誠にありがとうございました」

立ち直った立川は文子の最後の言葉を受けて、

「一之瀬文子様の空襲体験を最後に、文化祭特別イベントを閉会させていただきます。本日は、誠にありがとうございました」と目に涙を浮かべ深々と頭を下げた。

エピローグ　最後の家族写真

　華音はすぐさま文子に駆け寄り、

「おばあちゃん、ありがとう。本当にありがとう」と声をかけると高崎が「早乙女さんも疲れたでしょう」と言って華音をねぎらった。

　純二郎が文子の顔を覗き込みながら、

「一之瀬さん、途中どうなるかと思いましたが、良く最後まで頑張りましたね」と温和な顔で話しかけると「ありがとうございます、高瀬先生。病院に戻りましょう」と気丈に応えた。

　すると、映写室にいた堀川が涙声でアナウンスした。

「一之瀬さん、お帰りになるの少しだけ待ってください。家族写真、撮ります」と叫んだ。

　そのアナウンスに驚いた聴衆が、一斉に文子のいる演台に目を注いだ。

　続けて堀川が、

「早乙女真一様、瑠璃様、華音先生、一之瀬さんの後ろに並んで立ってください。失礼ながら、高瀬先生と高崎様は少しだけ離れてください。お願いします」と呼びかけた。

　蓮音がデジタルカメラをもって、素早く演台の前に駆け寄り座った。

　同時に大林が演台の机をどけた。

「皆さん、撮りますよ」と蓮音がシャッターを切った。

これが、最後の家族写真だった。


その光景を見ていた聴衆の拍手が鳴りやまなかった。

真一と瑠璃は心配そうに駆け寄り、

「お義母さん、大丈夫ですか?」と聞くと文子は「大丈夫よ。これで思い残すことないわ……」と応えた。

華音は高崎の了解を得て、文子の車椅子を講堂の出口まで押した。

聴衆は、そんな姿に感動したのか講堂一杯に拍手の音が鳴り響いた。

出口付近で、車椅子を押すのを高崎に変わって貰った。

高崎は病院の車の運転手が設置したスロープの上を、車椅子を押して乗り込み、純二郎、真一、瑠璃が続いた。

そこに走ってきた蓮音、立川、大林、堀川、境、藤川らが加わり、実行委員会全員が集まってきて、高岡セントラル病院の車を手を振り見送った。


翌朝、真一、瑠璃、華音は早めの朝食をとり、病院に向かった。ナースステーションに高崎が詰めていたので、お礼を言って病室に入った。

さすがに文子は疲れたらしく、朝食は手つかずのまま残っており寝ていた。

なぜかベッドの横の小机の上に、文化祭で撮った家族写真が飾ってあった。

壁には〝立山連峰と雨晴海岸の女岩〟を背景に、華音が白いワンピースで立っている絵が吊るされていた。

三人がベッドの横に座ると文子は気づいたようで目を開き、

「真一さん、瑠璃、華音、ありがとうね。最後の私の願いを聞き入れてくれて、感謝しています。これで母たちや亘さん、きみちゃんのところにいけるわ……」と囁いた。

華音は文子にハッキリとした声で、

「おばあちゃん、空襲の語り部。私が引き継ぐから……」と真一と瑠璃の前で宣言した。

文子は華音を優しく見つめながら、

「華音、ありがとう。でも、頑張り過ぎないように……」と言って手を握りしめた。


文子の病状は、一進一退を繰り返し、一週間後息を引きとった。


浄報寺本堂で、文子の葬儀が執り行われた。

富山大空襲語り部の会会員、高岡北高等学校教職員、保護者や生徒たち多数が弔問に参列した。

文子の納骨が終わった翌日、華音は学校帰りの夕方、雨晴海岸に立ち寄り日本海の水平線を見ながらひっそりと佇んでいた。

そこに寄り添うように蓮音がきて告げた。

「僕、東京の美術大学受験します」……と。

華音は、ハンドバッグから〝夏椿〟の刺繍が入った小物入れを取り出し渡した。

開くと、中に〝おはじき〟があった。

「ほら、私も……」と華音は自分の小物入れから〝おはじき〟を手に取り、落陽《らくよう》にかざした。

キラキラ煌《きら》めく光輪《こうりん》が二人の瞳に映り、命のありように気づかされた。

「目を閉じてごらん。聞こえるでしょう。慟哭《どうこく》……が!!」と華音が呟やくと、二人は自然に手を合わせた。

朱色に染まった鰯雲《いわしぐも》、沈みゆく茜色《あかねいろ》の太陽を背に二人の姿が影絵のように浮かんだ。

あとがき

『氷上の蠟燭《ろうそく》』とは、

「人がこの世に生を授かり臨終を迎え、跡形もなく消え去るさま」を表現した言葉である。

仏教で説く、『諸行無常』の教えを比喩したとも言われている。


『歎異抄』後序に次のような一説がある。

「……煩悩《ぼんのう》具足《ぐそく》の凡夫、火宅無常《かたくむじょう》の世界は、よろづのこと、みなもつてそらごとたわごと、まことあることなきに、ただ念仏のみぞまことにておはします」と親鸞聖人は弟子唯円に語ったとされる。


私が小学生のとき亡き母が語った一言が、七十歳を過ぎた今でも忘れられない。

「信、切なくて仕方がない。文子は空襲で母を失くしたんだから……。文子の家に行って、幼子たちと一緒に遊んできなさい」と母は私たち兄弟姉妹を家から送り出した。

菜津子は、私の母の姉である。

ゆえに、文子は私の従姉妹にあたる。

なぜ五十年前亡くなった母は生前、実の姉の死の多くを語りたがらなかったんだろう、……と。

本作を昨年の一月ごろから書かねばと思いたち、昨春には大方構想ができあがっていた。ただ、私は不遜にも〝菜津子の死の真相〟を確かめないと、完結しないと考え筆が進まなかった。

昨年の春、趣旨も告げずに文子宅を訪問した。

私は着くなり、真っ先にお仏壇の前で『正信偈とご文章』を唱えた。

文子の声が途中でか細くなり、私の後ろで涙を流している気配を感じた。

最後に私が念仏を称え振り返ると、文子は魂が抜けたように座っていた。

そのあと、恐る恐る私は文子に訪問した趣旨を説明した。

私の憂いは、杞憂だった。

文子は吹っ切れたのか、淡々と真実を語ってくれ、私は驚愕した。

「信ちゃん。私は、母たちが空襲で亡くなったの見ていないの。母が、おばあちゃんと弟二人を守って、覆いかぶさるように石垣に両手をついたところ、背に焼夷弾が落ちてきて亡くなった、……らしい⁉ 遺体すらなかった。朝方、兵隊さんたちが、遺体を片付けて神通川の河原にもって行ってしまった。それを聞いて、思い切り蹴っ飛ばしたいくらいだった‼ どうして、父と私だけが生き残ってしまったのか？ あのとき一緒に逃げていれば……⁉」と文子は私の前で悔やんでみせた。

さらに文子は私の母について、このように語った。

「あなたのお母さん、実母亡きあと本当の母のように慕っていた。だって私の長女が産まれたとき、あなたのお母さんからいただいた産湯に使う洗面器、未だに使っているのよ……、と」

私は、文子の言葉に嗚咽するしかなかった。

空襲で亡くなったのは、菜津子だけじゃなかったんだ⁉

菜津子は、三人を守ろうとして殺され、もち去られたのだ、……と。

あまりにもむごい真実を聞かされ、その場の私はたじろいだ。

それゆえ、母は私に多くを話さなかったんだ、……と。

文子が「……、思い切り蹴っ飛ばしたいくらいだった‼」と言ったのは、母たちを連れて一緒に逃げる選択をしなかった父への怒りなのか？　そういう極限状態に陥らざるを得なかった戦争、空襲に対する憤怒なのか？　私にはそのときは分別がつかないでいた。

後日、文子から文が届き、このようなことが書いてあった。

「『戦災がなかったら……』と考えた日々が何度もありました。でも、私は今日まで一生懸命生きてきたような気がします」と記されていた。

文子が長い間悩み続けたあと辿りついた『阿弥陀如来の救いに気づかされ、知らず知らずのうちに念仏を称え、遠く宿縁を慶んでいる』との心情を語った文子の言動に、私は涙があふれ安堵した。


さて本作を書くにあたり、いろいろな方々にお世話になった。

「富山大空襲を語り継ぐ会」事務局長柴田恵美子様には、同会の会誌及び富山大空襲に関連する資料や著作物を段ボール一杯送っていただき、長期間お借りした。本作後段の空襲体験記は、会誌に掲載されていた多くの実体験を私が勝手に選別し拝借した。空襲体験のない私としては、どういう気持ちで空襲を受けとめられていたのかが皆目想像できず、困っていた。体験記を読むうち、胸が締めつけられる想いと忿怒を抑えることができなくなった。ゆえに感情的に書いてしまった部分が多々あり、反省している。また会誌に掲載されていた金子力氏の「模擬原爆は富山にも落とされた（富山大空襲五十一周年のつどい記念講演）」を読み、知らなかったとはいえ、私自身驚きを隠せなかった。このような調査の積み重ねが、平和を継続する上で、欠かせないことだと実感し、氏に直接連絡し引用許可をいただいた。この場を借りて感謝します。

　また、直接空襲体験を聞かせていただいた廣田玲子様に深謝します。


　本作、発刊にあたりお骨折りいただいた「幻冬舎メディアコンサルティング　ルネッサンス局」の冨岡亜衣様、編集の上島秀幸様、小原七瀬様、デザイン局の山﨑修平様、佐久間望様に感謝します。


　昨年二月のロシアのウクライナ侵攻、東アジアにおける戦争勃発危機への懸念。世界全体が、第二次世界大戦直前の状況に酷似している。

　このように予見するのは、私だけだろうか？

　戦後七十数年、私を含め日本人の多くが非戦争体験者である。戦争体験者の生の声を語り継ぎ、関心をもって努力することこそが、戦争勃発危機の抑止力となると私は肝に命じている。

戦争開戦を決行する為政者にとって、『無関心が最も怖い』と信じて疑わない私は、今まさにその時代に入ったと危惧している。

私は、訴えたい。

『戦争を繰り返すほど、愚かなことはない‼』……と。

※本作を終えるにあたって、特記したい。

「富山大空襲を語り継ぐ会」が一九九四年発足し、当初から二十四年間事務局長として奔走された『故・和田雄二郎氏』の存在を忘れてはならない。氏は同会の会誌『語り継ぐ富山大空襲』第一集（一九九六年五月発行）から第九集（二〇一五年八月発行）』までの編纂のみならず小中学校、社会人への啓発普及活動にご尽力されました。加えて、富山市への「戦災死者名簿の整備、空襲資料館の設置、富山大空襲史の編纂」要望にあたって中心的役割を果たされました。氏は正に、命をかけて平和の尊さを『富山大空襲の大惨事』を通じて、後世に語り継ぐことの必要性を世に訴えたかったのではないかと私は推察しています。柴田恵美子氏いわく、「富山大空襲を語り継ぐ会イコール和田雄二郎。今、私たちが活動できるのは和田氏のお蔭です」との書簡を拝見し、大切なことをご教示いただき自責の念にかられた次第です。

改めて『故・和田雄二郎氏』の足跡とその功績に敬意を表し、故人に哀悼の意を捧げます。

〈著者紹介〉
安達信（あだち　しん）
1951年富山県生まれ。中学・高校吹奏楽に没頭しクラリネットに熱中。富山商業高校3年のとき「全日本吹奏楽コンクール」3位入賞。18歳で上京し、大手電子機器メーカに2年半在職。青山学院大学文学部第2部卒業。卒業後エレクトロニクス業界団体職員、常勤役員を経て61歳で退職。在職時、武蔵野音楽大学別科修了、退職後、東邦音楽短期大学でクラリネットを専攻・卒業。その後、64歳で東京築地本願寺内にある浄土真宗本願寺派「東京仏教学院」に入学・卒業。僧侶にならず市井の門徒として、法話会を聴聞している。著書に「一闡提《いっせんだい》の輩《ともがら》（幻冬舎発売）」がある。

氷上《ひょうじょう》の蠟燭《ろうそく》

2023年5月30日　第1刷発行

著　者　　安達信
発行人　　久保田貴幸

発行元　　株式会社 幻冬舎メディアコンサルティング
〒151-0051　東京都渋谷区千駄ヶ谷4-9-7
電話　03-5411-6440（編集）

発売元　　株式会社 幻冬舎
〒151-0051　東京都渋谷区千駄ヶ谷4-9-7
電話　03-5411-6222（営業）

印刷・製本　中央精版印刷株式会社
装　丁　　くらたさくら

検印廃止

Printed in Japan
ISBN 978-4-344-94397-1 C0093
幻冬舎メディアコンサルティングＨＰ
https://www.gentosha-mc.com/